N
W
O
S
LAND DER MASSA
(Baltimore)
PAWTUXUNT
(Washington)
VIRGINIEN
TOPPAHANOC
PATA
Wohnplatz am Pata, wo Sternblume geraubt wurde
Wighcocomoco
OSTBAI
POWHATANLAND
PAYANKATANK
Ora
Mahunt
PAM
Moco
Paspa
NORDFLUSS
PASPA-BEZIRK
JAMESTOWN
SÜDFLUSS
Nandsa
ATLANT. OZEAN

ANNA MÜLLER-TANNEWITZ

DIE ROTE LADY

K·TH·V

K. THIENEMANNS VERLAG STUTTGART

Karte ECKART MUNZ in Stuttgart
Umschlagzeichnung ELSBETH SCHNEIDLER-SCHWARZ in Stuttgart
Satz bei Süddeutsche Verlagsanstalt und Druckerei GmbH in Ludwigsburg · Text- und Umschlagdruck Offsetdruckerei Gutmann+Co. in Heilbronn · Umschlagreproduktion Hirsch & Beck in Stuttgart · Einband Großbuchbinderei Sigloch in Künzelsau ·
 Printed in Germany ·
ISBN 3 522 **10500 1** 10 9 8 7

I

Die Schwüle des vergangenen Tages und die Neugier trieben Sternblume von ihrer Schlafbank. Das junge Mädchen, durch Lärm geweckt, rieb sich die Augen und trat durch die Mattentür hinaus auf den Dorfplatz.

Ein roter Feuerschein erhellte das Nachtdunkel. Unbeweglich wie braune Holzfiguren umstanden die Wächter das Häuptlingshaus; nur ihre Augen folgten dem Mädchen. Die Luft war auch draußen noch stickig, und lange Rauchschwaden hingen wie Trauerschleier zwischen den hellen Mattenhäusern.

Die Häuptlingstochter schritt an den Reihen der hockenden Krieger vorbei auf das Ratsfeuer zu. Dort thronte auf einem erhöhten Sitz ihr Vater. Hin und her huschte der Lichtschein der Flammen über die schwarzweiße Federkrone und das ebenmäßige Gesicht des roten Mannes, über sein weißes, herabfallendes Haar und den muskulösen Oberkörper.

Jetzt streckte er das kräftige Kinn vor, und um seinen Mund grub sich ein Zug von Grausamkeit, während er seine Augen forschend auf einen gefesselten Mann richtete, den zwei Krieger heranschleppten.

Unruhe ging durch die Versammelten. Jeder wollte den zitternden Gefangenen sehen, der jetzt auf dem Platz vor den Priestern und dem Oberhäuptling stand.

Still hockte sich Sternblume zu Füßen ihres Vaters neben das Feuer. Von hier konnte sie alles sehen. Vielleicht erfuhr sie etwas

Neues. Gerade begann eine Gerichtsversammlung, und niemand würde es wagen sie fortzuweisen, obwohl hier nur Männer waren.
Zwei Paukenschläge machten dem Gemurmel der Menge ein Ende. Der Ankläger, ein Mann mit rotbemalten Augen und weißen Streifen auf seinem rußbeschmierten Gesicht, stieß einige laute Schreie aus und begann zu sprechen, indem er sich dem Oberhäuptling ehrerbietig näherte. Die schwarze Bemalung, die Hahnenkammfrisur, die schwarze Vogelschwinge über dem linken Ohr, verrieten, daß er ein Gehilfe des Oberpriesters war. Zudem erkannte Sternblume ihn an seiner Stimme: es war Eulenauge.
Er zeigte auf den Gefesselten und rief: „Mit meinen eigenen Augen sah ich ihn von den Weißen kommen, ein Stück grauen Kupfers unter dem Arm."
Eulenauge zog den Gefangenen jetzt näher an das Feuer heran, und Sternblume blickte in ein gequältes Gesicht mit fast noch kindlichen Zügen. Der junge Mann schien kaum älter als sie selbst. Der Arme, wenn sie ihm doch helfen könnte! Schwere Strafe erwartete ihn, denn er hatte das Verbot des Oberhäuptlings übertreten und war auf frischer Tat ertappt worden. Sie kannte ihn nicht; er mußte aus einem entlegenen Dorf stammen.
Wieder hörte sie die Stimme des Anklägers:
„Du trägst drei Linien fest in deine Haut eingebrannt, das Stammeszeichen von Großer Adler, und doch hast du sein Verbot übertreten!"
Je mehr Beschuldigungen Eulenauge vorbrachte, um so mehr verfinsterte sich das Gesicht des Oberhäuptlings.
Sternblume überlegte. Sollte sie nicht lieber fortschleichen? Diese Verhandlung ging sicher nicht gut aus, und der arme Junge tat ihr leid. Aber dann blieb sie doch. Vielleicht gelang

es ihr, wie schon oft, den Vater umzustimmen. Wenn ihr doch irgend etwas Drolliges einfiele, womit sie ihn zum Lachen bringen könnte. Immer lauter klang die Stimme des Anklägers.
„Gelogen hat dieser Bursche! Nichts wollte er von einem Stück Kupfer wissen! Aber ich durchsuchte seinen Wigwam und fand dieses runde Ding hier."
Damit reichte Eulenauge einen Zinnteller hinauf, den der Oberhäuptling neugierig ergriff und lange sinnend von allen Seiten betrachtete und befühlte. Dann klopfte er mit dem Finger dagegen, und Sternblume hörte einen dumpfen Klang.
Sie stand auf, um besser sehen zu können. Auf dem Ding war ja das Bild einer Frau eingeritzt, deren Körper ganz verhüllt war. Sicher eine Weiße, dachte Sternblume. Hatte man ihr nicht erzählt, daß Abbildungen von Menschen eine große Kraft besäßen und eine gute oder eine böse Zauberwirkung auf den Beschauer ausübten?
Plötzlich hielt sich die Häuptlingstochter die Augen zu und zeigte schreckliche Angst. Dann flüsterte sie ihrem Vater etwas ins Ohr.
Der Oberhäuptling gab darauf den Zinnteller sofort dem Priester, der ihn mit seinen Medizinmännern und Wahrsagern einer genauen Prüfung unterzog. Inzwischen stellte der Ankläger Fragen an den Gefangenen: „Weshalb hast du das Gebot von Großer Adler übertreten und bist zu den Tassautessus, den Hemdenträgern, gegangen?"
„Ich wollte wissen, ob sie in unserem Lande bleiben."
„Und weißt du es jetzt?"
„Ja, sie bleiben!"
„Woher weißt du das?" erklang plötzlich die Stimme des Oberhäuptlings.
Sternblume fuhr zusammen. Noch nie hatte sie erlebt, daß ihr

Vater ohne Vermittlung seines Sprechers mit einem einfachen Mann redete.
Auch durch die Versammelten ging eine Woge des Erstaunens und der Erregung. Doch als der junge Mann antwortete, trat plötzlich Stille ein.
„Ich habe einen Korb Mais als Tauschware mitgenommen, und die Hemdenträger gaben mir zu verstehen, daß sie mehr davon haben wollten, um die Körner zu säen. Und wer pflanzt, der will auch ernten und bleibt im Land."
Sternblume sah, wie sich das Gesicht des Vaters zusammenzog. Er kniff die Augen zu, bis nur noch zwei schmale Schlitze blieben. So sah er aus, wenn er in Zorn geriet. Jetzt griff Großer Adler nach einem neben ihm liegenden Pfeil und hielt ihn sichtbar in die Höhe. Das bedeutete das Todesurteil, wenn es dem Angeklagten nicht gelang, seine Unschuld zu beweisen.
Der junge Mann zuckte zusammen. Es kam ihm zum Bewußtsein, daß er einen Fehler gemacht hatte. Hilfesuchend sah er die Häuptlingstochter an. Für einen Augenblick trafen sich ihre Blicke, und Sternblume traten vor Mitleid die Tränen in die Augen. Doch dann lächelte sie, um dem Jungen Mut zu machen.
Inzwischen war der Zinnteller in die Hände des Oberpriesters gelangt, der sich anschickte, ihn dem Oberhäuptling zurückzugeben. Mit der Behendigkeit einer Wildkatze sprang Sternblume hinzu. Schnell ergriff sie mit spitzen Fingern den Teller, und mit eindrucksvollen Gebärden, die ihren Abscheu vor dem fremden Ding ausdrücken sollten, stellte sie ihn auf den Boden. Dann wandte sie sich dem Vater zu und schnitt eine Grimasse, während ihr Fuß den Teller fortstieß.
„Pocha-huntas", drohte Großer Adler, und seine finstere Miene erhellte sich. Sternblume lachte; endlich nannte der Vater sie mal wieder ‚Kleiner Schelm'.

Doch Eulenauge schoß einen mißbilligenden Blick auf das Mädchen und nahm den Teller wieder auf. Drohend hielt er ihn dem Angeklagten entgegen.

„Und weshalb hast du das Geschenk der Weißen nicht dem Oberhäuptling abgeliefert?"

Der junge Mann hatte die Geste der Häuptlingstochter verstanden. Mit einem listigen Zwinkern in seinen Augenwinkeln antwortete er: „Ich dachte, in dem grauen Kupfer säße ein böser Geist, ein schlimmer Zauber, und Großer Adler könnte darunter leiden!"

„Ein böser Zauber!" rief Eulenauge erschreckt und stellte den Teller auf einen Stein neben das Feuer.

„Habt ihr es gehört, ein böser Zauber!" so lief das Gemurmel durch die Reihen der Männer. Mißtrauische Blicke musterten den Teller. Der Ankläger wollte gerade wieder zu reden beginnen, als der Mund ihm offen stehen blieb. Das Ding bewegte sich ja...

„Da, da!" stammelte er und wies mit dem Finger auf das graue Etwas.

Sternblume beugte sich vor, und deutlich sah sie, wie der runde Rand des Tellers sich erst hob und dann senkte. Jetzt verschwand er gänzlich, und einzelne glitzernde Tränen liefen an dem Stein herunter. Dann löste sich auch die runde Mitte auf. Lauter graue Kügelchen tropften herab, immer mehr, immer schneller. Auf einmal war der Stein leer und lag unbeweglich wie zuvor da.

Sternblume rieb sich die Augen. Sie sah, wie einige der vordersten Männer fortschlichen. Der Ankläger, die Priester und auch der Oberhäuptling verstummten. Sie alle waren fest davon überzeugt, daß die Weißen Zauberkraft besaßen; erst viel später sollten sie erfahren, wie schnell Zinnteller schmelzen.

Sternblume sah zu ihrem Vater auf. Täuschte sie der Fackelschein des Feuers, oder lächelte der Häuptling wirklich? Sie sah, wie er den Pfeil niederlegte, und sie hörte, was er dem Sprecher befahl. Und dann verkündete Eulenauge:

„Großer Adler schenkt dir das Leben. Der Zauber der Weißen ist verschwunden. Aber um dein Gedächtnis zu stärken, erhältst du eine Tracht Prügel."

Sternblume sah noch, wie zwei Krieger den jungen Mann, der ihr dankbare Blicke zuwarf, wegführten. Dann ging auch sie fort, um vor dem Vater daheim zu sein. Erst jetzt merkte sie, daß ein frischer Wind vom Fluß herwehte, der den Rauch verjagte und die Wolkendecke aufriß. Ein Stück des Nachthimmels wurde frei und zeigte seine strahlenden Lichter.

Herzmuschel, die Pflegemutter der Häuptlingstochter, hob die Mattentür auf, um ihren Liebling einzulassen. „Es ist schon spät, du müßtest längst schlafen", schalt sie lächelnd und zeigte zum offenen Rauchloch hinauf.

In dem nachtschwarzen Viereck stand ein Stern. Versonnen blickte die Alte hin: „Ja, ich entsinne mich noch genau. Als deine Mutter bei ihrem Tode auf diesen Stern versetzt wurde – seither strahlt er doppelt so hell – warst du gerade einen Tag alt. Und deshalb nannten dich die Verwandten ‚Sternblume'."

Auch die Häuptlingstochter schaute hinauf, und es war ihr, als ob der Stern ihr freundlich zublinzelte. Draußen wurden Stimmen laut. Während Herzmuschel dem Mädchen das Nachtlager wieder zurechtlegte, erfuhr sie vom Verlauf der Gerichtsverhandlung. Aber dann fielen Sternblume die Augen zu. Sie fühlte nur noch, wie eine Hand ihr liebevoll über das Haar strich.

Der neue Tag brachte viel Abwechslung, und nichts erinnerte mehr an das Erlebnis der Nacht. Sternblume spielte draußen auf dem Feld mit ihren Freundinnen Ball. Lautes Rufen vom Dorf her ließ die Mädchen aufhorchen. Sie blickten zu der Wand aus dicken Baumstämmen, die sich rings um die Häuser hinzog.

Von dort kam eilends die alte Herzmuschel, von den Kindern nicht anders als Mütterchen genannt. „Sternblume! Sternblume!" rief sie. Über ihrem Arm hing etwas, das wie ein Riesenstrauß blauer Blüten aussah.

„Der neue Federmantel!" jubelte das Mädchen und stürmte der Alten entgegen, daß ihr die losen Haare im Winde flogen.

„Wie siehst du nur wieder aus, mein Täubchen", schalt Herzmuschel zärtlich, als Sternblume atemlos vor ihr stand. „Komm, ich will sehen, ob er paßt."

Das Mädchen faßte das lange Hinterhaar zusammen, während Herzmuschel ihm den Mantel überwarf. Ein langes „Oh" der Bewunderung erklang, als Sternblume sich jetzt aufrichtete. Bis zu den Knien reichte das Kleidungsstück, das in einem vieltönigen Blau erstrahlte. „Wie Glockenblumen, wie Klematis, wie Glyzinien", verglichen und stritten die Freundinnen, während sie vorsichtig über die seidige Oberfläche strichen.

Der Mantel, in Wirklichkeit eine länglich-viereckige Decke, bestand völlig aus den Federn des Blauhähers. Die einzelnen Kiele und Spulen waren so künstlich miteinander verbunden, daß man nichts von den Seidengrasfäden sehen konnte, die das Ganze zusammenhielten. Wie bei dem Kleid eines Vogels lag ein Federchen über dem anderen, und die Oberfläche dieses kunstvollen Gewirkes schimmerte bald heller, bald dunkler, je nachdem sich Sternblume drehte und bewegte.

„So könnte auch Awenhai, die Maismutter, ausgesehen haben", meinte Herzmuschel, erfreut über die gelungene Arbeit.

„Aber warum denn?" wollte Klingende Rassel wissen.

„Du führst deinen Namen nicht mit Unrecht", erwiderte die Alte lächelnd und strich dem Mädchen das über die Stirn kurz geschnittene Haar zurecht, „du bist wirklich eine Rassel, und dein Mund kann nicht einen Augenblick stille stehen. Awenhai ist doch vom Himmel gefallen, und der Mantel ist beinahe noch blauer als das Land dort oben."

„Erzählen, erzählen, Mütterchen!" bettelten alle, aber Herzmuschel wehrte ab: „Bei Tage darf man das nicht, vielleicht heute abend."

„Ob die weißen Mädchen auch so etwas tragen?" Sternblume blickte fragend von dem Federmantel hin zu der Alten. Ein plötzliches Schweigen befiel die fröhliche Gesellschaft. Alle dachten an die Fremden, die nach der Maisaussaat in das Land gekommen waren, und von denen man unglaubliche Dinge erzählte.

„Bärte sollen sie haben, sogar die ganz jungen Männer!" berichtete Klingende Rassel und deutete mit der Hand einen Bartwuchs an, der mindestens bis zum Gürtel ging. „Daher können sie auch nicht mit Pfeilen schießen, denn der Bart wikkelt sich in die Bogenschnur!" Die Mädchen schrien vor Lachen.

Sternblume blieb ernst, aber ihr Herz klopfte, wenn sie an die Weißen dachte. „Es wird mir zu heiß, ich ersticke gleich", stöhnte sie, „fühle nur mein Gesicht"; und damit hielt sie Herzmuschel ihre glühende Wange hin.

Schnell nestelte die Alte die Schleifen auf, schlug den Federmantel zurück und legte ihn sorgsam über den Arm. „Ach ja, für so einen warmen Tag wie heute ist der Mantel ja nicht gedacht, du solltest ihn nur zur Probe anziehen." Wohlgefällig ruhte ihr Blick auf den schlanken, ebenmäßigen Gliedern ihres Lieblings. Wenn Sternblume auch Häuptlingstochter war, so trug sie doch nichts anderes als ihre Gefährtinnen: einen fransenbesetzten, weißgegerbten Schurz aus Hirschleder, der von der Taille bis halbwegs zu den Knien reichte. Sie fiel unter den anderen Mädchen durch ihr schmales und kluges Gesicht auf. Was für hervorstehende Backenknochen hatte doch Klingende Rassel, und Kleine Bohne mit ihrer platten Nase versprach ebenfalls keine Schönheit zu werden. Dagegen sah Sternblume aus wie das Ebenbild ihrer verstorbenen Mutter. Kein Wunder, daß Großer Adler mit solcher Liebe an dem Mädchen hing.

Bei Sonnenuntergang saß Herzmuschel mit einer Schar Kinder, junger Mädchen und Frauen am Waldrand, der sich weit hinter dem Dorf hinzog. Frei konnte der Blick in die Weite schweifen, den Pamfluß hinauf und hinunter. Im Westen glutete der Himmel und übergoß die weite Niederung mit einem goldenen Glanz. Von den Tümpeln und Bächen tönte das Konzert der Frösche, zwischen den Bäumen riefen die Truthühner ihre Gefährten zusammen, und unter den Wolken zogen die Geschwader der Brachvögel ihren Ruheplätzen zu; ihr silberweißes Gefieder leuchtete im Abendrot wie Kristall.

Da begann Herzmuschel ihre Erzählung: „Es dauert nicht mehr lange, bis die Früchte gereift sind und die Blätter fallen. Dann kommen die Vögel aus dem Norden und bedecken jedes Gewässer mit ihren Schwärmen. So ähnlich war es auch, als Awenhai vom Himmel herabfiel.“

Die Sonne war inzwischen verschwunden und hatte alles Licht mitgenommen. Am Westhimmel standen einige dunkle Wolken. Herzmuschel deutete nach Osten, wo die ersten Sterne aufblitzten.

„Was ihr dort seht, ist die Unterseite des Himmels. Auf der anderen Seite dehnt sich ein Land, das fast ebenso aussieht wie unsere Erde; nur daß es dort keine Sonne gibt. Dafür erhebt sich auf einer gewaltigen Ebene ein Lichterbaum, der das ganze Jahr mit glänzenden Blüten bedeckt ist und soviel Helligkeit ausstrahlt, daß die Bewohner der oberen Welt keine Sonne brauchen.

An den Flüssen und Bächen des Himmelslandes wohnen die Ongwe, die Himmelsmenschen, die Urwesen aller Dinge. Neben dem leuchtenden Baum auf der Ebene steht die Hütte des Häuptlings der Ongwe, den sein Volk Erdhalter nennt.

Dieser Mann nahm sich, als jene Himmelswelt unmeßbar lange Zeit bestanden hatte, ein Mädchen zur Frau mit Namen Awenhai. Eines Tages traf er sie dabei, wie sie freundliche Worte mit dem Feuerdrachen wechselte. Das ärgerte ihn gewaltig. Schließlich überwältigte ihn die Eifersucht so, daß er seine Frau zu verstoßen gedachte, sobald sie Mutter geworden sei. Awenhai gebar ein Mädchen, dem der Häuptling den Namen ‚Wirbelwind' gab.

Danach befahl er, den Lichterbaum zu entwurzeln, und ließ alle Ongwe durch das im Himmelsboden entstandene Loch sehen, auch seine Frau. Während sie sich vorbeugte, stieß er sie mitsamt dem Kind in die Tiefe."

Hier konnten die Zuhörerinnen nicht mehr an sich halten. „So ein Bösewicht! Die arme Awenhai!" klangen die Stimmen durcheinander. Kleine Bohne fragte, ob das Loch die Sonne wäre. „Hört nur zu, ihr werdet alles der Reihe nach erfahren", beschwichtigte Herzmuschel und fuhr fort: „Der Häuptling ließ den Lichterbaum aufrichten und die Öffnung wieder schließen. Inzwischen fiel die Frau den Abgrund hinab, auf einen dunklen Fleck zu, den sie bald als eine Wasserfläche erkannte, auf der sich alle möglichen Vögel herumtrieben. Erde gab es nirgends. Die Tiere sahen die Fremde herabsinken und eilten, festen Boden für sie zu schaffen.

Die guten Taucher, wie Biber und Bisamratte, holten Schlamm vom Meeresgrund und breiteten ihn auf dem Rücken der großen Schildkröte aus. Die Vögel stiegen in dichtgedrängter Masse empor, fingen die Fallende auf und setzten sie sanft auf der kleinen Insel ab, welche der Panzer der Schildkröte trug.
Am nächsten Morgen fand Awenhai neben sich einen Hirsch und Feuerholz, so daß sie sich ein Essen bereiten konnte. Sie baute sich eine kleine Grashütte und lebte dort mit ihrer Tochter, die rasch heranwuchs. Die kleine Erdinsel aber vergrößerte sich mehr und mehr bis zu ihrem heutigen Umfang.
Awenhai hatte einen Maiskolben in der Hand, als der Häuptling sie hinunterstieß. Dessen Körner säte sie aus, und daher haben wir unseren Mais."
„Deshalb heißt sie wohl auch Maismutter?" fragte Klingende Rassel.
„Natürlich", bekräftigte Herzmuschel und stand auf. „Es wird Zeit, daß ihr auf die Schlafbank kommt. Ein andermal erzähle ich euch weiter, wie die Enkel Awenhais die Erde für die Menschen herrichteten."
Zwischen den Bäumen huschten die Fledermäuse, und vom Dorf her klangen in regelmäßigen Abständen die Rufe der Wachtmänner, die das Haus des Oberhäuptlings umstanden.
Sternblume konnte lange nicht einschlafen; im Traum sah sie die Vögel, wie sie die fallende Awenhai auf ihre Flügel nahmen, und die Schildkröte, wie sie ihren Rücken aus dem Wasser hob. Und mitten auf der Erdinsel stand der Baum mit seinen glänzenden Blüten.

II

„Auch die Fremden müssen sterben, sie sind keine Ongwe“, sagte die alte Weidenrute, faßte ihre Hacke fester, zog das Unkraut aus und warf es auf den Weg. „Ja, sie müssen sterben wie wir, wie die Hirsche, die Bären, die Biber...“

Ein triumphierendes Lächeln umspielte den faltigen Mund der Indianerin, und ihre Stimme klang so laut, daß die anderen Frauen ihre Arbeit unterbrachen. Da die Sonne im Mittag stand, gingen alle zum Feldrand, wo sie sich niederhockten, um auszuruhen.

„Ich war mit dem Oberpriester beim Wohnplatz der Fremden“, fuhr die Alte fort. „Dort sahen wir einen weißen Mann, gespickt mit Pfeilen. Er jammerte wie ein Weib. Da erschlug ihn einer unserer Krieger mit der Keule, bevor das Geschrei seine Gefährten herbeirief. Ein toter Weißer! Ein toter Tassautessu! Und wir haben ihn mit unseren eigenen Augen gesehen!“

Die Zuhörerinnen grunzten Beifall, und die Sprecherin schien mit der Wirkung ihrer Rede zufrieden, denn die sonst so stumpfsinnigen Gesichter schauten neugierig zu ihr auf, um noch mehr zu erfahren.

Nur Sternblume zeigte keine Neugier. Sie hatte gerade einen Mokassin fertig genäht und schüttete nun aus einem Beutelchen bunte Schweinsborsten darauf, die sie zu einem schönen Muster ordnete und auf dem Schuh befestigte.

Die alte Weidenrute nahm diesen Mangel an Aufmerksamkeit nicht weiter übel, denn die Mokassins waren für ihren Sohn bestimmt, genau wie Sternblume selbst. In einiger Zeit würde sie als Schwiegertochter zur Familie des Oberpriesters ziehen.

Weidenrute führte abwechselnd mit den Frauen des Oberhäuptlings die Aufsicht über die Feldarbeit. Ihre Art war es nicht zu erzählen, sondern zu horchen. Aus Klatsch und Tratsch erfuhr sie manches, was auch ihren Mann interessierte. Aber heute wollte sie selbst sprechen, um die Mädchen und Frauen von ihrer Bewunderung für die Fremden zu heilen – glaubten doch viele, die weißen Männer seien Ongwe. Ihrem Namen alle Ehre machend, stand sie kerzengerade vor den Hockenden.

„Ihr kennt doch Eulenauge, dessen Wißbegier nie schläft?"

„Den Wahrsager aus dem Tempel?"

„Ja, er erspähte das Kanu der Fremden zuerst. Auf einem Riesenkanu, das den Südstrom aufwärtsfuhr, saßen dichtgedrängt doppelt so viele Weiße, wie ich Finger an den Händen habe." Die Alte hob zweimal ihre Hände hoch, damit jeder nachzählen konnte.

„Noch in derselben Nacht weckte Eulenauge den Häuptling von Paspa. ‚Du mußt aufstehen und alles vorbereiten, um mit deinen Leuten auf den Kriegspfad zu gehen, denn die Weißen haben das große Wasserhaus verlassen und fahren mit einem Kanu den Fluß aufwärts. Jetzt ist die beste Gelegenheit für einen Überfall, denn nur wenige Hemdenträger sind zurückgeblieben.' Während der Häuptling seine Krieger sammelte, eilte Eulenauge mit der guten Nachricht zu uns. Der Oberpriester wollte auch einmal das große Wasserhaus sehen. So wanderten wir zum Südfluß, tags schlafend und nachts wandernd. Hohes Gras reichte dicht bis an ihren Wohnplatz. Dort versteckten wir uns und sahen alles, was an diesem Abend geschah. Die Fremden bemerkten uns nicht, denn ihre Augen sind so schlecht wie die der Ochsenfrösche.

Hohes Gras, keine Palisade, keine Augen im Kopf! Das

wollen Krieger sein! Das sollen Ongwe sein! Die kommen nicht von dort oben“ – sie zeigte zum Himmel.

„Nein, aus dem Wasser kommen sie. Aus dem Wasser, wo alles Böse herkommt. Über das Wasser sind sie mit ihrem Wasserwigwam gekommen. Wasseraugen haben sie, und ihr glaubt, es seien Ongwe!“

Weidenrute fing ein grunzendes Lachen an, in das die anderen einstimmten. Die jungen Frauen wiegten sich in den Hüften, und das Gelächter schien alle zu erfreuen.

Sternblume packte ihre Handarbeit ein und machte sich still auf den Heimweg. Sie kannte die grausige Geschichte und wollte sie nicht noch einmal in allen Einzelheiten hören.

Leichtfüßig schritt das junge Mädchen durch das Maisfeld. Bald würden die Bohnen an den Stielen des Maises hochklettern. Zwischen den Reihen am Boden krochen die Kürbisranken hin, ihre ersten zarten Blätter zeigend. Sternblume befühlte die jungen Maiskolben, und das Wasser lief ihr im Munde zusammen. Die weißen, milchigen Kolben schmeckten gedämpft und in Fett getunkt herrlich. Auf dieses Essen freute sie sich jetzt schon.

Die Häuptlingstochter bog um die Ecke, und der Wind trug ihr das Gekicher und Lachen der Zurückgebliebenen zu. Dem Mädchen fielen die Worte der Mutter Weidenrute wieder ein. Sie hatte recht. Die Fremden kamen von weit her über das Wasser. Aber waren sie deshalb böse?

Keinesfalls hätte Weidenrute das sagen dürfen. Ihr Sohn hieß doch deshalb ‚Schneller Stör‘, weil er in einem Kanu neben einem Stör zur Welt gekommen war. Weidenrute erschrak damals so über den großen Fisch, der beim Überqueren des Flusses ins Kanu schnellte und es fast umwarf, daß sie zu früh niederkam. Ja, Mutter Weidenrute mußte es vergessen haben.

Aber die anderen Frauen erzählten oft und gern, wohl mit etwas Schadenfreude, wie der Oberpriester mit seiner Frau und dem Neugeborenen vom Wasser her gekommen sei. Genau so, wie jetzt die Weißen ...

Und Schneller Stör war doch deshalb nicht böse. Sternblume sah den großen Jungen gerne. Leider kam er meist erst abends ins Dorf, weil es den angehenden Priestern verboten war, mit dem Volk und etwaigen Verwandten in Berührung zu kommen. Aber die langen Abende des letzten Winters hatte er oft im Häuptlingshaus verbracht, und Sternblume dachte gern daran zurück.

Sie blickte zu dem Waldstreifen auf, der zur Tempelsiedlung anstieg. Wo das Nordufer des Pam seine höchste Erhebung hatte, lag der Tempel mit den Begräbnisstätten der Häuptlinge.

Sternblume entnahm ihrem Beutel etwas Tabak und streute ihn nach den vier Himmelsrichtungen. Unterhalb des Tempels wohnten die Priester. Dorthin wollte sie in den nächsten Tagen gehen, denn vielleicht hatte Mutter Weidenrute das Verschwinden ihrer zukünftigen Schwiegertochter übelgenommen.

Als Sternblume in die Palisade einbog, in jenen schmalen, von dichten Baumpfählen abgegrenzten Weg, kam ihr Klingende Rassel entgegen.

„Ich suche dich schon lange. Denke dir, Schneller Stör ist bei deinem Vater."

„Was? Bei hellichtem Tage?"

„Ja, alle, die ihn sahen, wunderten sich."

„Mich wundert gar nichts mehr. Denke dir, ich war bei einer Gerichtsverhandlung, und da ging es erst wunderlich zu." Sternblume erzählte ihrer Freundin im Flüsterton die merkwürdige Geschichte von dem Zinnteller.

„Ja, seitdem die Weißen hier sind, ist es nicht mehr langweilig", meinte Klingende Rassel.

„Aber gesehen haben wir noch keinen. Und ich bin so gespannt darauf."

„Nun, Sternblume, du wirst sicher eher Gelegenheit dazu haben als ich."

„Meinst du? Hoffentlich bald!"

„Aber willst du dich nicht beeilen, damit du Schneller Stör noch antriffst?" ermahnte Klingende Rassel die Freundin.

„Ach ja, beinahe hätte ich ihn vergessen!" Ein leichtes Rot zog über das Gesicht der Häuptlingstochter, und ihre Augen strahlten. Dankbar streichelte sie der Freundin die Wangen und eilte davon.

Auf der Südseite des Häuptlingshauses, dessen Mattenwände mit Tieren und Menschen bunt bemalt waren, saß Herzmuschel beim Kochfeuer.

„Für dich habe ich noch einen Biberschwanz aufgehoben", sagte die Alte und stellte eine Schüssel mit Fleisch und Suppe auf die große Matte am Boden nieder.

Sternblume ging zur Wasserschüssel, wusch sich die Hände und trocknete sie mit einem Federbüschel ab. Dann hockte sie sich nieder, langte in die Schüssel und holte sich ein Stück Fleisch heraus, das sie mit großem Hunger bis auf die Knochen abknabberte. Plötzlich hielt sie inne.

„Ach Mütterchen, wenn nur nicht ein Jäger meine Biberfamilie am toten Fluß entdeckt hat!"

„Nein, mein Täubchen, du kannst ganz ruhig essen. Die Jäger waren weit fort am Nordfluß. Soll ich dein Schüsselchen noch einmal füllen?"

Dankend wehrte Sternblume ab: „Ich möchte doch erst mal feststellen, ob meine Biber wirklich noch leben." Vorher aber

wollte sie nachsehen, wo Schneller Stör war, doch das verschwieg sie. Als sie sich erhob, um davonzulaufen, hielt Herzmuschel sie fest.
„Wo willst du nur so schnell hin; wenn Großer Adler zum Essen kommt, dann sollst du ihm doch Gesellschaft leisten!"
Sternblume sah zur Sonne: „Ich dachte, mein Vater hätte längst gegessen."
„Wann sollte er denn, bis eben war Schneller Stör bei ihm."
Die Alte legte den Finger auf den Mund und flüsterte: „Ich glaube, Schneller Stör war bei den Hemdenträgern. Da gibt es immer viel zu berichten. Aber sieh, er eilt ja schon fort!"
„Warum kommt er nicht her? Glaubt er vielleicht, ich liefe ihm nach?" Das Mädchen verstummte, denn Brennessel, die jüngste Frau des Oberhäuptlings, kam zum Eßplatz.
„Nun bekommt Großer Adler ja Gesellschaft", meinte Sternblume, ergriff ihren Beutel und ging zur Vorratskammer, wo die Behälter mit Ahornzucker standen. Doch ihre Stiefmutter kam ihr zuvor. „Hier hast du ein kleines Stück, er ist nämlich knapp!"
Ohne Widerspruch nahm die Häuptlingstochter den Zucker, dankte und steckte ihn in den Beutel.
Herzmuschel aber schüttelte den Kopf über die dumme Rede der jungen Frau. In dieser Jahreszeit war der Zucker nie knapp, zumal in diesem Frühjahr der Ahornsaft besonders reichlich geflossen und viel Sirup im Wald gekocht worden war. Und Sternblume hatte so fleißig mitgeholfen.
Traurig stand die Häuptlingstochter da. Sogar eine Träne stahl sich in ihre Augen, denn sie dachte an die kleinen hungrigen Biber. Sie wollte den Zucker ja nicht für sich selbst. Herzmuschel sah ihren Liebling an.
„Gib mir den Beutel, ich will dir etwas Pemmikan mitgeben,

du hast heute mittag so wenig gegessen und kommst sicher erst spät wieder."

Umständlich machte sich die Alte zu schaffen, um am Schluß ein in Blätter eingewickeltes Stückchen Fettfleisch in den Beutel zu schieben.

Mit einem dankbaren Blick auf das Mütterchen ging Sternblume fort, von ihrem Hund freudig umsprungen. „Zu den Bibern darfst du nicht mit, Coan", rief sie. Aber der Hund bettelte und heulte so lange, bis sie ihn mitnahm.

Als sie an den Gärten vorbeigingen, hörten sie Kinderstimmen zwischen den Maisstauden. Coan stürmte mit lautem Geheul zwischen die Stauden und verjagte die kleinen Naschkatzen, die an den Milchkolben lutschten.

Dann nahm der grüne Wald die beiden Wanderer auf. Coan trabte den aufsteigenden Weg voran. Langsam folgte das Mädchen. Sie dachte an Brennessel, die immer so unfreundlich zu ihr war. Es sollte ja auch liebevolle Stiefmütter geben, aber Brennessel gehörte nicht dazu. Traurig schaute Sternblume zu den dunkelgrünen Kronen der Bäume hinauf. Warum hatte sie nur ihre Mutter so früh verloren? Einsamkeit überkam sie, sie fühlte sich verlassen in dieser Stille. Zu den Kindern gehörte sie nicht mehr, und zu den Erwachsenen rechnete man sie noch nicht. Sonst wäre doch Schneller Stör hinter das Haus zum Eßplatz gekommen, um sie zu begrüßen.

Die Enttäuschung, daß Schneller Stör sie noch nicht einmal besucht und ein paar Worte mit ihr gewechselt hatte, war der Grund ihrer Niedergeschlagenheit. Doch das kam ihr nicht voll zum Bewußtsein.

Sie pflückte Blätter der Weißeiche und schob sie zu einer Kette zusammen, die sie um ihren hellbraunen Hals und die mit schwarzen Linien verzierte Brust legte. Noch ein Jahr weiter, dachte sie, dann lasse ich mir den Zucker nicht mehr von Brennnessel zuteilen. Warum mag sie mich eigentlich nicht? Ist sie vielleicht eifersüchtig, weil Großer Adler vieles mit mir bespricht und nicht mit ihr?

Dem Mädchen fielen die Worte des Vaters ein: „Du bist klüger als alle meine Frauen zusammen. Schade, daß du nicht meine Schwester bist, dann könntest du die Häuptlingswürde erben."

Die Gedanken an den Vater verscheuchten ihren Kummer. Warum war Schneller Stör von ihm zu den Weißen geschickt worden? Ob er wie der Häuptling von Paspa versuchen sollte, die seltsamen Dinge der Fremden, die Werkzeuge, ja vielleicht sogar den Donner und das Feuer gegen Hirschfleisch zu erwerben?

Der Wind spielte in den Bäumen, und die Sonnenflecken auf dem Boden tanzten hin und her. Die Mittagsstille war vorüber, der Wald wurde wieder lebendig. Bunte Vögel flogen aus dem Unterholz auf, Kriechtiere schlüpften über den Boden, und laut keckerte ein Eichhorn.

Der Weg stieg weiter an und führte zum Platz des Geheimnisses. Dort fanden die heiligen Feiern statt, bei denen der Oberpriester und die Medizinmänner tanzten, und an denen nur Großer Adler und seine Räte teilnahmen. Links, zum Steilufer hin, lagen Tempel und Begräbnisstätten der Häuptlinge.

Eilends bog Sternblume in einen Pfad ein, der hinunter zum Pam führte. Gleich würde sie von hier oben einen herrlichen Blick über das Flußtal haben, ja über den Pam hinweg bis zum nächsten Fluß, wo die Fremden wohnten! Aber noch ehe der Wald aufhörte, stieß sie plötzlich auf Schneller Stör.

Das Mädchen wurde rot, und auch der Priester schien verlegen. „Ich will zum Fluß hinunter, vielleicht fange ich ein paar Wasserhühner, das Essen ist vor dem Maisschnitt knapp", sagte er, um sein Auftauchen zu entschuldigen.

Die Häuptlingstochter wußte, daß die Priester nur weißes Fleisch essen durften. In dieser Jahreszeit blieb meist nur die Abwechslung zwischen Fisch und Tokahoescheiben.
„Tokahoescheiben kratzen mich immer im Hals", unterbrach Sternblume die Pause; „aber morgen beginnen wir mit dem Kolbenschneiden." Dann lächelte sie, und die Sonnenstrahlen huschten über ihr schwarzes Haar und über ihr Gesicht, das zart wie ein reifer Pfirsich schimmerte.
Der Blick des jungen Mannes sog sich an ihrem Bilde fest. „Deine Augen haben Wimpern", flüsterte er, „so lang . . ., so lang wie Seidengras."
Sternblume lachte auf, weil der Vergleich so komisch war.
Schneller Stör wurde noch verlegener, weil er sich nicht richtig ausdrücken konnte. Aber er fühlte sich trotzdem glücklich. Ein eigenartiges, bisher noch nicht gekanntes Gefühl überkam ihn. Wie berauscht vom gegorenen Saft der Persimonpflaume, wie nach einem langen Tanz, bei dem man nicht mehr merkt, ob die Füße noch den Erdboden berühren, so schritt er neben der Häuptlingstochter her. Wenn doch dieser Weg zum Fluß nie enden würde, wollte er sagen; aber dann sprachen seine Lippen ganz andere Worte: „Also morgen schneidet ihr die ersten Maiskolben."
Sternblume nickte. Auch sie mußte ihre Gedanken ordnen, denn die stumme Bewunderung, die ihr zuteil wurde, verwirrte sie. Sie ärgerte sich über diesen niegekannten Zustand. Schneller Stör sollte keinesfalls merken, was in ihr vorging. Zugleich fühlte sie unbewußt noch etwas Neues; eine fremde Macht gesellte sich ihr zu, eine eigenartige Macht über den Mann neben ihr. Plötzlich konnte sie wieder klar denken. Jetzt ist der günstigste Augenblick, etwas von Schneller Stör zu erfahren, durchzuckte es sie blitzartig.

„Ist es noch so, daß du mich später einmal in deinen Wigwam nehmen willst?“ begann sie.
„Sobald dein Vater die Erlaubnis gibt.“
„Mein Vater erfüllt mir jeden Wunsch.“
„Sternblume!“ Das Gesicht des jungen Mannes strahlte.
„Aber zuvor wünsche ich mir etwas von dir!“
„Was denn?“
„Einen Hund, der richtig brüllen kann, so wie die Ochsenfrösche, nein, noch viel lauter als die Ochsenfrösche.“
„Wo soll ich den finden? Alle Hunde hier heulen doch nur.“
Sternblume sah, wie Schneller Stör die Augenbrauen zusammenzog und nachdachte.
„Hörtest du keinen Hund bei den Weißen bellen?“
„Doch!“ Schneller Stör erschrak. Wie konnte er nur zugeben, bei den Weißen gewesen zu sein. Es war doch ein geheimer Auftrag des Oberhäuptlings! Nicht einmal seiner Mutter durfte er etwas von dem Wohin und dem Zweck seiner Reise sagen. Alles war bis jetzt gutgegangen, und nun ließ er sich von einem jungen Mädchen aushorchen.
Sternblume sah den Ärger in des Mannes Gesicht. Sie ging dicht an ihn heran und streichelte seine Wange: „Ich hätte doch zu gern einen Hund, der bellen kann“, umschmeichelte sie ihn, und dann machte sie die Töne des Ochsenfrosches so täuschend nach, daß Schneller Stör lachen mußte, und Coan sein Geheul mit einmischte.
Sternblume strahlte den jungen Mann an: „Wenn du das nächste Mal wieder zu den Hemdenträgern gehst, versuchst du, mir einen Hund einzutauschen. Aber hast du denn gar nichts mitgebracht?“
„Doch!“ Diesmal erschrak Schneller Stör nicht mehr; was sollte er noch verschweigen?

„Dann war also deine Reise nicht umsonst", bohrte das Mädchen weiter. „Hast du den Donner und das Feuerrohr gegen einen Hirsch eintauschen können?"
„Nein, das nicht." Der junge Priester zog einen Beutel unter seinem Hirschledermantel vor: „Da, sieh mal!"
Sternblume schaute hinein und sah feine schwarze Körner.
„Ist das Samen?" fragte sie.
„Vielleicht!" Schneller Stör grübelte. „Du hast recht, es sieht aus wie Samen. Sicher kann man es aussäen und vermehren wie Maiskörner oder Kürbiskerne."
„Wo hast du denn die Körner gefunden?"
„Bei einem schlafenden Weißen, und das kam so. Ich hatte mich mit grünen Sträuchern so gut zugedeckt, daß ein Fremder mit einem geschossenen Truthahn – sein Donnerrohr rauchte noch – an mir vorbeiging, ohne mich zu bemerken. Ich wartete geduldig. Da sah ich, wie der Mann sich niederlegte und einschlief, den Kopf auf dem Donnerrohr.
Ich schlich vorsichtig heran und ergriff einen Beutel, der neben ihm lag. Als ich auch das Donnerrohr wegziehen wollte, erwachte der Hemdenträger und hielt es fest. Er sprang auf und zielte nach mir, aber es kam weder ein Knall noch Rauch. Und so entkam ich mit meiner Beute. Du mußt wissen, aus dem Beutel nehmen sie immer einige Körner, damit das Donnerrohr knallt und blitzt."
In diesem Augenblick schnappte Coan, der hungrig war, nach dem Pemmikanbeutel. Nur mit Mühe ließ sich der Hund abwehren.
Der Abstieg ins Flußtal ging schnell. Coan stürmte ins Schilf und stöberte die Wasserhühner auf, worüber der Priester nicht böse war. Sternblume verabschiedete sich eiligst, bevor Coan zurückkam, und verschwand im Ufergebüsch.

Die Sonne lag über dem Fluß, unerträglich blitzte und glitzerte die weite silbrige Wasserfläche. Der harte Schrei der Reiher klang von den hohen Bäumen, Coans Geheul störte sie. Wenn er nur meine Spur nicht findet, sorgte sich Sternblume.
Sie zog ihre Mokassins aus und watete durch einen seichten Sumpf mit niedrigen Zedern und Zypressen, von denen lange Moosbärte herunterhingen. Am Boden blühten blaue Iris und gelbe Sumpfblumen.
Als die Häuptlingstochter wieder festen Boden unter den Füßen hatte, kam sie zum toten Fluß. An seinem Ufer setzte sie sich im Schatten von Schilf und Farn nieder. Sie war hungrig und wickelte ihren Pemmikan aus. Doch was sah sie da! Mehrere große Stücke Ahornzucker. „Die gute Herzmuschel!" rief das Mädchen voller Freude.
Im Hintergrund ragte die Biberburg mit dem Damm aus dem Wasser und staute den kleinen Fluß. Aber wo waren die Biber? Sternblume blickte umher. Da drang leises, leises Pfeifen an ihr Ohr. Das waren die Stimmchen der Jungen. Sie lächelte glücklich, nun würde sie bald ihre Lieblinge sehen.
Auf einmal entdeckte sie die Bibermutter. Die Alte saß auf dem kunstvoll erbauten Damm, aufrecht wie ein Mensch und äugte scharf.
Das Mädchen lockte und warf zwei Stückchen Zucker hin: „Komm, Großmütterchen, ich habe dir was mitgebracht!"
Die Bibermutter schlug einen Purzelbaum vor Vergnügen, nahm ein Stückchen Zucker in ihre kleinen Hände und rief ihre Kinder. Die Kleinen ergriffen es und balgten sich darum mit lautem Geschrei. Schließlich holte die Alte das zweite Stück herbei und gab es dem Leerausgegangenen mit einem Klaps auf sein Hinterteil.
Sternblume lachte laut und setzte sich zu ihren Lieblingen. Seit

sechs Jahren besuchte sie ‚Großmutter', die damals so klein war wie ihre Kinder jetzt. Sie hatte viele Kinder und Enkel, die nun an anderen Flüssen bauten. Ihre Würde hielt sie aber nicht ab, ein neues Zuckerstück zu nehmen und sich wie ihre Kleinen, auf dem Rücken liegend, hin und her zu rollen, während ihre Händchen das Stück festhielten, an dem sie laut schmatzend knabberte.

Ein zufriedenes Grunzen zeigte an, daß diese Tätigkeit beendigt war. Nun hielt sie ihre Kleinen an, bei der Arbeit zu helfen, und schleppte Weidenschößlinge herbei. Plötzlich zeigten die Kinder keine Lust mehr und schimpften in allen Tonarten. Schließlich liefen sie zu der Häuptlingstochter. Von ihr war der Zucker doch gekommen.

Sternblume stellte sich schlafend. Da kletterten die kleinen Wollknäuels an ihr hoch, zupften an dem hirschledernen Rock und fingen in Heultönen so laut an zu quäken, daß jeder Fremde gedacht hätte, dort schrien Säuglinge.

Die Häuptlingstochter rührte sich nicht, sie wollte den Rest des Zuckers noch aufheben. Doch als sie sich nach ihrem Beutel umdrehte, sah sie bereits die Bibermutter damit beschäftigt, alles auszukramen. Und nun hatte sie ihn gefunden, den Zukker! Triumphierend hielt sie das große Stück mit beiden Händen und lief schnell zum Bau, die Kleinen hinterher.

Gleich darauf hörte das Mädchen lautes Schmatzen und zufriedenes Gemurmel. Leise schlich Sternblume fort. Sie war beruhigt; so leicht würde kein Unglück ihre Biber treffen, denn hier war das Jagdgebiet der Priester, und die erlegten nur Tiere mit weißem Fleisch. Auch die Waschbärmutter, die mit ihren Jungen gerade im Dickicht verschwand, würde nichts zu fürchten haben, und auch nicht das graue Eichhorn, das sich neugierig von Ast zu Ast fallen ließ.

Sternblume stieg zum Waldrand hinauf und sah zurück zum Pam mit seiner weiten Tiefebene. Weit hinten beim Südfluß sollte der Wohnplatz der Fremden liegen. Plötzlich fiel ihr ein, daß die Freundinnen sie bei Sonnenuntergang zum Ballspiel erwarteten. Im Dauerlauf ging es durch den Wald.

Auf einmal kam Coan angesprungen, der seine Herrin überall gesucht hatte. Auch Herzmuschel eilte der Häuptlingstochter entgegen.

„Ach Mütterchen, du hättest die Freude der Biber über den Zucker sehen sollen“, berichtete Sternblume und drückte der Alten die Hand.

Herzmuschel sah den Mädchen gerne beim Ballspiel zu und trieb sie zum Üben an, denn bald würde das Wettkampfspiel gegen die Jungen stattfinden, das Spiel der Hasen gegen die Bären. Das Mütterchen gab der Häuptlingstochter den Schläger, und Sternblume mischte sich zwischen die Spielenden. Da ließ ein kurzer, ferner Donnerschlag alle zusammenfahren.

„Das kann doch kein Gewitter sein? Es ist doch keine Wolke zu sehen“, fragten die Mädchen verängstigt und drängten sich zusammen.

„Nein“, erwiderte Herzmuschel leise, als ob lautes Sprechen den Donner zum zweiten Male hervorlocken könnte, „das sind die Fremden!“ Sie deutete nach Südosten. Von dort war der rollende Schall gekommen. „Hinter dem Walde wohnen sie, am nächsten Fluß. Sie haben die Stimme des großen Donners sprechen lassen.“

Eine Weile lauschten die Erschrockenen. Doch alles blieb still. Nach und nach kamen die aufgeschreckten Vögel wieder, und in ihr Gezwitscher stießen bald die hellen Schreie der Wiesenkraniche. Die Mädchen beruhigten sich.

„Woher mögen sie den Donner haben? Und woher sind sie

überhaupt gekommen? Haben sie wirklich so große Kanus, größer als unsere Mattenhäuser? Ist ihre Haut tatsächlich so weiß wie gegerbtes Hirschleder?"

Herzmuschel sollte alle Fragen beantworten, aber sie schüttelte nur den Kopf: „Vielleicht sind sie aus dem Lande über der Erde oder unter der Erde, wer weiß es! Mein Brudersohn erzählte, daß ihre Kanus so groß sind wie ein Häuptlingshaus.

Aber jetzt lauft und spielt wieder Ball." Damit schnitt die Alte weitere Fragen ab.

Ach ja, der Ball, wie konnten sie ihn nur vergessen! Wo war er nur? Natürlich hatte ihn Kleine Bohne in den Mais geworfen! Jauchzend stoben die Mädchen ins Feld und tollten bald wieder zum Spielplatz.

„Sie haben noch kein Gedächtnis und das ist gut; sie vergessen schnell", murmelte Herzmuschel und bog in die Palisade. Ihr kam der grollende Donner jenseits des Waldes nicht aus dem Kopf. Zum sechzigsten Mal sahen ihre Augen Pflanzzeit und Maisernte, Hirschjagd und Vogelzug, aber jetzt war etwas Fremdes im Land erschienen.

Nun, Ahone, der gute Geist, würde seine Kinder beschützen.

III

Ein dumpfes, gleichmäßiges Pochen weckte Sternblume. Sie erschrak, denn sonst badete sie schon, wenn das Stampfen der Maismörser begann. Flink schlüpfte sie aus der Tür und eilte dem Flüßchen zu.

Die Badestelle lag leer und verlassen da; selbst die Mütter mit den kleinen Kindern, die immer zuletzt kamen, waren längst schon wieder zu Hause. Von den Feldern tönten die Klappern der kleinen Maiswächter, die auf ihren hohen Gerüsten saßen und die Vögel wegjagten. Gerade zogen neue Kinder mit Rasseln und Klappern heran, um die Obensitzenden abzulösen.

Die Häuptlingstochter trat in den seichten Bach, schüttete das klare Wasser über sich und ließ es an ihrem Körper herniederrieseln. Plötzlich rauschte es im Schilfrohr. Klingende Rassel und Kleine Bohne stürmten hervor und übergossen die Erschrockene mit einem Sprühregen.

„Du hast dich wohl verschlafen? Vergiß nur nicht das Ballspiel!"

Sternblume lachte, schüttelte die Tropfen ab und kletterte an das Ufer. Dann legte sie den kurzen Lederrock an und musterte den Himmel. Die diesige Luft flimmerte wie ein leichter Nebel über dem Möwenbach, und für den Nachmittag stand sicher das gewohnte Gewitter in Aussicht.

„Es wird genau so heiß wie gestern, wir wollen lieber morgen spielen", rief sie den Freundinnen zu und lief nach Hause. An der Mattentür prallte sie auf Herzmuschel, die das Frühstück auf einer Holzplatte hinaustrug.

„Wo bleibst du nur, mein Mädchen! Komm, du sollst draußen essen."

Unter den Maulbeerbäumen im Schatten war die Matte ausgebreitet, und die Häuptlingstochter kauerte sich hin. Herzmuschel stellte das Frühstück beiseite. „Erst muß ich dein Haar in Ordnung bringen“, sagte das Mütterchen und zog aus ihrem Beutel eine Art Holzkamm und zwei Muscheln. Mit großer Geschicklichkeit schnitt sie mit den scharfen Kanten der Muscheln das in die Stirn fallende Haar gleichmäßig kurz.

„Die Zeiten sind vorbei, daß ich dich im Stehen kämmen konnte, du bist im letzten Jahr aufgeschossen wie ein Ahornbäumchen“, murmelte die Alte halb im Selbstgespräch, während Sternblume nach dem Maisbrot griff.

„Du tust ja gerade, Mütterchen, als ob die Jagd und der Blätterfall schon vorbei wären, du hast ja mein Brot mit Hirschfett geschmiert.“

Ehe Herzmuschel etwas erwidern konnte, sprudelte sie weiter: „Weißt du eigentlich, wo Großer Adler ist?“ Merkwürdig, das Wort Vater gebrauchte sie selten, und niemand konnte ihr das abgewöhnen.

„Der Oberhäuptling sitzt im Beratungshaus und spricht mit meinem Brudersohn Weiser Rabe, den er nach Mahunt am Nordfluß schicken will. Eigentlich sollte ich die Gelegenheit benutzen und mitgehen. Meine Schwester in Mahunt wartet schon lange auf meinen Besuch.“

Mit einem Ruck stand Sternblume auf den Füßen, faßte Herzmuschel an beiden Armen und drehte sie jauchzend herum: „Ich gehe mit! Ich gehe mit!“ Und schon flog sie davon, ihren Vater um Erlaubnis zu bitten.

Kopfschüttelnd nahm die Alte Brot und Kamm auf. „Man sollte sie Wirbelwind nennen, das paßte besser zu ihr.“ Sie wußte, daß Großer Adler seinem Liebling keine Bitte abschlug. Die Reise nach Mahunt war so gut wie sicher.

Es dauerte aber doch noch einige Zeit, ehe es fortging. Der Augustmais war schon geschnitten, als Weiser Rabe, Herzmuschel und Sternblume aufbrachen. Vier Diener begleiteten sie und trugen Matten und Binsenkörbe mit Hausrat und Essen.

In den Gärten rings um die Palisade färbten sich die Kürbisse gelb, und die Tabakstauden neigten ihre Blätter. Auf den Feldern pflückten die Frauen Bohnen und legten sie in Körbe aus geflochtenem Gras. Die Kinder trugen sie zum Feldrand, wo große Bottiche aus Splissen der Weißeiche die grüne Last aufnahmen.

Von allen Seiten winkte man den Wandernden zu, bis der Wald sie verbarg. Bevor sie zum sumpfigen Uferwald hinunterstiegen, zog Herzmuschel ihre Mokassins aus, um nicht zu rutschen und um die neuen Schuhe zu schonen.

Überall ertönte das Lied der Wasservögel, ein vielstimmiges Flöten, Rätschen, Trillern, Pfeifen und Quaken.

„Hör nur, da hauen sie einen Baum um!“ rief Sternblume.

Auch Herzmuschel vernahm einige dumpfe, dröhnende Töne. Die Alte lächelte: „Das ist der Pfahlschläger, er ruft meist im Frühling, jetzt hört man ihn nur selten, sein Gedröhn zu dieser Zeit bringt Unglück.“

„Vielleicht bringt er auch Glück“, meinte Sternblume, die sich freute, aus dem heimatlichen Dorf fortzukommen. Sie lief allen voraus die lange dammartige Sandzunge zum Strom entlang. Abrutschen durfte man hier nicht, denn rechts und links dehnte sich braun glasierter Schlamm. Bis hierher reichte der Atem des Meeres, das so weit fortlag. Jetzt war Ebbe. Bei Flut gurgelte und gluckste zu beiden Seiten braunes Wasser und drang in die Uferdickichte der Gummibäume, Wassersträucher und Farne. Es roch nach nassem Holz und verfaulten Blättern.

Die Männer machten ein großes Boot los und wickelten zwei

Paddel aus den Mattenrollen. Während sie das Gepäck verstauten, ging Sternblume ein kleines Stück den Fluß entlang. Es war ein beschwerliches Laufen auf glitschigen Steinen. Dort mündete der Bach, an dem tief im Schilf ihre Biber wohnten. Wie gern hätte sie einmal nach ihnen gesehen, aber hier war kein Vorwärtskommen. Sie drehte um und kam gerade zur Abfahrt zurecht. Das Kanu war aus einem einzigen Baumstamm gearbeitet und trotzdem so leicht und dünnwandig, daß es unter den Schlägen der beiden Paddler wie ein langer Pfeil dahinschnellte.

Der Pam machte eine kleine Biegung und wurde zwischen felsigen Ufern enger. Hier am Nordufer, oberhalb von Moco, so hieß das Heimatdorf der Häuptlingstochter, lagen im Wald Tempel und Tanzplatz, die heiligen Stätten. Im Tempel selbst ruhten die Mumien früherer Häuptlinge.

Die Paddler hielten inne. Sternblume verteilte Tabak und wertvolle geschliffene Muscheln. Alle schauten ehrfurchtsvoll zum Tempel auf und warfen Tabak und Schmuck in den Fluß, um Okee, den bösen Geist, zu versöhnen. Sein Abbild wurde bei geheimnisvollen Feiern aus dem Tempel geholt und auf dem Tanzplatz herumgetragen. Ihm zu Ehren mußten alle paar Jahre die kräftigsten und klügsten Knaben Spießruten laufen. Aus der Zahl der Überlebenden wählte man die neuen Priester.

Solange die Ufer steinig blieben, ging es sehr schnell geradeaus nach Sonnenuntergang. Dunkler Wald reichte hier bis dicht an die Ufer heran.

Gegen Abend schlugen die Diener an einer baumfreien Uferstelle das Nachtlager auf, aber bereits vor Sonnenaufgang setzte man die Fahrt fort.

Doch bald wurden die Ufer flacher, und der Pam zog in ganz großen Schleifen dahin. Vorbei war es mit dem Schatten der

Bäume; unbarmherzig brannte die Sonne entweder ins Gesicht oder auf den Rücken. Alle rieben sich mit Bärenfett ein, das mit dem roten Pulver der Pokewurzel gemischt war. Auch die Haut der Häuptlingstochter wurde davon rotbraun.
Bei der zweiten großen Biegung suchten die Paddler am Ufer der Südschleife festen Boden. Hier hatte der Wald Unterholz, in dem die Reisenden ihr Kanu versteckten.
Sie schlugen die Südrichtung ein und gingen in den Wald. Aufatmend grüßten sie den kühlen Schatten, den das weitverzweigte Dach der Eichen, Buchen, Walnußbäume und Magnolien spendete. Die Männer erlegten zwei junge Enten und ein Eichhorn. Während der Kanufahrt hatte Weiser Rabe einige Fische mit dem Holzspeer gestochen. Endlich fand man einen freien Platz, wo ein Feuer angezündet werden konnte.
Die Diener drehten die gewaschenen, aber unausgenommenen Fische an Holzspießen, bis sie gar waren, während Sternblume und Herzmuschel große Blätter hinhielten, um das herabtropfende Fett aufzufangen und dann die Fische daraufzulegen.
Die frischen Fische mit ihrer goldgelben Kruste schmeckten gut. Als auch die Enten und das Eichhorn gebraten waren, wurden sie für den nächsten Tag verpackt, und der kleine Trupp wanderte weiter.

Nach der zweiten Nacht erreichten die Wanderer den Nordfluß. Weiser Rabe sah sich um: „Wir sind gerade an der rechten Stelle. Hier stößt der Fluß in großer Schleife nach Norden, und hier im Schilf liegen zwei Paddelboote verborgen."
So war es auch. Weiser Rabe rief dem Paddler des zweiten Bootes zu: „Halte ein wenig nach Sonnenuntergang, denn es ist besser gefahren als gelaufen. Mahunt liegt noch in der großen Schleife, etwas über die Mitte hinweg."
Am anderen Ufer verbarg man die Kanus, fischte und rastete.

Die Diener wollten das Nachtlager aufschlagen, aber Sternblume meinte: „Wenn es auch schon dämmert, so können wir doch noch ein Stück gehen, hier unten quaken die Frösche so laut, daß man nicht schlafen kann."
Weiser Rabe erfüllte den Wunsch der Häuptlingstochter, und die Träger luden ihre Last wieder auf. Zuerst ging es vorbei an düsteren Zypressen und grasbedeckten Savannen. Der Boden war feucht und weich; die Träger blieben oft unter ihrer Last stecken. Weiser Rabe vertrug keine körperliche Anstrengung, denn seine Glieder waren zart und sein Rücken ein wenig krumm. Trotz dieser Mängel bevorzugte Großer Adler den Mann bei jeder Gelegenheit. Bereits in jungen Jahren wurde er ‚Rat des Häuptlings', denn seine Klugheit, seine schnelle Auffassungsgabe und sein ruhiges Überlegen machten ihn bei der Stammesverwaltung unentbehrlich.
„Warum hat dich Großer Adler eigentlich nach Mahunt gesandt?" fragte Sternblume, die an seiner Seite ging.
Der Mann sah zu dem Mädchen auf, das ihn um Handbreite überragte. Er liebte die fröhliche Häuptlingstochter wie sein eigenes Kind und benutzte jede Gelegenheit, ihr sein Wissen mitzuteilen. Weiser Rabe dachte nach. Was mochte Sternblume so verändert haben? Früher lief sie wie ein Reh davon, wenn er seinen Unterricht zu lange ausdehnte, und nun stellte sie selber Fragen. „Großer Adler", so begann er, „erbte nur sechs Häuptlingsschaften, die anderen einundzwanzig seines jetzigen Reiches eroberte er sich selbst. In den neuen Ländern setzte er Unterhäuptlinge ein. Nur die Leute am Nordfluß, also in Mahunt, behielten ihre eigene Regierung und werden noch heute von ihren ältesten Männer geleitet. Aber auch sie sind abgabepflichtig."
„Aber was hat das mit unserer Reise zu tun?" unterbrach ihn

das Mädchen, „während der Maisernte braucht man uns doch in Moco."

„Ja, um den Mais handelt es sich ja gerade. Vor etwa einem Monat schon baten sie um Erlaß des Maistributes für dieses Jahr. ‚Die Ernte steht sehr schlecht', jammerten sie. ‚Wenn wir etwas abgeben, verhungern unsere Frauen und Kinder.' Nun, das wollte Großer Adler nicht, deshalb beauftragte er mich, in Mahunt den Maisschnitt zu prüfen."

„Bei uns in Moco war die Ernte doch gut."

„Siehst du, das haben wir uns auch gesagt. Morgen werden wir dort sein."

Der volle Mond stand am Himmel und leuchtete den Wanderern, aber nur Streifen seines Silberlichtes fielen durch die Kronen der Zypressen, deren graue Moosvorhänge leise im Wind auf und ab schwangen.

Weiser Rabe prüfte bei jedem Schritt den Boden, damit sie nicht unversehens in einen Morast gerieten. Kein Tier hörten die Gehenden, nur die Matten der Lastenträger raschelten hin und wieder. Die geisterhafte Stille wurde ab und zu von dem Gekrächze der aufgeschreckten Papageien unterbrochen, die sich in ihrem Schlaf gestört fühlten.

Aber was war das? Sternblume überlief es kalt, doch sie sagte nichts. Ein Mensch bewegte sich dort vorn und kam gerade auf sie zu. Sein Rock glänzte fahl im Mondlicht. Trugen nicht auch die Weißen solche glänzenden Umhänge, die auch den Kopf noch bedeckten und nur das Gesicht freiließen? Sahen denn die anderen nichts? Sie drehte sich nach Herzmuschel um. Ob sie träumte? Sternblume hielt sich die Hand vor die Augen. Sie wollte nur noch nach unten schauen. Doch nach einer Weile ertappte sie sich dabei, daß sie über die Hand hinwegsah.

Inzwischen kamen die Reisenden dem Mann so nahe, daß

Sternblume genau erkennen konnte, wer es war. Es stand ein Moosmann vor ihr. Die mit Moos behangenen Äste hatten Gestalt und Gesicht eines Mannes. Wie töricht, zu glauben, es sei ein Hemdenträger! Nur gut, daß sie den anderen ihre Furcht nicht verraten hatte.

„Nun haben wir festen Waldboden unter den Füßen, hier wollen wir das Nachtlager aufschlagen", sagte Weiser Rabe. Und bald umfing alle der Schlaf.

Die Sonne stand schon am Himmel, als die Frauen am Morgen erwachten. „Das kommt von dem Mondscheinspaziergang", entschuldigte sich Herzmuschel. Sternblume schlief am längsten, und niemand wollte sie wecken. Endlich rieb auch sie sich die Augen. Auf einer Rodung vor ihr lag ja Mahunt! Und da kam auch Weiser Rabe mit zwei Dienern schon von dort zurück. Was mochte das bedeuten?

„Wir fanden im Dorf nur die Alten und die Kinder. Sie riefen uns zu, daß die Männer unten am Fluß seien. Wir wollen uns beeilen, damit wir sie noch antreffen."

„Dann kann ich ja gleich im Fluß baden", freute sich Sternblume. „Das Wetter ist herrlich." Der Weg schien ihr jetzt viel kürzer als in der Nacht. Ein schräger Fußpfad führte direkt zum Wasser.

Sternblume blieb stehen und deutete aufgeregt zum Ufer, wo eine große Menschenmenge wimmelte. Etwa dreißig Schritte vom Land entfernt lag etwas Sonderbares im Wasser: ein merkwürdiges, großes Kanu! Es war nicht lang, zeigte aber unglaublich hohe Seitenwände, und oben mußte es gedeckt sein, denn Menschen liefen darauf herum.

Mitten auf dem Dach stand ein langer Pfahl, an dem eine kleine Querstange hing. Das Mädchen kniff die Augen zusammen und erkannte, daß etwas Weißes um diese Stange gewickelt war. Die weißen Riesenhirschfelle fielen ihr ein, von denen Herzmuschel einmal erzählt hatte.

„Sieh nur, Mütterchen! Dort unten ...“

Aber Herzmuschels Augen, geschwächt vom Rauch vieler Kochfeuer, konnten so weit nicht mehr sehen. Das mußte eins von den Wasserhäusern der Fremden sein! Nein, so etwas Komisches; das Kanu sah ja aus wie eine schwimmende Gans, die den Hals mitten auf dem Rücken trug.

Weiser Rabe behielt seine Gedanken für sich. Er hatte die Träger mit dem Gepäck nach Mahunt geschickt, um allein mit den Frauen zum Ufer zu gehen. Niemand achtete auf die Näherkommenden, die sich unbemerkt unter die beschäftigten Menschen mischten.

Die Frauen und Männer um sie herum trugen fast alle Körbe voll Mais. Vor dem Wasserhaus ordneten zwei alte Männer die Zudrängenden.

In dem Gewühl wurde Sternblume von Weiser Rabe und Herzmuschel getrennt. Als sich die Häuptlingstochter nach vorn gedrängt hatte, blendete sie plötzlich ein Glänzen und Gleißen. Ganze Bündel von Sonnenstrahlen zuckten vor ihren Augen wie ein Gitterwerk feuriger Blitze.

Erst als die Sonne einen kleinen Wolkenschleier vor ihr Gesicht zog, erkannte Sternblume, was vorging. Auf einer Matte saß ein Mann, der von den Schultern bis zum Gürtel mit funkelndem grauem Kupfer bedeckt war. Er trug auch die Arme und Beine verhüllt, als sei es Winter.

Sternblume sah ins Gesicht des Mannes. Klingende Rassel hatte recht. Der Fremde trug tatsächlich einen Bart. Aber die Haarfarbe war nicht schwarz, sondern gelb, wie Rohkupfer in der Sonne. Sternblume starrte wie verzaubert und ließ sich geduldig hin und her stoßen.

Die Dorfleute setzten ihre Bottiche vor dem Weißen nieder, und dieser langte aus einem Kasten bald ein größeres, bald ein kleineres Kupferstück und reichte es dem Verkäufer.
Nun rückte einer eine mächtige Binsenschwinge auf die Matte, über deren Rand die Körner herunterrollten. Der weiße Mann prüfte einen Augenblick, dann deutete er an, daß er außer Kupfer noch etwas dazugeben wollte. Er holte einen kleinen Beutel hervor und entnahm ihm eine Perle, die er zwischen zwei Fingern hochhielt. Ein allgemeines „Ah!“ ertönte: Die Perle erstrahlte in himmelblauer Farbe.
In diesem Augenblick sah der Fremde auf. Sternblume erschrak und unterdrückte einen leisen Schrei. Die Augen des Mannes waren ebenso blau wie die kleine Perle. Ihr begann zu schwindeln. Stand da nicht doch ein Ongwe vor ihr, ein Himmelsmensch – aus dem Land da oben, aus der Heimat Awenhais?
Dem Weißen fiel auf, daß Sternblume ihn so unentwegt anstarrte. Er winkte plötzlich und hielt auch ihr eine Perle hin und lächelte dabei freundlich.
Die Häuptlingstochter trat auf die Matte und nahm das Geschenk. Die Kehle war ihr wie zugeschnürt, und sie bekam kein Dankeswort über die Lippen. Aber der Geber mochte wohl die Überraschung und die Freude von ihrem Gesicht ablesen, denn er nickte ihr noch einmal zu, ehe er den nächsten Maiskorb untersuchte.
Wie sie aus dem Gedränge herausgekommen war, wußte sie später selbst nicht mehr. Plötzlich stieß sie auf Herzmuschel und erwachte wie aus einem Traum.
„Mütterchen! Mütterchen!“ rief sie ganz außer sich, schlang die Arme um den Hals ihrer Pflegerin, zeigte ihr die Perle, weinte und lachte durcheinander, so daß die Alte Mühe hatte, ihr Töchterchen zu beruhigen.

„Der gute Mann, er ist doch ein Ongwe! Denke dir, er hat blaue Augen wie der Himmel dort oben."

In ganz anderer Stimmung kam Weiser Rabe jetzt aus dem Gewühl. „Nun ist es mir völlig klar, daß Großer Adler von den Leuten in Mahunt keinen Mais abgeliefert erhält. Wir werden morgen vor Sonnenaufgang nach Moco zurückkehren."

Als Sternblume mit ihrem Trupp am nächsten Morgen zum Fluß kam, sah sie stromab einen weißen Fleck auf dem Wasser schwimmen, fern wie die Kraniche, die unter dem Himmel dahinzogen, und deren sehnsüchtige Rufe zu dem Mädchen herabklangen. Dann kam Wind auf, und das Kanu der Weißen war nur noch ein winziger Punkt auf dem silberglänzenden Strom.

IV

Es gab viel zu erzählen von dieser Reise nach Mahunt, denn die Mädchen hatten bis jetzt von den Fremden nur durch Dritte gehört; noch nie aber hatten sie irgendeinen Weißen selbst gesehen, geschweige denn eines der Wasserhäuser oder gar eine blaue Perle. Milchfarbene, rosa, ja schwarze Perlen kannten sie. Die Häuptlingsfrauen trugen solche Ketten um den Hals und an den Ohren. Aber ein himmelfarbenes Kügelchen, das war etwas Unerhörtes.

Von einem zum anderen ging die blaue, durchsichtige Perle. Auch Großer Adler hielt sie sinnend in der Hand. Aber niemand wußte etwas über die Herkunft dieser Kostbarkeit. Sternblume blieb dabei, daß sie aus dem Himmelslande stamme, dessen Boden so unbeschreiblich blau sein konnte.

Zwischen den Häusern lag jetzt auf hohen Gestellen der Mais zum Trocknen; ein Geruch von frischem Brot und trocknem Stroh zog durch das Dorf.

Eines Abends rief ein großer, breitschultriger Mann Sternblume an. Es war ihr ältester Bruder, Dunkler Hirsch, zu dem sie wie zu einem Onkel aufsah, denn er hatte bereits zwei Töchter in ihrem Alter und wohnte mit seiner Familie in einem Haus für sich. Er war die Gutmütigkeit selbst und hatte früher alles Spielzeug für sie geschnitzt. Wenn ein Ball zerriß, wenn eine Muschel durchbohrt werden mußte, immer half Dunkler Hirsch.

„Morgen gehe ich zu den Fischreusen am Walnußwäldchen. Wenn du mitkommen willst, kannst du mit Schneeflocke und Kürbisblüte Nüsse sammeln."

„Natürlich gehe ich mit. Darf ich Kleine Möwe und meine Freundinnen auch mitbringen?"

„Ihr könnt alle sammeln, denn die Nüsse fallen schon in Massen."

Die Sonne begann erst ihren Pfad am Himmel hinaufzuklettern, als Sternblume, Kleine Möwe und ihre Freundinnen mit ihren Körben vor der Wohnung des Häuptlingssohnes standen, aufgeregt durcheinanderschwatzend.

Endlich hob sich die Mattentür, und die beiden Töchter des Hauses schlüpften heraus. „Vater kommt gleich", kündigten sie an. Aber sie wurden überschrien von ihren Freundinnen, die sofort ihre neuen Halsketten bewunderten.

„Wo habt ihr die denn her? So etwas hat ja niemand im Dorf!"

Die Ketten bestanden aus weißen, runden Muschelplättchen; hinter jeder zwanzigsten Scheibe saß ein rundes Rohkupferstück von der Größe eines Pflaumenkerns, das in sanftem Gelb schimmerte und sich von der jetzt dunkel-rotbraunen Haut so prächtig abhob wie die Goldnarzisse vom Erdboden.

Schneeflocke und Kürbisblüte genossen die Bewunderung der Gespielinnen und drehten sich wie Truthähne, die ihre Fächer spreizen. Sie waren ebenso groß und schlank wie Sternblume, man merkte gleich die Familienähnlichkeit.

Nun trat auch Dunkler Hirsch heraus, und eilig ging es durch Palisade und Felder zum Wald, dessen Saum sich weit öffnete, um den Möwenbach herauszulassen.

Rechts und links der Schneise leuchtete das silbergrüne Laub der Walnußbäume, die sich hier zu einem Wäldchen zusammenschlossen. Nach wenigen Schritten erblickten die Mädchen schon das Fischwehr. Und während Dunkler Hirsch vom Ufer ein Kanu löste, das die gefangenen Fische aufnehmen sollte, gingen die Mädchen tiefer in das Wäldchen.

„Sucht euch einen handlichen Stein zum Aufschlagen der

Schalen", rief Sternblume. „Wer den Korb zuerst voll hat, bekommt nachher den besten Fisch zum Mittagessen."
Kleine Möwe mußte beim Sammeln singen. Sie verirrte sich sonst leicht. Wenn man sie nicht mehr hörte, dann begannen die Mädchen sofort nach der Kleinen zu suchen. Aber jetzt schallte deutlich ihr helles Stimmchen, und leise summten die anderen Sammlerinnen mit:

„Wenn das Reisgras seine Körnchen schüttelt,
Wenn die Graugans ihre Flügel breitet,
Wenn der rote Hirsch im Schilfrohr raschelt,
Wenn der gelbe Mais im Dorfe trocknet,
Dann ist Mutter Erde schön,
Dann ist meine Mutter schön!"

Bald waren die Körbe voll Nüsse. Die Mädchen sahen den blauen Rauch des Feuers vom Möwenbach aufsteigen. Der Duft gebratener Fische hing zwischen den Stämmen und lockte die Hungrigen zu den Rosten, an denen Dunkler Hirsch emsig hantierte.
Aber da saßen ja zwei Besucher auf der Matte! Sie trugen das Haar in der Mitte des Kopfes gleich einem Kamm von der Stirn zum Nacken. Das konnten nur Priester sein! Der eine, Schneller Stör, erhob sich und ging der Häuptlingstochter entgegen.
„Eulenauge und ich gingen des Weges, da rochen wir den Dunst gebratener Fische. Und wo es weißes Fleisch gibt, da laden wir uns ein", fügte er lachend hinzu.
„Winggapo, auf gute Freundschaft!" antwortete Sternblume, während ein leichtes Rot ihre Wangen färbte. „Dunkler Hirsch freut sich, Gäste zu haben."

Dann eilte sie zu ihrem Bruder, der froh über ihre Hilfe war. Die schönsten Stücke servierte sie zuerst den Gästen. Entzückt knabberten alle das weiße Fleisch von den Gräten und sparten nicht mit Lobesworten für den Gastgeber.
Die Sonnenstrahlen fielen schon schräg durch die Zweige, als man von dem leckeren Mahl aufbrach.
Die Mädchen schlenderten den Priestern nach. Nur einen Blick warfen sie auf den leeren Spielplatz vor ihrem Dorf.
„Ob wir dieses Jahr das Ballspiel gewinnen?" fragte Schneeflocke.
„Selbstverständlich", meinte ihre Schwester, „die Sommerhasen gewinnen immer."
„Nein, das stimmt nicht", mischte sich Sternblume ein.
„Aber wir haben entschieden mehr geübt als die Jungen, wir werden es schon schaffen", beruhigte Klingende Rassel.
Beim Maisfest hatten in jedem Jahr die zehn größten im Sommer geborenen Mädchen gegen ebenso viele im Winter geborene Jungen ein Ballspiel zu liefern. Es war der Kampf der Sommerhasen gegen die Winterbären. Siegte der Sommer, dann wurde die nächste Ernte gut; gewann aber der Winter, dann geriet der Mais schlecht.
Das ganze Dorf nahm den größten Anteil an diesem Wettspiel, und die Mädchen übten seit dem Frühling unermüdlich. Eigentlich war das Ballspielen daran schuld, daß sie so zusammenhingen wie die Kletten.
Der Wald lichtete sich, und der Weg stieg zur Kuppe eines grasbewachsenen Hügels hinan. Die Mädchen starrten zum Gipfel, auf dem ein mächtiges Mattenhaus, der Tempel, thronte. Ein großer Kreis von senkrechtstehenden, bunt bemalten Pfählen umschloß den Platz des Geheimnisses. Zur Seite dunkelte eine Fichtenwand regungslos und feierlich.

„Sieh nur“, sagte Kleine Möwe, die das erste Mal herkam und auf die bunten Hölzer zeigte, „die haben ja Gesichter, leben die denn?“

„Leise“, mahnte Sternblume, „die Pfähle sind oben nur wie Menschenköpfe geschnitzt; um sie herum tanzen die Priester, wenn ein Fest ist.“

Klingende Rassel hielt die Kleine Möwe fest. „Weiter darfst du nicht, wir müssen umkehren.“

Während Schneller Stör und Eulenauge im Tempel verschwanden, trat jetzt aus einem seitlich liegenden Mattenhaus der alte Oberpriester. Er trug einen kurzen, runden Umhang, und das Haar genau wie seine jungen Gehilfen.

„Geht jetzt ins Dorf zurück“, mahnte Sternblume die Freundinnen, „sonst schimpft Einsames Licht.“

Sie selbst ging langsam auf den Oberpriester zu. „Nun, was wünschest du, meine Tochter?“

„Ist Mutter Weidenrute zu Hause?“

„Ja, sie erwartet deinen Besuch schon lange, geh nur hinein.“

Die Häuptlingstochter schlüpfte durch die Mattentür. In der Mitte des Raumes brannte ein Kochfeuer, und dichter Rauch zog durch das Deckenloch. Mutter Weidenrute saß davor auf einer bunt bemalten Lederdecke. Im Hintergrund arbeiteten zwei junge Frauen.

Sternblume hockte sich bescheiden nieder und wartete, bis sie angesprochen wurde. Nur das Knistern des Feuers und das Gemurmel der Frauen belebten die Stille.

Endlich unterbrach Weidenrute das Rühren im Kochtopf: „Ich freue mich, daß du endlich kommst, meine Tochter. Wie geht es deinem Vater?“

Sternblume beantwortete die Frage und erzählte von ihrer Reise nach Mahunt.

„Die Weißen bringen Hungersnot und Unglück in unser Land", murmelte die alte Frau und warf Stückchen Baumrinde, Kamille und die Blätter des kriechenden Günsel in den Topf, in dem es zu brodeln begann. Der Duft der Kräuter zog durch den Raum. „Wir müssen die Weißen wieder ins Meer werfen, woher sie gekommen sind. Die Leute im Süden haben vor zwanzig Jahren die Weißen auch vertrieben und den Rest erschlagen."
Sternblume dachte an die Erzählung ihrer Pflegemutter. Endlich unterbrach sie die Stille: „Herzmuschel hat mir gesagt, daß meine Mutter von einem Krieger der Südleute geraubt und verschleppt wurde. Es gelang ihr, zu entkommen, und sie fand Aufnahme und Schutz bei den Fremden. Meine Mutter soll sehr traurig gewesen sein, als die Weißen getötet wurden. Auch Großer Adler hat das von ihr erzählt bekommen, als er sie in seinen Wigwam führte."
„So, so!" Weidenrute griff wieder in ihre Kräuter, die neben ihr lagen. „Ich muß noch Blätter vom Myrtenbaum kochen, denn Einsames Licht hat Zahnschmerzen."
Sternblume merkte, daß sie etwas gesagt hatte, was Weidenrute mißfiel, und daß die plötzliche Redewendung sie aufforderte, den Besuch zu beenden. Sie wünschte gute Besserung für die Zahnschmerzen des Oberpriesters und verließ das Haus. Es dunkelte schon, und viele kleine Wolken zogen über den Westhimmel.
Am anderen Morgen aber schien wieder die Sonne, und ihr goldenes Licht fiel auf die braunen Rücken der Frauen und Mädchen, die auf den Feldern Nachlese hielten.
Heute war der letzte Tag vor dem Erntedank. Auch Sternblume war früh mit zur Arbeit hinausgezogen, beim ersten wilden Hahnenschrei. „Der Truthahn, der heute früh so laut rief, muß doch ganz in unserer Nähe sein", meinte sie.

Da lachten alle. „Hier in der Nähe ein Truthahn! Den hätten unsere Jäger längst erlegt", sagte die Mutter von Kleine Möwe mit leichter Entrüstung über soviel Unverstand.
Doch Sternblume war nicht aus ihrer guten Laune zu bringen. Sie richtete sich auf, und ein Jauchzer der Freude stieg aus ihrer Kehle und vermischte sich mit dem Gezwitscher der Vögel.
„Unser Töchterchen hat keine Lust mehr zur Arbeit", bemerkte Weidenrute spitz, die noch von gestern verärgert schien.
„Vielleicht ist Sternblume verliebt", tuschelten die jungen Mädchen untereinander und kicherten.
Doch die Häuptlingstochter schien nichts zu hören, so ganz erfüllte sie dieser sonnige Tag mit Glück. Vor Übermut warf sie ihre Mokassins in die Luft und fing sie im Fluge auf. „Wetten, daß doch ein Truthahn in der Nähe ist", rief sie herausfordernd.
Und nun schob sie eine kleine Rohrflöte zwischen die Lippen; leise und zart klang der lockende Ruf der Truthenne, während sie mit ihren dunklen Augen den Feldrand musterte. Jetzt schien sie etwas erspäht zu haben, denn lauter und eindringlicher erklang ihr Lockruf.
Neckworte flogen hin und her. „Du rufst wohl deinen Liebsten herbei!"
„Der läßt sich bei Tage nicht sehen!"
Doch die Rohrflöte übertönte das Geflüster der Mädchen. Immer sehnsuchtsvoller wurde der Ruf. Und auf einmal erschien er, der Truthahn! Er blieb zögernd stehen und äugte nach allen Seiten. Fragend und etwas unsicher kamen die Laute aus seiner Kehle.
Die ‚Truthenne' antwortete. Langsam kam er näher und näher. Sein Gefieder schimmerte in der Sonne wie Kupfer, er fächerte den Schwanz und schwang die rote Halskrause. Doch plötzlich

entdeckte er die Frauen und begann drohend zu kollern. Nicht nur Sternblume mit ihren Gefährtinnen, nein, auch die Frauen lachten laut, sogar Weidenrute.

Da, ein Knall! Rauch und Feuerregen stiegen aus einer Tabakstaude am Feldrand!

Auffahrend, aufschreiend blickten die Frauen zum Feuerregen, der noch einmal aufknisterte. Dann warfen sie sich zu Boden. Zwei Frauen, die in der Nähe gearbeitet hatten, kamen jammernd gelaufen, während sie ihre Hände schützend über ihren Rücken hielten, auf den etwas Aschenregen gefallen war.

Die am Boden Liegenden hoben vorsichtig den Kopf und sahen, wie die Asche abfiel und einige rote Flecken auf der Haut zurückblieben.

Mit zitternden Gliedern hockten sich die beiden zu den anderen Frauen. Alle starrten gebannt zum Feldrand, ob dort noch einmal ein Goldregen zum Himmel aufsteigen würde. Nichts rührte sich. Der Truthahn schien vom Erdboden verschluckt, ebenso alle Vögel. Die Frauen hielten bei dem leisesten Knistern den Atem an und lauschten. Aber es blieb still.

Endlich flogen ein paar Schmetterlinge herbei, und dann summten auch einige Bienen. Der Wind wehte jetzt leicht über die abgeernteten Feldreihen, in deren Rillen sich noch die goldgelben Kürbisse sonnten. Die Frauen schnupperten. Ein brenzliger Geruch kam herüber.

Als die Vögel wieder aus ihren Verstecken krochen und näherhüpften, wagten auch die am Boden Liegenden aufzustehen. Weidenrute betastete ihre heilen Glieder und holte Kräuter aus ihrem Beutel. Die zwei Frauen rieben damit über ihre wehen Rücken.

„Wir müssen Ahone danken, daß der Donner und die Blitze uns nicht töteten“, mahnte Weidenrute und murmelte:

„Wir, die wir hier versammelt sind,
Danken dem Großen Geist, weil wir leben,
Danken dem Großen Geist,
Weil er seine Kinder beschützt."

Ja, sie lebten noch. Aber was bedeutete dieser Goldregen? Wo kam er her? Noch niemals hatten ihre Augen so etwas erblickt! Nein, vom Himmel fiel er nicht, darin waren sich alle einig. Er stob vom Erdboden in die Höhe. Und dieser Donner! Es war doch kein Gewitter. Nur die Weißen besaßen ihn außer den Donnervögeln. Hielt sich vielleicht ein Hemdenträger mit seinem Donnerrohr hinter der Tabakstaude verborgen, um sie zu erschrecken?

„Sicher ein Weißer!" rief Weidenrute. „Aber auch ein Geist, Truthahnmann oder Wegewanderer, könnte sich dort verbergen."

„Ja, Truthahnmann", bekräftigten die Frauen, „Truthahnmann, weil er geneckt wurde!"

Weidenrute schoß einen bösen Blick auf Sternblume und ging voran zum Wegrand. Neugierig folgten ihr alle zur Tabakstaude. Die Mädchen zogen die Luft hörbar durch die Nase: „Das riecht anders als nur verbrannte Blätter und Rohr." Auch die Frau des Oberpriesters schnupperte umher. „So war es am Wohnplatz der Weißen, als sie ihre Donnerrohre rauchen ließen. Da fuhr der böse Geist unter Donner und Blitz mit furchtbarem Gestank" – sie hielt sich die Nase zu – „in die Luft. Aber wir liefen so schnell, daß er uns nicht einholen konnte, der böse Geist der Fremden."

Ängstlich schlichen die Frauen um die Staude herum. Ein Schrei des Entsetzens entrang sich ihren Lippen. Welche Verwüstung! Die erste Reihe des Tabaks war zwar mit Asche bedeckt, aber sie stand noch, doch dahinter! Weit und breit lagen Blätter und

Stengel zerfetzt am Boden, und dann kam ein Stück verbrannte Erde.

Und was lag dort hinten? Aus der Asche zog Sternblume Pfeil und Bogen hervor. Und lag dort nicht unter angekohlten Sträuchern ein Mensch?

„Schadet dem Weißen nichts, wenn er tot ist!“ rief Weidenrute, böse über den vernichteten Tabak.

„Es ist einer von unseren Männern“, rief eine Frau, denn sie sah ein Stück Mokassin unter den Blättern hervorschimmern.

„Ein Mokassin!“ Sternblume trat hinzu. Den Mokassin kannte sie, den hatte sie selbst gestickt.

Weidenrute, von böser Ahnung erfüllt, hob Zweige und Blätter vom Gesicht des Mannes. Mit einem Aufschrei fuhr sie zurück.

„Mein Sohn“, stöhnte sie, und ihr Gesicht wurde fahl.

„Schneller Stör ist tot“, riefen die Frauen, zerwühlten ihr Haar und stimmten ein Klagegeheul an. Einige nahmen die verkohlten Blätter, um damit zum Zeichen der Trauer das Gesicht zu schwärzen.

Da schlug der Totgeglaubte die Augen auf, doch gleich senkte er die Augenlider wieder. Nur eine kurze Bewegung, aber die Mutter hatte sie bemerkt.

Während Sternblume der alten Weidenrute half, die als Frau des Medizinmannes stets Heilsalben bei sich trug, eilten die anderen Frauen ins Dorf, um zwei kräftige Männer zu holen.

Riechkräuter belebten den Erschöpften so weit, daß er in abgerissenen Sätzen erzählte, wie er schwarze Körner ausgesät, den Tabak in seiner Pfeife entzündet und den Rauch in die vier Himmelsrichtungen geblasen habe, damit der Same aufginge. In diesem Augenblick sei der Truthahn aufgetaucht. Das Jagdfieber habe ihn so gepackt, daß er die brennende Pfeife hingeworfen habe, um nach Pfeil und Bogen zu greifen.

„Da kam auch schon der fürchterliche Knall. Ich sah nichts mehr und fiel nieder.“ Die letzten Worte kamen langsam und stockend. Dann schloß Schneller Stör wieder die Augen. Die Anstrengung des Sprechens hatte ihn erneut bewußtlos gemacht.

Zwei Männer hoben ihn auf ein Hirschfell zwischen zwei Stangen, eine Art Bahre, und trugen ihn fort, gefolgt von Weidenrute.

Sternblume merkte, daß sie ganz allein zurückgeblieben war. Sie lief, so schnell sie konnte, dem Dorf zu. In der Palisade stieß sie auf zwei sonderbar ausgeputzte Gestalten. Sie steckten in riesigen Strohhüllen und verbargen ihre Gesichter hinter schwarz und rot gemalten Masken. In ihren Händen hielten sie Körbe, aus Maisblättern geflochten. Jetzt traten sie ins Dorf und bettelten um Gaben.

„Die Maisbrüder! Die Maisbrüder!“ schallte es durch die Mattenhäuser. Die Kinder riefen es nach und zogen mit den Strohmännern von einer Familie zur anderen, um Gaben bittend. Überall traten die Frauen mit kleinen Geschenken vor die Mattentür, und bald faßten die Körbe nichts mehr. Da halfen dann die Kinder tragen. Nach ihrem Rundgang verließen die Strohmänner wieder das Dorf. Gesprochen hatten sie kein Wort, aber jeder wußte, daß ihr Erscheinen das Maisfest ankündigte. Am Tage nach ihrem Kommen feierte man es mit Ballspiel und Tanz.

Sternblume stand traurig vor dem Häuptlingshaus und dachte an Schneller Stör. Auch die Freundinnen hatten schon von dem Unglück erfahren. Klingende Rassel kam auf sie zu. «Wir wollen zum Spielplatz, um noch einmal alles zu überlegen.“

„Du hast recht“, unterbrach die Häuptlingstochter ihre trüben Gedanken und eilte mit ihr fort.

Der Platz lag hinter der Palisade zwischen den Feldern und dem Waldrand. An den Schmalseiten standen die beiden Male, etwa hundert Meter weit auseinander, einfache Pfosten. Jede Partei mußte mit ihrem Ball das feindliche Malholz treffen, und für jeden Treffer steckte der Zählmann einen Stock in den Boden. Wer am Schluß die meisten Stöcke hatte, war Sieger.

Aber das kostete viel Mühe, denn der Ball durfte nur mit dem Schlagholz berührt werden, nie mit den Händen. Das Schlagholz endete unten in einem kleinen Ring, den eine Bespannung aus Lederriemen kreuz und quer durchzog.

Damit durfte man den Ball fortschlagen oder auch tragen, ganz wie man wollte. Man mußte nur durch die gegnerische Partei hindurch und so nahe wie möglich an den Pfahl herankommen, um ihn sicher zu treffen.

Sternblume ordnete die Sommerhasen wie ein kleiner Häuptling. „Kürbisblüte bewacht den Pfahl, Schneeflocke, Klingende Rassel und ich gehen vor und treiben den Ball – ich selbst in der Mitte, Schneeflocke ganz rechts, Klingende Rassel ganz links. Die anderen laufen zwischen uns und helfen Kürbisblüte das Mal zu beschützen. Ganz dicht müßt ihr euch dranstellen und die Schläger hochhalten, damit niemand das obere Ende des Pfostens erreicht."

Beim Nachhauseweg fragten die Freundinnen: „Was hat Schneller Stör denn ausgesät, daß es einen solchen Knall gab und brannte. Du weißt es doch sicher, Sternblume?"

Aber die Häuptlingstochter schwieg.

„So erzähle doch!"

„Das darf ich nicht."

Die Mädchen waren verstimmt. Sternblume wußte also mehr als sie. Dann hatte sie ein Geheimnis vor ihnen.

Als die Sonne schlafen ging, und der Westhimmel rosarote Wolken zeigte, gingen auch die Mädchen in die Mattenhäuser; doch zwischen ihnen hing eine dunkle Wolke des Mißtrauens. Wie würde da das Zusammenspiel beim Schlagball morgen werden!

V

Manchmal vergaß die Nacht ihre Schleier mitzunehmen, dann verhüllte Bruch, Wald und Feld ein zarter Nebeldunst, den erst das steigende Licht vertrieb.

Vorsichtig blinzelte die Sonne durch diesigen Wolkenstaub, denn der Wasserdunst von Meer und Fluß hing noch in der Luft. Doch plötzlich riß der weiße Mullvorhang. In strahlender Pracht trat die gelbe Kugel hervor.

Sternblume war mit ihrem Bruder Dunkler Hirsch vor allen anderen auf dem Spielplatz. Als die Sonne hervorbrach, kauerten sie sich hin, ehrfürchtig das Gesicht auf den Boden gedrückt. Dann hoben sie ihre Hände und Augen auf zur Sonne.

Bald darauf erschienen die Spieler; dann kamen auch die Dorfbewohner und mit ihnen Zuschauer aus den nächstgelegenen Ortschaften. Das Spielfeld war umsäumt von Neugierigen.

Dunkler Hirsch saß in der Mitte der einen Längsseite und hatte die gelben und schwarzen Zählstöcke neben sich liegen; gelb für die Hasen, schwarz für die Bären.

Jetzt erhob sich der Häuptlingssohn und schleuderte den faustgroßen Lederball, der mit Hirschhaar gefüllt war, auf das Feld. Die beiden Parteien, die vorher Aufstellung genommen hatten, verknäuelten sich im Nu ineinander. Man sah nur geschwungene Schläger, Arme und Beine.

Dann glückte es Sternblume, den Ball an Klingende Rassel zu geben. Die fing ihn geschickt mit ihrem Schläger auf, lief blitzschnell vor, schleuderte ihn zu Sternblume hinüber, fing ihn wieder auf und schlug ihn mitten im Jagen zum Mal. Eine Handbreit unter der Spitze klatschte das Leder an das Holz: ein Punkt für Gelb.

Während Dunkler Hirsch sein Zählholz in den Boden steckte, begannen die Jungen sich zu zanken, denn zwei von ihren Malwächtern hatten auf dem Boden gesessen und nicht daran gedacht, daß der Ball schon gleich im ersten Augenblick bei ihnen sein würde. Jetzt gerieten sie sich sogar in die Haare. Dunkler Hirsch mußte einige beruhigende Worte hinüberrufen, ehe sie sich darauf besannen, daß sie zum Spielen und nicht zum Prügeln hierher gekommen waren.

Wieder flog der Ball; hin und her wanderte die Lederkugel. Die Jungen gaben sich mächtig Mühe, aber ihr Zusammenspiel klappte nicht. Der erste Mißerfolg hatte sie aufgeregt und unsicher gemacht.

Allmählich drängten die Hasen die Bären zurück, näher und näher an das feindliche Mal. Aber jetzt standen die Pfostenhüter wie Bäume und schützten das Mal mit ihren Körpern und Schlaghölzern.

Endlich wagte es Sternblume doch. Der Ball flog unter den Tellern der Schläger durch und berührte das Holz, um dann seitwärts ins Gras zu rollen. Wenn es auch nicht so deutlich knallte wie das erste Mal, so war es doch ein Treffer, und Dunkler Hirsch steckte einen zweiten gelben Stock in den Boden.

Die Reihen der Zuschauer durchlief ein befriedigtes Gemurmel; lautes Beifallsgeschrei galt als unschicklich.

In einer Pause sprach Sternblume mit Schneeflocke und riet ihr, doch jetzt die Sonne auszunutzen. Die Freundin verstand sich nämlich am besten auf die alte List, das Mal von der Ostseite anzugreifen, denn der dort stehende Wächter mußte in die Sonne sehen und war dadurch behindert.

Zweimal gelang es Schneeflocke, unterstützt durch ein gutes Zusammenspiel, den Pfosten zu treffen. Zuletzt allerdings

durch die Voreiligkeit eines Jungen, der den heransausenden Ball zurückschlagen wollte, ihn aber verfehlte.
„Die Bären haben zuviel Fett angesetzt, sie heben ihre Füße nicht schnell genug", rief Dunkler Hirsch in der Mittelpause. Ein fröhliches Gelächter erhob sich, während alle ihre Eßbeutel hervorholten, um sich zu stärken. Die Mädchen lutschten Ahornzucker, den Sternblume verteilte. Alle waren guter Dinge, und selbst Sternblume vergaß ihre Sorge um Schneller Stör.
Die Mädchen gerieten in eine übermütige Stimmung, während die Jungen verdrossene Gesichter zeigten. Zwei von ihnen wechselten die Plätze; ein besonders großer, der bisher am Mal gestanden hatte, kam nach vorne. Die Umstellung machte sich bemerkbar.
Selbst Sternblume mit ihren langen Beinen konnte nicht hindern, daß der Ball von Zeit zu Zeit dem Pfosten bedenklich nahekam. Kürbisblüte mußte immer angespannter aufpassen, konnte aber schließlich einen Treffer nicht abwehren, da einem Hasen im entscheidenden Augenblick der Schläger aus der Hand fiel.
Nun scharten sich die Mädchen eng um ihr Mal, mußten jedoch gegen Schluß einen zweiten Verlustpunkt einstecken. Kurz darauf erhob sich Dunkler Hirsch und verkündete das Ende des Spiels.
„Die Sommerhasen haben gewonnen!"
Glückstrahlend wanderten die Siegerinnen zum Dorf, wo unter den Maulbeerbäumen alles für die Nachfeier festlich hergerichtet war. Großer Adler lud sie alle ein, und Herzmuschel sorgte für ein Essen, wie es eben nur die Erntezeit bot: frische Walnußmilch, Brot aus Samen des Reisgrases, gebratene Tauben, gekochte und geröstete Maiskolben, und sogar gesottene Schildkröten.
Nach dem Essen ruhten alle, und dann machte sich jeder für

den Abend zurecht. Die Männer färbten sich mit zwei, manchmal auch drei Farben. Dunkler Hirsch hatte das Gesicht in blauer Grundierung mit gelben Tupfen bemalt. Weiser Rabe belegte Nase und Wangen mit Grün, Stirn und Kinn mit Gelb und Schwarz, und so putzte sich jeder, wie er es schön fand.
„Willst du dich denn nicht zurechtmachen, Sternblume?“ rief Klingende Rassel und drehte sich langsam herum, damit alle ihr luftiges Federkleid sehen konnten. Auf ihrer Haut waren in buntem Durcheinander die Federchen der Purpuramsel, des Blauhähers, sowie gelber und grüner Papageien fein und säuberlich aufgeklebt.
„Du siehst ja wunderbar aus“, lobte die Häuptlingstochter ihre Freundin für die mühsame Arbeit. Sie selbst besaß ein natürliches Schönheitsempfinden. Wie ihr Vater lehnte auch sie die bunte Bemalung ab und zog einen kurzen, mit weißen Perlen bestickten Lederrock an. Ihre Schläfen schmückte ein Korallenband, das zugleich die Haare im Nacken festhielt. Auch um Hals und Brust hingen Korallen, während sie an den Ohren länglich geschliffene, glitzernde Muscheln befestigte.
„Jetzt gefällst du uns“, riefen die Mädchen, „kein Stamm weit und breit hat eine so hübsche Häuptlingstochter.“
„Ihr habt süße Zungen, um noch den Rest Ahornzucker zu bekommen; aber den hebe ich für meine Biber auf“, scherzte Sternblume.
Gegen Abend sammelte sich der Zug. Allen voran schritt ein Flötenbläser, der sein Rohr meisterhaft spielte; er trug ein ähnliches Federkleid wie Klingende Rassel. Dann folgte Großer Adler mit seinen Räten, seinen Frauen und Kindern. Den Zug beschlossen die Krieger, von deren Köpfen Adler-, Reiher- und Häherfedern nickten. Ihre Ohren verschwanden unter großen Gehängen; manche trugen sogar kleine Schlangen darin.

Als der Zug bei sinkender Sonne den Festplatz erreichte, war alles von den Priestern und ihren Gehilfen bereits gerichtet. In der Mitte brannte ein Feuer, und ein gewaltiger Maistopf kochte zwischen den glühenden Holzkohlen. Neben dem Feuer lag auf zwei Gabelästen ein Bratspieß aus Walnußholz.

Nun steckten die Medizinmänner den großen Hirsch an den Spieß, hielten ihn über die Glut und streuten Tabak ins Feuer. Die Priester hatten ihr Gesicht halb schwarz, halb rot angemalt, und ihr Anführer, Einsames Licht, verschwand unter einem Riesenbüschel ausgestopfter Schlangen-, Otter- und Marderbälge, der wie ein Quirl auf seinem Scheitel thronte.

Rings um das Feuer lagen in weitem Abstand die Matten für die Häuptlingsfamilie, die Priester, die geehrten Krieger und für die einfachen Dorfbewohner. Nachdem sich alle niedergehockt hatten, hielt Weiser Rabe die Festansprache. Er schloß sie mit den Worten:

„Wir sind dankbar der Maismutter, weil kein Sturm unsere Felder verwüstete und der Südwind mit Regen kam, daß die Halme aufsprießen und grünen konnten. Auf alles dieses richten wir unsere Gedanken, damit auch unsere toten Verwandten uns hören und unsere toten Freunde uns sehen."

„So sei es, so sei es", riefen alle.

Große Bottiche mit gegorenem Fruchtsaft aus Erd- und Himbeeren gingen herum. Klingende Rassel ließ den gefüllten Löffel aus der Hand fallen und spritzte sich naß. Ihr kamen die Tränen in die Augen, weil sich ihr Federkleid von dem Saft auflöste. Sie lief den Freundinnen nach, die schon beim Kochfeuer standen. Die Priester zerteilten den gebratenen Hirsch, und die Mädchen legten die Stücke auf Blätter. Sie garnierten sie mit Nüssen und gaben Maisbrot dazu. Dann eilten sie zu den Sitzenden.

Als Sternblume ihren Vater bediente, flüsterte er ihr zu: „Wenn die Maisbrüder fortgehen, dann gehen auch wir, aber nach der anderen Seite – dem Wald zu, ich will noch mit dir sprechen."

Die jungen Männer, die genau wie die Frauen und Mädchen in Gruppen für sich saßen, freuten sich, von den Mädchen bedient zu werden. Der gegorene Fruchtsaft versetzte sie in eine übermütige Stimmung, und manches Scherzwort flog hin und her. Und als ein besonders kühner Junge es wagte, Klingende Rassel am Federkleid zu zupfen und die Lücken noch größer zu machen, fand die Heiterkeit kein Ende.

Die Priester hielten sich zurück; sie sprachen nur mit den Angehörigen der Häuptlingsfamilie. Eulenauge warf Schneeflocke bewundernde Blicke zu, und Sternblume sah, daß ihre Nichte errötete und zurücklächelte.

Sie fühlte sich einsam, denn beim Erntedankfest vor zwölf Monden war Schneller Stör ihr wie ein Schatten gefolgt, und jetzt lag er krank auf seiner Schlafbank.

Großer Adler ergriff seine Pfeife und blies den Rauch nach den vier Himmelsrichtungen. Darauf ordneten sich die Krieger in der Form eines Bisons zum Tanz. In der Mitte dieser Figur saßen die Priester und ließen Wasserpauke und Rasseln erklingen. Mit schweren Schritten traten die Männer immer genau in die Fußstapfen des Vorausschreitenden. Dazwischen bogen sie unter Keuchen und Grunzen ihren Oberkörper zur Seite, ohne aus der Linie zu kommen, während die roten Flammen des Feuers auf den wippenden Federn und den roten Leibern ihr eigenes, zuckendes Spiel trieben.

Nach den schweren Rhythmen des Bisontanzes verstummten die Wasserpauken. Die Rasseln riefen jetzt die Mädchen auf den Tanzplatz. Sternblume führte ihre Gruppe an, die das Hasenlied sang und tanzte:

„Hase ist springend und singend,
Wo der Wind weht,
Hase ist tanzend und singend,
Wo die Wolken gehen ...“

Die Stimmen der Jüngsten schwebten hoch über Trommel und Rassel, ihre Füße hüpften; sie drehten sich im Kreise und glitten hoppelnd über den Boden. Der Oberhäuptling lächelte über den drolligen Tanz, und seine Blicke ruhten mit Wohlgefallen auf seiner Lieblingstochter.
Die Mädchen räumten die Tanzfläche, und Trommeln und Rasseln setzten mit erhöhter Stärke ein. Zu dem Dröhnen und Klappern klatschten alle mit den Händen. Gespannt paßte Sternblume auf. Da, jetzt war der Augenblick gekommen; zwei unförmige Schatten huschten durch die Menge.
„Die Maisbrüder!“ rief Klingende Rassel, und jeder versuchte, den Durchhuschenden etwas von ihrem Strohkleid abzureißen. Einer trat und stieß den anderen, um nur ja etwas von dem glückbringenden Stroh zu erhaschen, das man sich das ganze Jahr unter die Bettmatte legte.
Die Maisbrüder machten die tollsten Sprünge. Sternblume gelang es trotzdem, eine Handvoll an sich zu reißen. Glücklich kehrte sie auf ihren Platz zurück. Aber da stand Kleine Bohne mit Tränen in den Augen, denn man hatte sie fortgestoßen. Nicht einmal Schneeflocke hatte etwas abbekommen.
Schnell drückte Sternblume den Freundinnen ihr Stroh in die Hand und warf sich von neuem in das Gebalge. Aber ehe sie sich durchwinden konnte, fiel der zerraufte Rest der Maishülle zu Boden, und der Maskenträger entsprang.
Sie mußte sich einige Halme vom Boden auflesen, und jetzt rollten ihr selbst die Tränen über die Wangen, denn das

hingefallene Stroh hatte keinen Wert; nur wenn man es den Masken vom Leib riß, brachte es Glück.

Sie ging zu ihrem Vater, der sie tröstete. „Ich schenke dir ein neues Ohrgehänge. Aber komm jetzt, wir wollen gehen."

Als der dunkle Wald sie aufnahm und niemand mehr zuhören konnte, bat Sternblume: „Ich möchte gern nach Schneller Stör sehen, wie es ihm geht."

„Ja, gerade danach wollte ich dich fragen. Du warst doch dabei, als das Unglück geschah. Erzähle es mir genau."

„Ja, an dem Mokassin erkannte ich ihn sofort", beendete das Mädchen ihren Bericht.

„Dachte ich es mir doch gleich, daß Schneller Stör einen Teil des Pulvers behalten hat."

„Das von dem schwarzen Pulver habe ich dir doch gar nicht erzählt."

„Dein Vater weiß alles, aber woher weiß es meine Tochter?"

„Von Schneller Stör."

„Was, außer dem Diebstahl hat er also noch herumerzählt wie ein altes Weib! Und das will ein Priester, ein Mann des Geheimnisses sein! Er soll die doppelte Strafe bekommen wie ein anderer."

Sternblume sah die Wut in des Vaters Gesicht. Verwirrt und hilflos suchte sie nach Worten. Hätte sie doch Schneller Stör nicht verraten! Aber durfte sie die Unwahrheit sagen? Nein, den Vater belügen, das konnte sie nicht. Aber war sie nicht schuld daran, daß Schneller Stör alles ausgeplaudert hatte? Es war doch ihre Absicht, ihre Neugier gewesen, den Freund auszuhorchen. Hatte sie ihn nicht mit Schmeicheleien dahin gebracht?

Reue befiel sie. Sie mußte versuchen, ihre Schuld wieder gutzumachen. Plötzlich faßte sie einen Entschluß. Sie blieb stehen.

Der Mond schien durch die Bäume, und sein Licht fiel auf ihr fahles Gesicht. Der Vater redete ja mit sich selbst.

„Weidenrute kann ihre Heilkräuter sparen, ich werde ihren Sohn fortbringen lassen, und es ist fraglich, ob er je zurückkommt... heimlich natürlich. Im Dorf wird es niemand erfahren."

Obwohl der Oberhäuptling nur leise gesprochen und mit den Zähnen geknirscht hatte, war Sternblume kein Wort entgangen. Ärgerlich drehte der Vater sich nach ihr um.

„Wo bleibst du nur? So komm doch endlich!"

Sternblume zitterten die Knie, und es wurde ihr schwarz vor Augen. Sie versuchte zu laufen. Aber nur ein paar Schritte, dann stolperte sie über eine Baumwurzel und fiel hin.

Großer Adler hörte den Fall und ging zurück.

„Hast du dich verletzt?" Der Jähzorn wich aus dem Gesicht des Mannes. „Ist denn so etwas möglich, meine Tochter fällt über eine Baumwurzel! Hast doch sonst Augen wie eine Nachtkatze!" Er half ihr auf. „Zitterst ja am ganzen Körper; kein Wunder, bist ja auch fast nackt bei der Abendkühle." Er nahm ihren Beutel und zog einen Umhang heraus.

Sternblume griff danach und hüllte sich ein. Dann ging sie dicht an ihren Vater heran und strich ihm zum Dank mit der Hand über die Wange. Sie sah ihm fest in die Augen und sagte: „Ich bin an allem schuld, Großer Adler, wenn du Schneller Stör strafst, dann mußt du auch mich genau so strafen."

„Du bist schuld?"

„Ja, ich habe ihn erst darauf gebracht, daß die schwarzen Körner wie Samen aussehen, und ich habe ihn solange umschmeichelt, bis er verriet, bei den Weißen gewesen zu sein."

„Du ihn umschmeichelt?" Großer Adler sah seine Tochter an, und plötzlich kam ihm zum Bewußtsein, daß sie erwachsen war.

Diese Erkenntnis überrumpelte ihn so, daß sein Gesicht einen ratlosen Ausdruck annahm. Sein fröhliches Mädel, sein kleiner Schelm hatte sich zu einem neuen Wesen gewandelt, das ihm noch unbekannt war. Nein, seine Tochter war kein Kind mehr, und eines Tages würde ein Mann kommen, um sie ihm zu nehmen. Schneller Stör würde sie aber vorläufig nicht bekommen; durch das Unglück hatte sich ja alles geändert. Vorerst blieb ihm seine Lieblingstochter. Und das beruhigte ihn.

Auf einmal sah Großer Adler den Diebstahl des Priesters, der ja die Voraussetzung für den Unfall war, nicht mehr als ein Verbrechen an. Die Krankheit des Verletzten konnte lange dauern, und wer wußte, ob aus der Ehe noch etwas wurde.

Sternblume wunderte sich über die Veränderung, die mit ihrem Vater vor sich gegangen war. Vorhin sah er wutentstellt und zornig aus, und jetzt schien er völlig ruhig, ja fast traurig. Wie sollte sie sich diese Umstellung erklären? Sie flehte ihn an: „Ich bitte dich, strafe Schneller Stör nicht!"

„Komm jetzt!" Der Häuptling hob die Mattentür des Priesterhauses und trat in den halbdunklen Raum. Das Feuer war fast niedergebrannt; ein Gehilfe sprang hinzu und schürte es mit dürrem Reisig neu an, als er den Besuch eintreten sah.

Einsames Licht, der den Festplatz schon vor den Maisbrüdern verlassen hatte, empfing die hohen Gäste. Man merkte es dem alten Mann an, daß die Krankheit seines Sohnes ihm zu Herzen ging.

Schneller Stör lag auf seiner Schlafbank und hatte die verschwollenen Augen geschlossen. Die Haut seines Gesichtes war aufgedunsen und mit dunkelgrauen Nadelstichen übersät. Er schien Fieber zu haben und atmete schwer.

Weidenrute legte ihm kühle Blätter auf die Stirn. Ein Medizinmann spritzte aus einer Schüssel Wasser auf den Kranken und

umtanzte ihn mit der Rassel. Er gab zu verstehen, daß der Krankheitsgeist noch nicht ausgetrieben sei.
Sternblume erschrak. Schneller Stör war nicht wiederzuerkennen! Der Arme! Sie tröstete Mutter Weidenrute, die ja die besten Heilmittel wußte. Großer Adler murmelte vor sich hin: „Die Weißen haben einen Teufelszauber. Schneller Stör wurde von ihnen für immer gezeichnet."
Die beiden Besucher verabschiedeten sich von dem Oberpriester und seiner Frau mit vielen guten Wünschen für den Kranken.
„Er ist genug gestraft, unser Medizinmann ist machtlos gegen die Zauberkraft der Fremden", sagte der Häuptling auf dem Heimweg. Erleichtert ging die Tochter neben ihrem Vater dem heimatlichen Moco zu. Als sie an dem Festplatz vorbeikamen, dröhnten noch Pauken und Rasseln.
Im Häuptlingshaus saß Herzmuschel neben dem Feuer und hatte die getrockneten Hüllenblätter der Maiskolben vor sich liegen. Ihre Finger flogen schnell durch die raschelnden Blätter und zauberten ein winziges menschliches Wesen.
Es sollte eine Puppe für Kleine Möwe werden. Bald sah man die Arme aus geflochtenen Maishülsen und ein Kleid aus großen Blättern. Nur ein Gesicht hatte die Maisfrau nicht. An den Kopf klebte Herzmuschel getrocknete Maisseide.
„Nein, ein Gesicht darf eine Puppe nicht haben", wandte sie sich an Sternblume, die ihr stumm zugeschaut hatte. „In einem Gesicht kann sich ein Geist verbergen, und wenn die Puppe herunterfällt, dann wird er verletzt und rächt sich. – Du siehst aber schlecht aus, mein Mädchen, es wird Zeit, daß wir schlafen gehen", fuhr das Mütterchen fürsorglich fort, während sie die fertige Puppe auf die Schlafbank neben Kleine Möwe legte. „Morgen früh wird sie das Maiskind schon finden."
Dann ging Herzmuschel fort und holte ein Schüsselchen

Walnußmilch. „Hier, mein Täubchen, die mußt du trinken, damit du morgen wieder frisch aussiehst."
Sternblume sah den besorgten Blick und schlürfte das Schälchen leer. Nun legte sie das Stroh doch unter ihre Matte. Ob es ihr noch Glück bringen würde? Sie holte die blaue Perle aus ihrem Korb und betrachtete sie beim letzten Schein des verglimmenden Feuers. Sie sah den weißen Mann vor sich, wie er ihr das blaue Kügelchen reichte. Dann legte sie sich nieder, und in ihren Traum dröhnten die Klänge von Trommel und Rassel.

Kurze Zeit nach dem Maismutterfest setzte sich Herzmuschel eines Abends zu Sternblume auf die Schlafbank und sagte: „Ehe die Blätter fallen, sollst du um einen Traum fasten, damit du einen Schutzgeist bekommst. Dein Vater will es, denn du bist ja nun erwachsen. Andere Mädchen fasten schon viel früher."
„Was muß ich dann tun?"
„Gar nichts", lautete die überraschende Antwort. „Wir gehen an eine einsame Stelle im Wald, bauen ein kleines Schutzdach und richten mit Fellen und Matten ein warmes Lager her. Dort bleibst du, denn du darfst während dieser Zeit außer mir keinen Menschen sehen und vor allem nichts essen. Ich werde dich oft besuchen und dir etwas zu trinken bringen."
„Und warum soll ich das tun?"
„Nach einiger Zeit wird dir der gute Geist einen Traum schikken, und was du zuerst siehst, wird dein Schutzgeist, sei es nun ein Tier oder ein Mensch oder sonst was."
Zwei Tage nach diesem Gespräch wanderte Sternblume mit Herzmuschel in den Wald. Weit abseits vom Fußpfad wählte die Alte schließlich eine Fichte, die ihre breiten Äste fast auf den Boden hängen ließ.

Herzmuschel brach die Spitzen der Zweige als Unterlage des Bettes, breitete Matten und Felle darauf und strich ihrem Liebling über Gesicht und Haar. Dann verschwand sie zwischen den Bäumen.

Sternblume legte sich nieder. Tiefe Stille umgab sie, in der nur das leise Fallen der Fichtennadeln zu hören war. Gegen Abend erwachten allerlei Tierstimmen; die Vögel zwitscherten ihr Schlaflied und die Nachteulen flogen auf, um sich mit einem klagenden Laut einen guten Aussichtsplatz zu suchen.

Auf einmal wurde es auch in der Fichte lebendig. Ein Schwarm wandernder Goldscheitelzaunkönige war eingefallen. Die zierlichen Tierchen hüpften und schlüpften durch die Zweige und berieten offenbar, wo sie für die Nacht Wohnung nehmen sollten.

Am nächsten Tage quälte Sternblume der Hunger. Ehe es ganz dunkel wurde, kam das Mütterchen und brachte nicht nur Wasser, sondern auch einen kleinen Bissen Essen. Am folgenden Tag erhielt sie aber nur einige Beeren. Schließlich verschwand das Hungergefühl.

Eine große Mattigkeit befiel die Häuptlingstochter, sie konnte sich kaum noch aufrichten und lag auch tagsüber in einem Halbschlaf.

In der Nacht vor dem fünften Tag vernahm die Dahindämmernde eine Stimme: „Stehe auf und ersteige die Fichte!“ Sie fühlte im Traum keine Müdigkeit, erhob sich und sah, wie der Fichtenbaum größer und größer wurde, sich dehnte und streckte, bis sein Wipfel an das Himmelsgewölbe anstieß.

Sternblume kletterte auf die untersten Äste, und ohne die geringste Mühe ging es spielend leicht den Stamm hinauf mit wunderbarer Schnelligkeit. So erreichte sie die Spitze, ehe der Kuckuck zweimal rufen konnte.

Das letzte Ende des Baumes schob sich in eine Öffnung; das Mädchen stieg hindurch und befand sich auf einer grünen Wiese. Ringsherum leuchteten die Blütenkuppeln der Magnolienbäume und die weißen und gelben Riesenstauden des Jasmins, dessen aufbrechende Knospen einen betäubenden Wohlgeruch verströmten.

Es schien keine Sonne, alles Licht kam aus den schneeweißen Blüten eines großen Tulpenbaumes, der an einem Bach stand. Sternblume schritt an dem Flüßchen entlang und erblickte eine uralte Frau mit weißem Haar. Sie hielt einen großen, goldgelben Maiskolben in der Hand und trug einen Mantel aus Maisblättern. Die Frau sagte: „Ich bin Awenhai. Folge dem Pfad weiter, denn du bist nicht zu mir gerufen."

Die Häuptlingstochter setzte ihren Weg fort, der ein wenig zu steigen begann, und bemerkte am Wiesenrand den Rückenpanzer einer Schildkröte, der zwischen den Gräsern hervorschimmerte. Das Tier hob sein Köpfchen und redete sie an: „Ich trage die Erde, auf die Awenhai hinabfiel, gehe weiter, du bist nicht zu mir gerufen."

Der Pfad stieg jetzt steil an und führte auf ein Licht zu, das aus einer Öffnung der blauen Himmelswand hervorbrach und immer heller leuchtete. Sternblume glaubte zuerst einen milchfarbenen Mondstein zu sehen, neben dem das Sonnenlicht hervorströmte. Aber dann erblickte sie in dem goldenen Schein den fremden Mann mit der weißkupfernen Jacke, der sie freundlich anblickte.

Sie wollte einen Schritt weiter tun, aber die Stimme des Mannes hielt sie davon ab. „Hier ist die Grenze, die du nicht überschreiten darfst. Durch diese Tür geht es in das Land des Todes. Besteige das Kanu, denn du sollst leben." Erstaunt sah sich Sternblume um, denn der Bach weitete sich zum Strom, und am

Ufer lag das Wasserhaus der Fremden, mit dem großen, weißen Hirschfell am Pfahl. Gehorsam bestieg sie das Dach des Riesenkanus, das sofort in sausender Fahrt davonflog. In der Ferne winkte die Fichte, und das Kanu landete am Fuß des Stammes. Sie sprang ans Ufer und stieß sich dabei heftig an einem Ast. –

Die Häuptlingstochter fuhr aus ihrem Schlaf auf. Ringsumher stand die Dunkelheit wie eine schwarze Wand. Von Fluß und Riesenkanu war nichts zu sehen. Jetzt wußte sie, daß Ahone sie auf den Weg des Traumes geführt und ihr den Schutzgeist gezeigt hatte. Bald darauf versank sie in einen tiefen Schlaf.

Als Herzmuschel am Morgen erschien, richtete sich die Erschöpfte auf und wollte sprechen, aber die Alte legte den Finger auf die Lippen. „Du darfst mit niemand darüber reden, sonst verläßt dich dein Schutzgeist."

Dann fütterte sie das Mädchen wie ein kleines Kind und verschwand wieder. Am Mittag kehrte sie mit zwei starken Männern zurück, die Sternblume trugen, denn zum Gehen war sie zu schwach.

„Du mußt immer etwas bei dir tragen, was dich ständig an deinen Beschützer erinnert", mahnte das Mütterchen. „Wenn es ein Truthahn war, eine Feder; wenn es ein Biber oder ein Bär war, einen Zahn oder eine Kralle. Nun, du wirst es schon selbst herausfinden, was du von deiner Traumerscheinung bei dir tragen kannst."

Sternblume überlegte lange. Dann nähte sie ein Birkenrindentäschchen, legte die blaue Perle hinein und hängte sich das Beutelchen um den Hals.

VI

Der Wald warf seine Blätter ab und wurde kahl bis auf die Nadelbäume und immergrünen Stauden. Auf dem Boden breitete sich ein dicker, bunter Teppich aus, der in gelben, roten, braunen und grünen Farben leuchtete. Die Tiere verließen die Buchen, Walnußbäume und Eichen, um im Unterholz der Stechpalmen und im Nadelwald Unterschlupf zu suchen.

Sternblume versank mit ihren Mokassins im raschelnden Laub. Sie kam von ihren Bibern zurück. Die Kleinen waren groß geworden und würden sicher bald ihre eigenen Wege gehen; dann war Großmütterchen wieder allein.

Sternblume kletterte auf eine Eiche und sprang dann auf eine Kiefer über. Als sie die hohe Spitze erklommen hatte, hielt sie Ausschau. Ringsum in der Ferne stiegen viele Rauchfahnen auf. Die Jagd zur Zeit der fallenden Blätter war in vollem Gang. Alle Männer waren draußen in ihren Jagdhütten; in Moco blieben nur die Wächter des Häuptlingshauses zurück.

Sehnsüchtig schaute das Mädchen nach Südosten, zum Wohnplatz der Weißen. Ein neues Wasserhaus sollte angekommen sein, und die Späher des Oberpriesters hatten sogar eine weiße Frau erblickt. Sicherlich glich sie der Frau auf dem grauen Zauberteller, deren Körper ganz verhüllt war. Solch ein wallender Umhang konnte unmöglich aus Hirschleder sein. Zu gern hätte sie eine Fremde gesehen und ihren Umhang befühlt.

Nein, von dem Dorf der Tassautessus entdeckte sie nichts, aber etwas anderes erschien am Himmel: die wilden Gänse! Die Häuptlingstochter war glücklich, nun war sie nicht umsonst hinaufgeklettert. Und jetzt hörte sie die ersten Rufe: „Cohonk! Cohonk! Cohonk!“

In großen Scharen zogen die Gänse am Himmel dahin; immer niedriger flogen sie, um sich am Möwenbach und allen Tümpeln der Pamniederurg auszuruhen. Die Priester, deren Jagdzeit nun begann, mußten sie auch schon entdeckt haben, denn die ersten Pfeile zischten durch die Luft.

Auf dem Heimweg begegnete das Mädchen Eulenauge, der, mit Gänsen beladen, dem Tempelhügel zustrebte.

„Das ist heute ein herrlicher Tag", meinte er, auf die großen Vögel deutend.

„Und wie geht es Schneller Stör?" wollte die Häuptlingstochter wissen.

„Der Krankheitsgeist ist noch nicht von ihm gewichen. Der böse Zauber der Weißen ist zu groß; wir sollten sie alle töten."

„Könnt ihr es denn?" fragte Sternblume mit einem versteckten Lächeln.

„Wenn wir Donnerrohre hätten, dann ja. Aber jetzt haben wir einen Hemdenträger gefangen, als er mit einem winzigen Donnerrohr auf unsere Jäger schoß. Leider ließ er es in ein tiefes Sumpfloch fallen, als wir ihn umzingelten. Er soll ein großer Häuptling sein."

„Wo habt ihr denn den weißen Häuptling gefangen?"

„Am Nordfluß."

„Am Nordfluß, etwa in Mahunt?"

„Nein, auf der anderen Flußseite und weiter hinauf, der Quelle zu. Der Bruder deines Vaters hielt dort Treibjagd."

Sternblume wurde nachdenklich. War es am Ende der Weiße, den sie in Mahunt gesehen und der ihr die blaue Perle geschenkt hatte? Der mit dem gelben Haar und den blauen Augen? Doch danach fragte sie Eulenauge nicht.

„Ich muß nach Hause", rief sie dem Priester zu. Mit dieser

aufregenden Nachricht wollte sie allein sein. Da war der Weiße also in die Hirschjagd geraten. Aber warum sollte es denn der blauäugige Mann aus Mahunt sein? Vielleicht war es ein alter Häuptling. Und vielleicht haben ihn seine Leute längst befreit, beruhigte sich schließlich das Mädchen und ging durch die Palisade.

„Cohonk! Cohonk! Cohonk!" riefen die Kinder in Moco und ahmten den Ruf der Wildgänse nach. Zwei Mondumläufe dauerte diese wunderbare Zeit, nach der man die Jahre bezeichnete und zählte. An allen Kochfeuern duftete es nach gesottenen Enten und Gänsen. Die im Frühjahr und Sommer ewig hungrigen Kinder zeigten auf ihre prall gefüllten Bäuchlein und mochten kaum noch etwas essen.

Doch bald fegte ein eisigkalter Wind durch das Dorf. Verwaist lagen Wald, Feld und Spielplatz. Auch die Mädchen tollten nicht mehr herum; man blieb zu Hause und beschäftigte sich mit Näharbeiten neben dem Feuer.

Es wurde kein Winter wie in den vergangenen Jahren. Irgendeine geheime Unruhe schien in den Flammen zu flackern und in den dunklen Ecken der Hütten zu hocken. Die Fremden waren mit ihren Meerkanus vor dem Winter nicht abgefahren, wie sie anfangs vorgaben. Sie blieben im Lande.

Nächtelang brannten im großen Versammlungshaus die Ratsfeuer, bei denen der Oberhäuptling mit seinen Priestern beriet. Einsames Licht und die anderen Medizinmänner drangen darauf, die Weißen zu überfallen und zu töten. Späher wurden ausgeschickt, um alle Gewohnheiten der Fremden auszukundschaften.

Einsames Licht, dessen Haß gegen die Tassautessus seit dem Unglück seines Sohnes noch zugenommen hatte, erinnerte den

Oberhäuptling an den siegreichen Überfall vor zwanzig Cohonks. „Großer Adler, damals saßen die Weißen viel weiter von uns fort, viel weiter im Süden, und wir haben sie vernichtet. Heute sind sie in unserer Nähe, und wir greifen sie nicht an. Großer Adler, du bist heute mächtiger als damals. Viele Unterhäuptlinge mit ihren Kriegern hören auf jedes deiner Worte und befolgen deine Befehle. Sie warten darauf, daß du sie auf den Kriegspfad gegen die Hemdenträger schickst."

„Großer Adler will abwarten, bis Kälte und Hunger ihre Kraft geschwächt haben", beschwichtigte Weiser Rabe die haßerfüllten Worte des Oberpriesters. „Dunkler Hirsch ist eben vom Wohnplatz der Fremden zurückgekehrt; er wird uns berichten, was er sah."

Der Häuptlingssohn, der nahe an das Feuer herangerückt war, um seine kalten Glieder etwas aufzuwärmen, sprach nur wenig. „Weiser Rabe gibt einen guten Rat. Es ist so, die Tassautessus hungern und frieren und wir warten am besten. Morgen werde ich euch erzählen, was ich bei den Fremden sah und hörte."

Dunkler Hirsch verließ die Versammlungshalle und ging in das Wohnhaus hinüber, weil er durstig und hungrig war.

Als er durch die Mattentür trat, freuten sich alle. Während Herzmuschel Gänsefleisch wärmte, setzte sich der Häuptlingssohn zum Kochfeuer.

„Haben dich denn die Weißen in die Palisade gelassen?" fragte Brennessel.

„Ich brachte ihnen doch Wild als Geschenk von Großer Adler, da ließen sie mich gern ein."

„Wir wollen, daß die Hemdenträger verhungern, und Großer Adler schickt ihnen Rehfleisch, habt ihr's gehört", krächzte ungläubig eine alte Stimme. Aber Brennessel wies sie zurecht. „Unterbrich ihn nicht, Mutter, Großer Adler weiß schon, was er tut, sonst hätte doch Dunkler Hirsch nichts auskundschaften können."

Sternblume, Klingende Rassel und Kürbisblüte beendeten ihre Arbeit und ihr Geflüster, um besser zu hören. Da kam Kleine Möwe und fuhr mit ihren Händchen in die bunt gefärbten Binsen, die Sternblume gerade, zu einem Muster geordnet, vor sich hatte, um eine Schachtel zu flechten. Ärgerlich stand die Häuptlingstochter auf und holte eine Schüssel mit Wasser, darin Dunkler Hirsch sich die Hände wusch.

„Du hörst wohl in deiner Schlafkoje nicht genug", stichelte Brennessel. Aber Dunkler Hirsch streichelte liebevoll seine junge Schwester und fuhr in seiner Rede fort: „Ich war ganz sprachlos, wie unordentlich es in dem Dorf der Weißen aussah. Die Hütten zerfetzt, daß der Wind durchblies, Kranke und Halbverhungerte in zerrissenen Umhängen. Gierig fielen sie über das Fleisch her und verschlangen es, als es kaum weichgekocht war."

„Habt ihr gehört, zerrissen, halbverhungert, krank, eija, eija", wiederholte der fast zahnlose Mund der Alten, und aus den Schlafkojen erklang ein zufriedenes Grunzen.

„Nun, dann werden sie wohl bald alle sterben, und dann ist wieder Ruhe im Land", freute sich Brennessel.

„Sie trauern sehr um den gefangenen Häuptling. Seitdem er fort ist, haben sie keinen Mut mehr und auch keine Lust zur Arbeit, verriet mir einer der weißen Leute, der sehr an dem ‚Kapitän' hing. Ja, Kapitän nannte er ihn. Ich habe mir das Wort fest eingeprägt."

„Nun, geh doch wieder zu deinen Freundinnen, was gehen dich diese Dinge an", wies Brennessel jetzt die Stieftochter energisch vom Kochfeuer.

Gedankenversunken flocht Sternblume wieder an dem Deckel

ihrer Schachtel, während Kürbisblüte und Kleine Möwe frisch gegerbtes Hirschleder mit Muschelperlen bestickten. „Du mußt leiser sprechen, Klingende Rassel, siehst du nicht, wie Brennnessel böse Blicke herwirft", wandte sie sich an die Freundin, „ich kann sonst auch nichts hören", fügte sie leise hinzu. „Hast du den Namen des Weißen verstanden? Ka-pi-tän, hieß er nicht so?" „Ja, so hieß er. Ich habe ihn genau verstanden", bekräftigte Klingende Rassel.

Aber Dunkler Hirsch erzählte nichts mehr. Er grub seine Zähne in das Gänsefleisch, und nach dem Essen legte er sich auf die Schlafbank. Nach kurzer Ruhe ging er mit seinen Töchtern in seinen eignen Wigwam.

Die Mädchen vertrieben sich inzwischen die Zeit mit Schüssel- und Würfelspiel, wobei sogar die ruhige Kürbisblüte in Zorn geriet, weil die Steine beständig mit der schwarzen Seite nach oben lagen. Man mußte den Holzteller fest auf den Boden stoßen, damit die Spielsteine aus der runden Vertiefung in die Höhe sprangen. Wenn sich wenigstens fünf mit der gelben Seite nach oben drehten, gewann man einen Punkt. Aber heute zählte fast jedes Mädchen menr dunkle Plättchen als helle.

Als sich die Freundinnen genug mit dem Spiel herumgeärgert hatten, bat Sternblume das Mütterchen, die Geschichte von Awenhai weiterzuerzählen.

Herzmuschel holte sich einige Fellmäntel und die dazugehörigen Armlinge, um sie auszubessern. Im Sommer trug man ja nicht viel, aber jetzt brauchten Männer und Frauen auch Beinlinge, und wie schnell riß eine Naht auf. Sie legte alles neben sich auf die Bettbank, während die Mädchen sich um sie herumhockten und Graszwirn aufrollten.

„Woher kommen die Fremden eigentlich?" fragte Kleine Möwe.

„Sie sollen von einer Insel im großen Wasser nach Sonnenaufgang stammen", gab Klingende Rassel als letzte Weisheit von sich.
„Aber dann muß ja die Schildkröte außer unserer noch andere Inseln tragen", zweifelten die anderen.
„Streitet euch nicht", beschwichtigte Herzmuschel, „ich werde euch jetzt von Awenhais Tochter Wirbelwind und der neuen Erde erzählen."
Hüstelnd begann das Mütterchen: „Wirbelwind, das Kind Awenhais, lebte nicht lange. Sie bekam Zwillinge und starb bei der Geburt. Aber ihre beiden Söhne blieben gesund und wuchsen heran.
Der erste, Ahornbäumchen, war gut; aber der jüngere, Feuerstein, hatte einen bösen Sinn und störte die Werke seines Bruders. Eines Tages bildete Ahornbäumchen die verschiedenen Tiere, damit sie in den Wäldern, auf den Wiesen und in den Flüssen leben sollten.
Dann ließ er die größten in einen Teich mit Öl tauchen, damit sie fett würden, und die Menschen später etwas von ihnen hätten: die Büffel, die Bären, die Hirsche und die Elche.
Auch etliche kleine Tiere durften das Ölbad nehmen, so der Waschbär, das Murmeltier und das Stachelschwein.
Feuerstein hatte seinem Bruder zugesehen und wollte ihn nachahmen, aber das Werk war viel zu schwer für ihn und mißlang. Er bildete den Körper eines Vogels, so gut er es eben verstand. Als er ihn fliegen ließ, flatterte das Tier hierhin und dorthin: es war kein Vogel geworden, sondern eine Fledermaus."
Die Mädchen hatten inzwischen das Grasgarn aufgerollt und halfen nun Herzmuschel beim Nähen. Kleine Möwe versteckte schnell eine Rolle unter ihre Bettbank, um damit morgen zu spielen.

„Wie geht es nun weiter?“ fragten die Mädchen, und Herzmuschel fuhr fort: „Eines Tages hatte die Erde das Aussehen, das sie heute hat, und Ahornbäumchen fand nichts mehr zu ändern. Er bildete den Körper einer Frau und eines Mannes, gab beiden Leben und setzte sie an einen Waldrand, an dem ein Flüßchen vorbeifloß.

Dann zog er über die Welt, um sein Werk zu prüfen. Damals kam er auch hier vorbei. Ihr kennt doch die Steine unten am Pamfluß mit den Fußstapfen drin. Das sind Ahornbäumchens Spuren.“

Die Mädchen nickten. Bei den großen Steinen spielten sie oft und gossen Wasser in die Vertiefungen.

„Auf diesem Wege“, erzählte die Alte weiter, „besuchte er auch den Strand des Meeres und sah Feuerstein dort stehen. Auf dem Sand lagen zwei menschliche Wesen, die weiß wie Schaum waren. Feuerstein wies auf diese Geschöpfe und sagte: „Du wirst doch zugeben, daß ich bessere Menschen schaffen kann als du, denn diese sehen viel heller aus als deine.“

„Nun“, meinte Ahornbäumchen, „dann lasse sie aufstehen und herumgehen.“

Aber siehe, das konnte Feuerstein nicht. Er mochte sich anstrengen wie er wollte, die Körper blieben unbeweglich liegen. Schließlich belebte Ahornbäumchen die Wesen, die sein Bruder geschaffen hatte. Sie begannen zu atmen, standen auf und wanderten über die Erde.“

„Das waren sicher die Eltern der Weißen“, ereiferte sich Klingende Rassel. Und Sternblume ging mit ihren Gedanken noch einen Schritt weiter. „Dann stammen ja die Fremden von dem bösen Zwillingsbruder ab.“ Und nach einer Pause der Überlegung folgerte sie: „Weshalb haben wir sie eigentlich nicht früher gesehen?“

„Warum sollten wir sie früher gesehen haben“, verwunderte sich Herzmuschel, „sie kommen doch von einer Insel jenseits des großen Wassers.“

„Aber die Schildkröte trug doch nur eine Insel auf ihrem Rücken“, fielen die Mädchen ein.

„Selbstverständlich“, stimmte das Mütterchen bei, „die Erde liegt auf dem Panzer der Schildkröte, und ringsherum ist nichts als Meer.“

„Aber du sagtest doch selbst“, setzte jetzt wieder Sternblume ihrer Pflegerin zu, „daß die Fremden von einer anderen Insel gekommen wären.“

„Und dabei hat doch Feuerstein die weißen Menschen hier auf unserer Insel, an unserem Meeresstrand geschaffen“, erinnerte Kürbisblüte.

Das Gesicht des Mütterchens überflog ein noch stärkeres Rot. Ja, wie reimten sich die neuen Ereignisse mit den alten Sagen zusammen? Die Mädchen hatten recht mit ihren Einwänden.

Herzmuschel verstummte. Sie war unsicher geworden in ihrem Wissen von der Schöpfung der Welt. –

Einige Tage später machte sich Dunkler Hirsch wieder im Auftrag seines Vaters auf den Weg, doch dieses Mal nicht nach Süden, sondern nach Sonnenuntergang. Er sollte seinen Onkel besuchen, um Näheres über den weißen Gefangenen zu erfahren.

Er traf den jüngeren Bruder seines Vaters jedoch nur allein an: „Der gefangene Weiße wird bei allen Stämmen herumgeführt, ob sie ihn kennen, ob er Leute von ihnen getötet hat, oder ob sie sonst etwas von ihm wissen“, berichtete Elchbruder. Dann holte er einen Kompaß hervor, den ihm der Gefangene geschenkt hatte.

Dunkler Hirsch nahm die Kugel in die Hand und betrachtete

sie eingehend. Er zeigte auf das Glas, unter dem die kleine Kompaßnadel sich bewegte. „Ist das gefrorenes Wasser?"
Elchbruder zuckte die Achseln, denn er kannte genau wie sein Neffe kein Glas. Aber eins hatte der fremde Häuptling ihm erklärt: „Die Nadel zeigt immer dorthin, wo der Eisriese wohnt. Norden nennen die Fremden diese Himmelsrichtung."
Dunkler Hirsch drehte die kleine Kugel hin und her und freute sich darüber, wie die Nadel immer in die gleiche Richtung wies. Am liebsten hätte er seinen Onkel um dieses Geschenk gebeten. Er sagte: „Ich möchte es meinem Vater zeigen." Aber Elchbruder meinte: „Das kann ich später selbst."
Von der kleinen Kugel berichtete Dunkler Hirsch zuerst, als er wieder nach Moco kam. Doch Sternblume wollte nur etwas über den weißen Häuptling hören. Sie konnte ihre Neugier kaum bezähmen; und da sie den Bruder in seiner Rede nicht unterbrechen durfte, so zupfte sie ihn an den Fransen seiner Beinröhren oder kniff ihn in die Waden.
„Pocha-huntas! Kleiner Schelm!" drohte der Häuptlingssohn, aber dann erzählte er. „Wenn der Mond sein volles Gesicht zeigt, dann wird Kapitän Smith, so heißt der Fremde, hier sein, denn Großer Adler will selbst über sein Schicksal entscheiden."
Sternblume konnte sich gar nicht beruhigen. Sie lief zu Herzmuschel, um dem Mütterchen die Neuigkeit mitzuteilen. Als sie am Abend ihren Vater sah, fragte sie ihn: „Darf ich mit in das große Haus zur Gerichtsversammlung?"
„Ja, du sollst neben mir sitzen, du bist jetzt groß genug und rechnest zu den Erwachsenen."
Und nun bekam Herzmuschel zu tun. Sie mußte die besten Sachen ihres Lieblings hervorholen. Die Häuptlingstochter probierte, aber alles war ihr zu eng geworden. In den beiden

Cohonkmonaten war sie nicht nur gewachsen, sondern auch voller geworden. Nur der blaue Federmantel war noch groß genug und brauchte nicht geändert zu werden.
„Sieh mal nach, ob die Dienerinnen die Versammlungshalle ordentlich reinigen. Und sorge dafür, daß sie auch genug Holz für die Feuerstellen heranschaffen“, ermahnte Herzmuschel das Mädchen.
Die Halle glich dem Wohnhaus der Häuptlingsfamilie, aber ihr Innenraum wirkte viel mächtiger und größer, da ihn keine Matten in einzelne Abteilungen teilten. Die Dienerinnen, ehemalige Gefangene, machten gerade ein kleines Feuer an, um sehen zu können, dann fegten sie den Boden mit Truthahnflügeln und rollten an den Längswänden frische Matten aus, denn dort sollten die Räte und Krieger des Häuptlings mit ihren Frauen Platz nehmen. Fast am Ende des großen Saales stand das kniehohe Sitzgestell des Oberhäuptlings.
Sternblume setzte sich einige Male und fand es zu hart, aber es wurden ja noch moosgestopfte Kissen und Felle darauf gelegt. Langsam schlenderte sie wieder ins Freie. Draußen prüfte sie die Malereien auf den Mattenwänden. Der Regen hatte die Farbe von den Tierleibern, den Vögeln, den Schlangen und auch von dem Riesenadler arg heruntergewaschen.
Schneller Stör hatte immer alles nachgemalt; jetzt mußte sie Eulenauge darum bitten. Sicherlich war er am Abend im Mattenhaus ihres Bruders, denn er kam jetzt oft, um Schneeflocke zu sehen. Noch vor der Dunkelheit würde sie hingehen.
Als die Häuptlingstochter am nächsten Tag wieder zum Versammlungshaus ging, leuchteten die heiligen Tiere in roten, gelben, blauen und schwarzen Farben. Nun waren sie wieder kräftig und würden das Haus und seine Besucher beschützen.
Als sich die Sonne hinter die Palisadenspitzen senkte, ging

Sternblume nach Hause und zog sich in die Mattenkoje zurück. Sie holte ihr Birkenrindentäschchen hervor und betrachtete lange die blaue Perle. Dann legte sie sich nieder. Doch das Geschrei einer Lacheule, die im Maulbeerbaum saß, drang bis ins Haus.

Das Mädchen stand auf und schaute zum Rauchloch hinauf; aber kein Stern und kein Mondlicht erhellten den Himmel, und dabei mußte nach ihrer Berechnung der Mond schon voll sein. Dunkle Wolken zogen vorbei. Sternblume legte sich wieder hin, und ihre Lippen murmelten:

„Fern im Lande des Adlers
Wirft der Adler seine Schwingen nach Osten,
Wo die großen Wolken segeln.

Reißt er den Flaum aus seiner Brust
Und wirft ihn nach Westen,
Wo die kleinen Wolken segeln ...“

VII

Lange schon waren die Schreie der wilden Gänse verklungen. Die Bären krochen in ihr Winterlager, als die ersten Schneeflocken mit Eiswind daherfegten und den Großen-Geist Monat ankündigten.

Da durchlief ein Gerücht alle Häuser von Moco: „Der gefangene Weiße kommt, er rastet mit seinen Wächtern im Nachbardorf.“ Die Späher waren die Nacht hindurch gelaufen, um diese Nachricht rechtzeitig zu bringen.

Als Klingende Rassel davon hörte, rannte sie sofort ins Häuptlingshaus. Doch Sternblume hatte es noch früher erfahren. Sie stand bereits in ihrem Feststaat da. Die rotbraunen Arme und Beine sahen aus hellem, besticktem Hirschleder hervor, weiße glitzernde Ketten schmückten Hals und Brust, während bei jeder Bewegung die neuen Ohrgehänge bald rosa, bald lachsfarben schillerten. Klingende Rassel bewunderte die Häuptlingstochter voller Eifer, nicht ein Stück der kostbaren Sachen entging ihrem Blick. So vergaß sie auch nicht, die neuen Mokassins mit den bunten Stachelschweinborsten zu loben.

Herzmuschel flocht indessen Schnüre mit glitzernden Muschelstückchen in das lange Hinterhaar ihres Lieblings, und die Anerkennung, die Klingende Rassel ihrer Arbeit schenkte, machte sie stolz.

Aber Brennessel wurde neidisch. Sie trat aus ihrer Koje und sah mit spöttischen Blicken auf die Häuptlingstochter. Sie selbst war noch sehr jung, nur sieben Winter älter als ihre Stieftochter, aber ihre etwas untersetzte Figur, ihr breites Gesicht und die niedrige Stirn gaben ihr kein vornehmes Aussehen.

Sternblume glich in ihrer Gestalt, ihrem Auftreten und in ihren

Bewegungen dem Oberhäuptling. Warum hatte sie selbst so gar nichts Hoheitsvolles an sich? Ihre Augen blieben an dem kostbaren Ohrenschmuck hängen.

„Was putzest du dich so heraus, bist ja kaum erwachsen!" Sie kam dicht heran. „Und was sehe ich! Du hast ja meine rosa Perlen! Aus meiner Kette hast du dir wohl Ohrenschmuck gemacht!"

„Die Perlen hat Großer Adler mir geschenkt", erwiderte Sternblume, während das Blut ihr ins Gesicht schoß.

„Dann wüßte ich es doch. Du belügst mich!" schrie Brennessel und griff in die Gehänge, daß die Ohrläppchen des Mädchens sich langzogen und der Perlenfaden riß. Die kostbaren Kügelchen rollten zu Boden.

Die Häuptlingstochter unterdrückte ihren Schmerz und stand einen Augenblick wie erstarrt. Dann sprang sie wie eine Wildkatze Brennessel nach, die in ihre Koje flüchten wollte, ergriff sie von hinten um die Hüften, hob sie hoch und warf sie auf den Boden.

Im selben Augenblick kniete das Mädchen schon auf dem Rükken der Betäubten und ihre Finger krallten sich um Brennessels Hals. „Soll ich dem Häuptling sagen, was du getan hast?"

„Nein, laß mich nur los!"

„Wenn du versprichst, die Perlen zu suchen und mich in Ruhe zu lassen!"

„Ich verspreche alles", stöhnte Brennessel, denn die Luft wurde ihr knapp. „Aber bitte, sage Großer Adler nichts." Sie ärgerte sich, daß der Neid sie zu solch unbedachter Tat fortgerissen hatte. Wer hätte auch die Folgen geahnt; sonst hatte das Mädchen doch alle ihre Sticheleien ohne Widerwort ertragen.

Sternblume ließ Brennessel frei. Sie fühlte, zukünftig würde die Stiefmutter es nicht mehr wagen, sie zu quälen. Das Ganze hatte nur einige Augenblicke gedauert. Herzmuschel und Klingende Rassel, die wie verdonnert danebenstanden, traten erleichtert zur Seite. Dann suchte das Mütterchen ein Korallenband aus und schmückte damit die Stirn ihres Lieblings als Ersatz für die Ohrgehänge.

Am frühen Nachmittag lief die Häuptlingstochter hinüber zum Versammlungshaus. Sie dachte an die Ermahnungen ihres Vaters und saß musterhaft ruhig auf ihrem Kissen, während sie ihre Augen durch die Halle wandern ließ.

Fünf große Feuer flammten in der Längsrichtung des Raumes. Die Matte an der Giebeltür hob sich fortwährend, denn immer neue Besucher strömten herein. Weiser Rabe ordnete die Ankommenden in zwei Reihen vor den Längswänden: an der Wand die Frauen, davor die Männer.

Von allen Köpfen glänzten Vogelflügel, Reiher- und Adlerfedern, während die Körper der geehrten Krieger, Räte oder Unterhäuptlinge in Fellmänteln verborgen waren. Ihre Gesichter zeigten die übliche Festbemalung.

Sternblume stellte mit Befriedigung fest, daß keine der Frauen einen Mantel aus den Federn des Blauhähers trug. Truthahnfedermäntel sah man mehrfach; auch Brennessel erglänzte im kupferfarbenen Umhang. Hier waren die nächsten Verwandten und die Spitzen der Regierung versammelt, und ein Umherschauen lohnte sich schon. Da fegte dem Mädchen ein kalter Luftzug in den Nacken. Sie drehte sich um. Großer Adler betrat durch die hintere Mattentür die Versammlungshalle.

Die Anwesenden stießen einen langgezogenen Schrei zur Begrüßung aus: „Hau-hau.“ Der Oberhäuptling war in einen Mantel aus Marderpelzen gehüllt, hinter seinem Stirnband steckte eine Reihe großer Adlerfedern, und in der Hand hielt er eine geschnitzte Pfeife. Er setzte sich in die Mitte des weißen

Hirschhautthrones, und sein Federband sah aus wie eine Krone. Zu seiner Rechten und Linken saßen Brennessel und Sternblume. Jetzt gab er Weiser Rabe einen Wink.
Alle Augen wandten sich der Giebeltür zu. Die Matte wurde zurückgeschlagen, und drei Männer traten ein, in der Mitte der Gefangene. Wie ein feiner Schleier verhüllte der Rauch die Eintretenden.
Erst als der Schein des letzten Feuers die Gesichter der Nähertretenden erhellte, fuhr Sternblume zusammen. Der Gefangene war der weiße Mann von Mahunt. Die glänzende Jacke fehlte; er trug einen grauen Rock, aber an Haar und Augen hätte sie ihn unter tausend anderen wiedererkannt. Es brauste in ihren Ohren. Sie mußte die Augen schließen und hörte nichts von dem, was ihr Vater durch Weiser Rabe, der schon etwas von der Sprache der Weißen gelernt hatte, mit dem fremden Häuptling sprach.
Inzwischen sammelten sich die angesehensten Ratgeber um ihren Oberhäuptling. Als erster ergriff Weiser Rabe das Wort: „Wenn der fremde Häuptling erklärt, er würde mit seinen Leuten das Land verlassen, so redet er nicht die Wahrheit. Weshalb handelte er dann soviel Mais in Mahunt ein, und was wollte er an den Quellen des Nordflusses?"
Hin und her gingen die Reden, und der Oberhäuptling dachte daran, daß in der Nähe der Quellen des Nordflusses sein Schatzhaus Ora stand. Wie gut, wie gut, daß die Tassautessus seine Perlen, seine Peaks, sein Kupfer und die vielen wertvollen Pelze nicht entdeckt hatten! Seine Wächter und Späher waren auf der Hut. Er konnte beruhigt sein.
Nun trat der Älteste des Stammes vor, um zu sprechen. Spärliche weiße Haare hingen von seinem Kinn, und der Mund war eingefallen. „Der Schnee von hundert Wintern liegt auf seinem

Haupt", hörte das Mädchen die Frauen flüstern. Er öffnete die dünnen Lippen.

„Nach allem, was unsere Ohren bis jetzt vernommen haben, stammen die weißen Männer weder aus dem Land unter der Erde, noch aus der Welt über uns, sondern von einer Insel, die jenseits des großen Wassers bei Sonnenaufgang liegt. Dort soll es noch viel mehr Leute dieses Volkes geben, unzählbar wie die Schwärme der Wandertauben. Zwei Tassautessus, die erschlagen wurden, bezeugten es. Wenn alle diese Weißen zu uns herüberkommen, dann müssen wir unser Land verlassen, denn alle kann es nicht ernähren. Deshalb bin ich dafür, den Kapitän, wie sich dieser Häuptling nennt, zu töten, damit die anderen auf ihre Insel zurückkehren."

Angstvoll blickte Sternblume auf das Gesicht ihres Vaters, denn die Mienen der übrigen Räte verhießen nichts Gutes. Sie schienen dem Alten zuzustimmen.

Großer Adler überlegte, er hatte noch keinen Entschluß gefaßt.

„Wir wollen Ahones Meinung erforschen, ruft Einsames Licht, daß er mit dem guten Geist redet."

Der Oberpriester mußte unterrichtet sein und schien vorbereitet, denn einen Augenblick später schon hörte Sternblume das dumpfe Geklapper einer Rassel und sah aus dem Dunkel einen Schatten an das Feuer huschen. Der Quast von Tierbälgen rings um den Kopf des Medizinmannes warf tanzende Schatten an die Wände des Mattenhauses, während der Priester das Feuer umsprang. Unter höllischem Geschrei streute er einen Kreis Mehl um den brennenden Holzstoß.

Mit den gleichen Sprüngen näherten sich drei weitere Gestalten dem Feuer. Ihre Gesichter waren halb weiß, halb rot angemalt, während schwarze Streifen quer darüberliefen. Sie umtanzten rasselschwingend Feuer und Oberpriester. Wieder kamen drei

neue Medizinmänner dazu; diese hatten rotbemalte Augen und weiße Streifen über schwarzen Gesichtern.
Plötzlich hörte der Tanz auf. Die Medizinmänner setzten sich auf die Matte am Feuer, der Oberpriester in die Mitte und rechts und links je drei seiner Gehilfen. Nun begannen sie einen Gesang; mit Rasselklang legte der Oberpriester fünf Maiskörner nieder. Das wiederholte er so oft, bis das Feuer von zwei Maiskreisen umgeben war. Nun ergriffen alle aus einem Bündel Stöckchen und legten sie zwischen die abgeteilten Maiskörner.
Das Mädchen hörte die Stimme des Oberpriesters: „Der Kreis Mehl bedeutet unser Land, die Körnerkreise die Küste, und die Stöcke sind die Fremden. Nun wollen wir erforschen, ob sie Gutes oder Böses mit unserem Land vorhaben."
Wieder umkreisten alle sieben Priester das Feuer. Die sieben Rasseln verschluckten fast die Worte, die Einsames Licht in längeren Pausen hervorstieß. Aber er wiederholte jeden Satz drei- bis viermal, während er seine Glieder nach allen Seiten verrenkte. „So spricht Ahone", vernahm Sternblume trotz des Getöses, „hundertfünfzig Winter – nach Ankunft der Bärtigen – wird unser Volk verschwunden sein!"
Aufgeregtes Gemurmel durchlief die Halle. Das Mädchen sah im Schein des Feuers das Gesicht der alten Weidenrute. Es war verzückt auf ihren Mann gerichtet, und es erschien Sternblume, als sähe sie ein triumphierendes Lächeln darin. Genau wie im Blütenmonat auf dem Maisfeld, dachte sie. Damals schon wollte Weidenrute den Tod der Tassautessus. Zum ersten Mal empfand sie eine tiefe Abneigung gegen die Mutter von Schneller Stör, ja gegen die ganze Priesterfamilie.
Wie ein fallender Stein in einem Teich immer weitere Wellenringe zieht und schließlich den ganzen Wasserspiegel in Be-

wegung setzt, so lief von dem Feuer eine steigende Unruhe durch das Haus, die noch anhielt, als die Medizinmänner längst die Halle verlassen hatten.

Nicht nur die Wärme des Holzfeuers ließ die Wangen der Häuptlingstochter erglühen. Sie warf den Federmantel ab und sprang immer wieder von ihrem Sitz auf. Wie blaß und ernst sah der Fremde aus, wieviel Risse zeigten seine Strümpfe und Schuhe, wie abgeschabt und schmutzig hing der graue Rock an ihm herunter!

Der weiße Mann mußte wohl fühlen, daß die Augen der Häuptlingstochter auf ihn gerichtet waren, denn er warf ihr plötzlich einen hilfesuchenden Blick zu. Der Widerschein des Feuers auf seinem hellen Haar verwandelte sich in Sonnenlicht, das Bild des Schutzgeistes stand auf einmal vor Sternblume.

Noch ehe ein Wort der Entscheidung fiel, wandte sie sich an ihren Vater: „Schenke dem fremden Häuptling das Leben ...“, sie stockte und sah ängstlich nach dem Gesicht des Oberhäuptlings, dessen Brauen finster zusammengezogen waren.

Plötzlich legte Großer Adler die Pfeife nieder, die er in der Hand gehalten hatte und ergriff einen Pfeil.

Das Mädchen wußte, was das bedeutete. Sie raffte allen Mut zusammen und drang noch einmal mit leise flehenden Worten in den Vater: „Vielleicht bleibt er bei uns und arbeitet dir Donnerrohre“, meinte sie. „Du gibst ihm ein Stück Land, und er wird ein Kind unseres Volkes werden, wenn du ihn annimmst.“

Der wachsende Lärm übertönte ihre Stimme, und Tränen traten in ihre Augen, während zwei Männer einen niedrigen Stein vor den Oberhäuptling hinstellten. Der Fremde wurde herangeführt und so zu Boden geworfen, daß sein Kopf auf den Stein fiel. Dort sollte er mit Keulen zerschlagen werden, wie es mit den zum Tode Verurteilten geschah.

Sternblume unterdrückte einen Schrei. Sie wußte, das Leben des Mannes rechnete nur noch nach Augenblicken. Ihr Herz schlug bis zum Hals. Vom Vater war keine Hilfe mehr zu erwarten. Sie mußte selbst handeln, wollte sie den Schutzgeist, den sie im Traum gesehen, retten.

Der sanfte, bittende Zug um ihren Mund wich einem trotzigen Ausdruck. Wie ein Pfeil flog sie zu dem Todgeweihten, warf sich über ihn und schützte ihn mit ihrem eigenen Leib. „Eher will ich selbst sterben", rief sie ihrem Vater zu.

Eine zögernde Stille breitete sich aus. Die Krieger standen noch mit erhobener Keule und sahen fragend zu dem Oberhäuptling, auf dessen Gesicht offenes Staunen lag. Er ließ den Pfeil fallen und ergriff wieder die Pfeife.

Die Krieger senkten die Keulen und traten zurück. Es war altes Recht der Frau, einen todgeweihten Gefangenen sich als Gatten zu wählen. Und die Häuptlingstochter hatte davon Gebrauch gemacht.

Während Sternblume sich taumelnd erhob, verließ Weidenrute heimlich die Halle. Das Mädchen dankte dem Vater, der, erschrocken über die Gefahr, in der seine Tochter geschwebt hatte, sie liebevoll betrachtete. Wirre Gedanken gingen durch den Kopf des Oberhäuptlings.

Noch vor ihrem Vater verließ das Mädchen die Halle durch die Hintertür. Nur fort ins Wohnhaus! Es war, als drehte sich alles.

Nasse Kälte stand zwischen den Mattenhäusern, als Sternblume am anderen Morgen erwachte. Sie rieb sich die Augen. Hatte sie das alles nur geträumt, oder war es Wirklichkeit?

Herzmuschel, die am Feuer hantierte und glühende Stückchen Holz sorgfältig um einen Topf schichtete, mußte immer wieder bestätigen: „Ja, so war es."

Lange noch hatten gestern die Männer und Frauen des Häuptlings der Alten alles berichtet, was im Versammlungshaus geschehen war. Und während Sternblume längst in ihrer Mattenkoje schlief, summte es bis in die Nacht an den Kochfeuern und schwirrten die Gespräche der Frauen durch den Raum wie in einem Bienenkorb.

Das Mütterchen war sprachlos über den Mut ihres Schützlings. War das noch ihr Täubchen, ihr pflegebedürftiges Töchterchen, das da gestern den Willen der Priester zunichte gemacht und ihrem Vater eine Niederlage bereitet hatte? War es nicht ein ganz anderes Wesen, eine Unbekannte, die dort auf der Schlafbank lag? Scheu nahte sich Herzmuschel ihrem Liebling.

„Ist der Fremde noch da?“ wollte Sternblume wissen.

„Ich habe ihm selbst Maisbrot gebracht.“

Das Mädchen streichelte die alte Frau. „Bringe ihm auch noch kaltes Gänsefleisch, das mögen die Tassautessus sicher auch. Ist der Weiße jetzt allein?“

„Weiser Rabe überbringt ihm eine Einladung deines Vaters. Er will mit dem Fremden sprechen, denn es muß vieles überlegt werden.“

„Ich ziehe mich schon allein an, gehe du nur und bringe dem weißen Mann etwas zu essen, damit er wieder zu Kräften kommt.“

Als Herzmuschel durch die Mattentür ging, schlüpfte Coan herein, um seine Herrin zu begrüßen. Doch die schien keine Lust zum Spielen zu haben, und enttäuscht zog Coan wieder ab.

Die Häuptlingstochter zog sich sorgfältig an und warf ihren Mantel über, dann lief sie zu ihrem Vater in die Halle.

Großer Adler machte ein ernstes Gesicht. „Es ist das Recht der Frau, einen Gefangenen vor dem Tod zu bewahren, wenn sie ihn für sich begehrt. Aber hast du überlegt, wen du gewählt hast?"

„Ja, mein Vater."

„Du hast ihn gestern in unseren Stamm aufgenommen, ist das dein Wille?"

„Ja, mein Vater."

„Er ist damit ein Sohn unseres Volkes geworden. Aber du mußt bedenken, daß die Fische fortschwimmen, die Vögel davonfliegen und die wilden Tiere ihre Netze zu zerreißen suchen. So wird auch der fremde Häuptling stets nach Paspa zurückwollen, und du wirst ihn nicht halten können."

„Aber was soll er denn da?" wehrte das Mädchen den Gedanken ihres Vaters ab. „Er hat dort nicht einmal ein richtiges Mattenhaus und muß jämmerlich frieren und hungern."

Der Fremde trat ein und nahm vor Großer Adler auf einer Matte Platz. Er wollte aufstehen und seiner Retterin die Hand zum Dank drücken. Aber die Häuptlingstochter rührte sich nicht, und deshalb unterließ er es. So lächelte er das Mädchen nur an.

Sternblume errötete und lächelte zurück. Dann dankte Smith für seine Rettung. Das Mädchen horchte auf. Der Weiße sprach ja ihre Sprache, wenn auch gebrochen und fehlerhaft.

Nach den einleitenden Höflichkeitsformeln erklärte der Häuptling dem Kapitän die Lage. „Ich werde dich von jetzt ab als meinen Sohn ansehen. Dein Lagerfeuer und unser Lagerfeuer sollen künftig eine Flamme bilden, solange die Flüsse zum Meer fließen und die Sonne ihren Weg am Himmel dahinwandert. Wenn der Mond zum dritten Mal scheint, dann werde ich dich meinen Priestern und Kriegern als meinen Sohn Großer Mond zeigen."

Dankbarkeit und Freude spiegelten sich auf dem Gesicht des

Kapitäns. „Auch ich", sagte er endlich, „werde immer dein Freund bleiben; dein Volk und mein Volk sollen unter den Ästen eines Baumes wohnen."

Nun schenkte Großer Adler seinem neuen Sohn ein Stück Land und forderte ihn auf, nach Moco zu ziehen.

Der Kapitän wurde verlegen. Nach kurzer Überlegung bat er, der Häuptling möchte ihn zunächst nach Paspa gehen lassen, er müsse seine Leute benachrichtigen und seine Sachen ordnen.

„Wenn die Sonne zum vierten Mal aufgeht, dann kannst du gehen, um alles zu ordnen und deine Sachen zu holen."

Der Oberhäuptling ließ Smith am nächsten Tag in ein abgelegenes Haus im Wald bringen, wo er auf einer Matte bei einem Feuer allein gelassen wurde. Ein Diener versorgte ihn mit Essen und Trinken.

Am darauffolgenden Tag erschienen Großer Adler und seine Tochter bei ihm. Der Häuptling hatte eine lange Unterredung mit dem Weißen. „Du kannst keine Waffen schmieden, und du kannst auch keinen Kupferschmuck für Sternblume machen? Das verstehe ich nicht. Ich bin auch ein mächtiger Herrscher und kann doch selbst Pfeil und Bogen herstellen."

Als die Häuptlingstochter am dritten Tag das Essen mit zwei Dienerinnen brachte, war der Kapitän glücklich, seine Retterin endlich allein sprechen zu können.

„Ich weiß gar nicht, wie ich dir danken soll. Obwohl ich für dich ein Fremder bin, hast du dein Leben in Gefahr gebracht, um mich zu retten, und jetzt sorgst du noch für mich."

„Nein, du bist für mich kein Fremder, ich habe dich schon in Mahunt gesehen, wo du in deiner glänzenden Jacke auf der Matte saßest und mir die blaue Perle schenktest", widersprach das Mädchen und hielt ihm die Glasperle hin.

Der Kapitän sah verständnislos auf die Hand mit dem blauen

Kügelchen. Natürlich hatte er den Vorfall längst vergessen. Er war damals heilfroh gewesen, den billigen Tand so vorteilhaft zu vertauschen. Aber dann fiel ihm ein, daß er sich seiner Retterin gegenüber erkenntlich zeigen mußte. „Ich habe nichts, womit ich dir meine Dankbarkeit beweisen kann, denn alle meine Tauschware liegt in Paspa."

Sternblume war maßlos enttäuscht, und nur mit Mühe hielt sie ihre Tränen zurück. Der Weiße erinnerte sich also der Begegnung in Mahunt gar nicht – und wie oft hatte sie selbst daran gedacht! Und seine Andeutung, ihr ein Geschenk für ihre Tat zu geben, verletzte sie. Heftig wehrte sie ab: „Wegen eines Geschenkes bin ich nicht gekommen!"

Wie jetzt das Mädchen vor ihm stand, strahlte ihre ganze Erscheinung Lieblichkeit und zugleich Würde aus. Sie ist ganz die Tochter ihres Vaters und hat trotz ihrer Jugend schon ein königliches Benehmen, dachte Smith. Er begriff, daß er mit der Andeutung eines Geschenkes einen Fehler begangen hatte und wurde rot.

Sternblume merkte seine Verlegenheit und lenkte ab. „Ich möchte dich fragen, wo deine Heimat liegt? Manche erzählen, du kämest aus dem Lande da oben?"

Der fremde Mann schüttelte den Kopf. „Nein, ich stamme von einer Insel jenseits des Meeres."

„Gibt es denn jenseits des großen Wassers auch noch eine Insel?"

„O ja, und nicht nur eine Insel, sondern Riesenländer, viel größer als dieses hier."

Und nun begann der Kapitän zu berichten von Dörfern, so groß wie die ganze Gemarkung von Moco bis zum Fluß hinunter, mit Scharen von Menschen, die man ebensowenig zählen könnte wie die Blätter im Walde.

„In einer solchen großen Residenz wohnt der Häuptling meines

Volkes – auch an einem Fluß, in dem liegen Hunderte von Wasserhäusern. Diese Riesenkanus fahren nach allen vier Windrichtungen und holen aus anderen Ländern Dinge, die wir in unserem Vaterland nicht haben. Wenn du nach Paspa kommst, dann zeige ich dir dort weiße Blättchen – so ähnlich wie Birkenrinde, darauf kannst du alles mögliche sehen, Häuser, Schiffe, Menschen."

Sternblume richtete sich auf und sah den Kapitän an.

„Kommst du denn nicht wieder zu uns zurück?"

„Doch, natürlich!" Er schlug die Augen zu Boden. „Du mußt nur begreifen ..." Er stockte, „daß ich als Häuptling im Augenblick mein Volk nicht verlassen kann, es hungert zu sehr und kann sich allein nicht helfen."

Solche Gründe verstand die Häuptlingstochter sofort. Das Mitleid verdrängte bei ihr alle anderen Gedanken.

„Ich werde mit meinem Vater reden, damit du Mais und Hirschfleisch bekommst, für dich und deine Leute."

Nach einer Weile des Schweigens fragte das Mädchen unvermittelt: „Wo hast du denn deine glänzende Jacke?"

Der Kapitän dachte einen Augenblick nach, dann begriff er. „Ach so; die habe ich in Paspa. Sie ist mir oft hinderlich, denn sie besteht aus grauem Kupfer und dient als Schutz gegen Pfeile, so wie die Kupferplatten eurer Krieger."

Ein wunderliches Land und wunderliche Menschen, diese Weißen, sie haben unendlich viel Kupfer und fahren doch hierher, um zu hungern, dachte das Mädchen.

Im Nebenraum wurden Stimmen laut. Die Häuptlingstochter verließ Smith, um ihren Vater zu begrüßen.

Auch Herzmuschel war mitgekommen und brachte noch eine Pelzdecke, die sie für das Mädchen in einer Schlafkoje ausbreitete. Die Mattenwand war schon etwas schadhaft, und

Sternblume konnte durch ein Loch in den großen Nebenraum sehen.
„Du bleibst bei mir, Mütterchen; lege dich nur neben mich", bat die Häuptlingstochter, sich wieder wie ein Kind an die alte Frau lehnend. Am liebsten hätte sie sich bei Herzmuschel einmal richtig ausgeweint, denn es war zuviel, was in diesen Tagen auf sie einstürmte.
Plötzlich begann ein lautes Geheul mit Rasseln und Klappern. Sternblume schaute durch das Loch in der Mattenwand. Großer Adler, Priester und Krieger umtanzten Smith. Die Tänzer waren völlig schwarz angemalt. Nun ergriffen die Priester den Kapitän und trugen ihn in den Nebenraum. Nach einer Weile kamen alle wieder zurück.
Jetzt war auch Smith angemalt und trug Indianerkleidung. „Sieht er nicht gut aus!" rief das Mädchen begeistert. Aber Herzmuschel schüttelte den Kopf. Smith stand jetzt in der Mitte des Kreises, und immer neue Krieger strömten in den Raum, die ihn umtanzten.
„Jetzt ist er in den Stamm aufgenommen", flüsterte die Häuptlingstochter glücklich, „Großer Mond ist sein Name, weil Großer Adler ihn bei Vollmond das erste Mal sah."
Nach der feierlichen Zeremonie kehrten alle noch am selben Abend nach Moco zurück. Herzmuschel und Sternblume verließen zuerst das Festhaus im Wald. Draußen schien der Mond und leuchtete ein wenig durch die dichten Kiefern.
„Morgen ist der Tag, an dem die Sonne zum vierten Mal aufgeht, da wird Großer Mond uns wieder verlassen", sagte Sternblume. „Aber nicht für lange", fügte sie gleich hinzu. „Glaubst du, Mütterchen, daß er ein guter Indianer wird?"
„Vielleicht!"
„Was nutzt es, einen Weißen zu töten, wenn das Wasserhaus

hundert neue dafür bringt", suchte der Oberhäuptling den Zorn der Priester zu besänftigen. „Damals befolgte ich euren Rat und ließ die Fremden töten, jetzt nach zwanzig Jahren sind ihre Verwandten gekommen, um die Toten zu rächen."

Im geheimen aber hoffte Großer Adler, sein neuer Sohn, Großer Mond, würde ihm zwei der großen Donnerrohre schicken, um die er beim Abschied gebeten hatte. Er lobte seine Tochter für ihren Mut und wünschte, Großer Mond wäre mit den Wunderwaffen schon wieder zurück.

Auch Sternblume wartete sehnsüchtig auf die Rückkehr des Kapitäns. Aber der Große-Geist-Monat ging zu Ende, ohne daß der ‚weiße Indianer' erschien. Den roten Männern hatte er die gewünschten Geschenke nur zum Teil mitgegeben; die zwei Kanonen fehlten. „Und warum habt ihr sie nicht mitgebracht?" wollte Sternblume wissen.

„Sie schienen uns sehr schwer. Und als sie donnerten und blitzten, daß Eis und Zweige der Bäume herunterprasselten, ergriffen wir die Flucht."

Das Mädchen mußte lachen.

„Du lachst, aber Großer Adler ist böse, weil wir die schweren Donnervögel nicht herbrachten."

In diesem Winter erzählte das Mütterchen keine Geschichten mehr. Es war so viel Neues geschehen, daß man für die langen Abende genug Gesprächsstoff hatte. Und jetzt war es Sternblume, die der alten Frau all das berichtete, was der Kapitän über sein Land erzählt hatte.

Ungläubig fragte das Mütterchen immer wieder: „Lügt er auch nicht? Wenn der Fremde die Wahrheit spricht und jene Insel wirklich so ungeheuer groß ist mit so vielen Menschen darauf, dann werden immer mehr Tassautessus in unser Land kommen. Glaube mir, Einsames Licht wird recht behalten."

„Warum sollen nicht weiße und rote Menschen in einem Wigwam zusammenwohnen?"
„Ich habe gehört, daß weiße Kinder zu Indianern wurden, aber weiße Männer? Was hast du nur mit diesem fremden Häuptling?"
„Der gute Geist hat ihn mir gezeigt."
Herzmuschel schwieg betroffen und sah ihren Liebling aus großen Augen an.
Die Kälte nahm zu. Tümpel, Bäche und sogar die Flüsse vereisten. Ein kalter Nordostwind fegte durch das Land. Sternblume lag ihrem Vater in den Ohren, Kapitän Smith mit Nahrungsmitteln zu versorgen. „Er gehört doch zu uns, zu unserem Stamm", begründete sie ihre Bitte.
So wanderten während des ganzen Winters alle zehn bis zwölf Tage rote Männer nach Paspa mit Hirschfleisch, Mais und kleinem Wildbret, wie Waschbären, Kaninchen und Eichhörnchen. Niemals kehrten die Boten zurück ohne ein Geschenk für Sternblume: Kleine Klingeln, die wie Vogelgesang ertönten, metallene Teller, Messerchen, rote und blaue Stoffstücke.
Die Freundinnen warteten schon draußen auf die Rückkehr der Boten, um nur ja beim Auspacken der Körbe dabei zu sein.
Die Frauen und Mädchen sahen mit Spannung zu, denn immer gab es etwas Neues und Niegesehenes zu bewundern.
Einmal sprang ein ganz kleiner Hund aus dem Korb. Und als das Tierchen seine ersten Bellversuche machte, wurde auch Sternblume von der Freude der Freundinnen angesteckt.
„Ein Hund, der bellen kann – noch lauter als die Ochsenfrösche; den habe ich mir ja schon immer gewünscht!" Nun hatte nicht Schneller Stör, sondern der Kapitän diesen Wunsch erfüllt.
Als Kürbisblüte allein bei Sternblume am Feuer saß, bemerkte

die Gefährtin, die gerade ein Paar feine Lederschuhe in der Hand hin- und herdrehte: „Der Kapitän denkt also immer an dich."

Sie wußte gar nicht, wie ihr geschah, als die Häuptlingstochter plötzlich die Arme um ihren Nacken schlang und das Gesicht an ihrer Schulter verbarg.

„Was hast du denn?" fragte sie nach einer Weile.

„Ach, Kürbisblüte, ich weiß es selbst nicht", gab Sternblume zur Antwort und packte die schönen Schuhe wieder fort.

Der Frühling ließ in diesem Jahr länger auf sich warten. Tagelang hatte die Sonne schon geschienen, und die Erde zeigte bereits ihr braunes Kleid, als neuer eisiger Nordsturm Wald und Feld unter Schneewirbeln zudeckte.

„Der Eisriese hat noch einmal gewonnen", hieß es im Dorf. Kleine Möwe wurde von Sternblume belehrt, daß der Eisriese im Norden mit dem Hasen im Süden Schüssel und Würfel spiele:

„Wenn der Riese gewinnt, wird das Wetter kalt; siegt der Hase, dann treiben die Bäume bald Knospen und Blätter."

Aber schließlich mußten doch die Steine des Eisriesen die schwarze und die des Hasen die weiße Seite gezeigt haben, denn im Moor begann der Pfahlschläger mit seinem Dröhnen. Und den ganzen Tag trommelte und lachte der Großspecht. Da schmolzen auch die letzten Schneeflocken in den Mulden, und aus der Tiefe des Waldes klang Vogelgezwitscher.

Noch bevor die Arbeit in den Gärten und auf den Feldern begann, leuchtete eines Tages auf dem Pam das große, weiße Segel. Die Häuptlingstochter sah es, als sie ihre Biber besuchte, und eilte schnell nach Hause, um Vorbereitungen zu treffen.

Sechs andere Weiße begleiteten den Kapitän, als er in der Residenz Moco ankam. Sternblume hatte nur Augen für Smith

und führte ihn mit seinen Begleitern freudestrahlend zur großen Halle, in der ihr Vater wartete.
Herzmuschel brachte ihrem Schützling, der ohne Mantel hinausgelaufen war, einen Umhang, denn in der großen Halle fingen die Feuer erst an zu brennen.
„Mütterchen, nun wird er sicher hierbleiben! Sieh nur, wie abgemagert er ist!"
„Ja, hier hat er es besser..." Ihren Zweifel schluckte die Alte hinunter.
Eine grenzenlose Enttäuschung zeigte Sternblume, als Smith den Zweck seines Besuches auseinandersetzte. Er wollte Mais einhandeln für Paspa. Stumm verfolgte das Mädchen die Besprechungen.
Großer Adler verbarg seinen verletzten Stolz unter noch größerer Würde und Zurückhaltung. Es war nicht ehrenvoll für einen Stamm, wenn ein Weißer es ablehnte, mit ihm zusammen zu wohnen. „Eure Äxte, Spaten, Hacken und Kessel sind für uns sehr nützlich und brauchbar", meinte er kühl, „aber bedenke, daß wir sie nicht essen können. Wenn der Schnee schmilzt, dann schmelzen auch unsere Vorräte."
Trotz der ablehnenden Haltung des Oberhäuptlings ließ Smith seine Leute weiter auspacken.
„Hat denn euer Wasserhaus nicht genug Lebensmittel mitgebracht, und hat meine Tochter nicht für dich gesorgt?"
Der Kapitän stammelte einige Dankesworte, denn er mußte erst sein Erstaunen verbergen, wie gut der Oberhäuptling wieder unterrichtet war.
„Das Schiff mit den meisten Lebensmitteln ist vom Sturm nach Westindien abgetrieben." Er verschwieg, daß wieder neue Kolonisten mitgekommen waren, für die nun gesorgt werden mußte. Jetzt sah er, wie der Oberhäuptling sich seinen Frauen

zuwandte, die, von den neuen Waren angelockt, alles neugierig betrachteten. Die Messer, Hacken und Spaten wurden befühlt und ein blaues Tuchstück bewundert.

Auch Sternblume befühlte das Tuch. Die Farbe ist genau so blau wie die Augen des Kapitäns, dachte sie bei sich. Was muß es doch für ein wunderbares Land sein, aus dem diese Dinge kommen.

Die Frauen wollten die schönen Sachen behalten, doch gerade hörten sie, wie Großer Adler sagte: „Wenn wir auch im letzten Jahr mehr Mais angebaut und mehr Fische getrocknet haben, so müssen wir doch haushalten. Jetzt in der kommenden schlimmen Zeit nähren wir uns nur von kleinen Tieren und den Knollen der Tukahoe."

Zwei Weiße hielten jetzt einen Kupferkessel in die Höhe. Die Frauen füllten Wasser hinein, und die Männer stellten ihn auf das Feuer. Es dauerte nicht lange, da fing das Wasser zu brodeln an. Lautes Beifallsgemurmel erhob sich.

Nun zeigte der Kapitän noch mehr solche brauchbaren Dinge, so daß der Oberhäuptling, von seinen Frauen bestürmt, nun doch eine halbe Schiffslast Mais hergab.

„Du hast meiner Tochter soviel von deiner Insel erzählt, Kapitän Smith, daß wir sie gerne mit eigenen Augen sehen möchten. Mein Berater Weiser Rabe möchte deshalb mit dem großen Wasserhause in deine Heimat fahren, um sie kennenzulernen. Der Kapitän des Wasserhauses bringt ihn dann wieder mit, wenn er von neuem über das große Wasser zu uns kommt."

Smith stutzte. Der Oberhäuptling mußte also aus der Rückkehr des Schiffes, das nun schon über drei Monate in der neuen Siedlung Jamestown lag, auf eine regelmäßige Verbindung der Weißen mit ihrer Heimat schließen. Soviel Verstand hatte er dem Indianer nicht zugetraut.

„Gern will ich deinen Wunsch erfüllen. Weiser Rabe kann gleich mit uns nach Paspa fahren."

Und dann machte der Kapitän sich mit seinen Leuten auf den Weg. Beim Abschied erinnerte Sternblume ihn an sein Versprechen, nach Moco zu ziehen.

„Meine Leute brauchen mich noch. Ich wäre ein schlechter Häuptling, wollte ich sie jetzt verlassen. Aber ich bitte dich herzlich, sobald als möglich nach Paspa zu kommen."

Mit diesem Gedanken tröstete sich das Mädchen, als das weiße Segel kleiner und kleiner wurde und schließlich zwischen Wasser und Himmel verschwand.

Wenige Tage später erschien ein Unterhäuptling, in dessen Gebiet die Fremden ihr Dorf angelegt hatten, und beklagte sich bitterlich über die Tassautessus. Sie hätten Mais fortgenommen, ohne die vereinbarten Gegengaben zu liefern, sodann seine Leute verprügelt und zum Schluß noch sieben seiner Krieger gefangengesetzt. Und das alles ohne Grund.

Großer Adler geriet in Zorn. Aber dann hielt er den Kapitän solcher Gewalttaten nicht für fähig und beriet lange, was zu tun sei.

Da überraschte Sternblume ihn mit dem Vorschlag, sie selbst nach Paspa zu schicken, um die Angelegenheit in Ordnung zu bringen.

Der Häuptling konnte sich zunächst nicht mit diesem Gedanken befreunden, gab aber dann nach, als seine Tochter ihn immer dringlicher darum bat.

Der Vater hatte längst bemerkt, daß der Seelenfrieden seines früher immer fröhlichen Kindes gestört wurde. Ein unterdrückter Groll gegen den Kapitän und gegen die Fremden überhaupt ergriff allmählich von ihm Besitz. Es wurde ja immer deutlicher, daß die Tassautessus im Lande blieben und an Fortgehen nicht dachten. Deshalb hatte er auch bei dem letzten Besuch mit dem Mais geknausert. Weshalb die Fremden damit füttern?

Der Oberhäuptling dachte an die Mutter von Sternblume, die er so früh verloren hatte, und der die Tochter immer ähnlicher wurde. Sollte er sein Lieblingskind an einen Fremden hergeben, der ja doch kein Indianer wurde? Sollte er Sternblume verlieren? Jedoch den flehentlichen Bitten konnte er nicht widerstehen.

Der Tag, der die Einwilligung des Häuptlings brachte, sah Sternblume schon auf dem Weg nach Paspa. Sechs Mann begleiteten sie und trugen das Gepäck. Herzmuschel hatte allerlei Ausreden gebraucht, und die Freundinnen durften nicht mit. Selbst bei Kürbisblüte und Schneeflocke verweigerten die Eltern die Zustimmung. So war die Häuptlingstochter allein, nur auf sich selbst gestellt; zum ersten Mal in ihrem Leben fühlte sie sich unsicher.

In Moco erschien alles so selbstverständlich, so vertraut und gewohnt. Ärgerte sie sich über Brennessel, dann ging sie zu ihren Bibern oder legte sich in den Wald, und das Rauschen in den Wipfeln der Bäume machte sie wieder ruhig und glücklich. Jetzt konnte sie nicht einmal der heimatliche Wald darüber beruhigen, daß etwas Fremdes auf sie eindrang. Ja, sie selber ging darauf zu.

Die Häuptlingstochter zog den Ledermantel fester um sich. Sie fröstelte. Aber vorwärts mußte sie; das Dorf der Fremden war der Magnet, der sie anzog.

Das Mädchen drehte sich um. Weit lag das hohe Land mit den Häusern hinter ihnen. Das Kanu hatte den Fluß überquert, Sternblume hatte es kaum bemerkt. Die Diener schlugen ein Mattenverdeck auf, breiteten Felle und Kissen aus und sorgten für ein Mahl. Überall am Fluß standen die Holzgestelle, auf denen man die Fische gleich rösten konnte, und da die Männer vorgesorgt hatten, duftete es bald nach gutem Essen. Sie legten das Maisbrot so unter die Fische, daß das Fett hineintropfte.

Und nach dem Essen und Schlafen ging es weiter dem Südfluß zu. Bald kam dessen Wasserspiegel in Sicht. Als nun zwischen den Bäumen die Palisade der neuen Siedlung auftauchte, schien Sternblume der Eindruck weniger fremdartig. Anders sah die Befestigung in ihrem Dorf ja auch nicht aus. Nur das Wasserhaus schien ungeheuer groß, davor ängstigte sie sich. Aber je mehr die Wandernden sich der Palisade näherten, um so kleiner wurde es, bis es fast ganz verschwand und nur drei hohe Pfähle und die Aufbauten noch herausragten.

Man mußte die Besucher bemerkt haben, denn als sie vor dem Eingang der Palisade standen, drehten sich zwei große hölzerne Tafeln und gaben eine breite Tür frei. Zögernd trat die Häuptlingstochter ein, gefolgt von ihren Begleitern.

Das fremde Dorf und die Menschen verwirrten sie. Aber sie besann sich ihres Auftrages und wandte sich fragend an den Weißen, der das Tor geöffnet hatte: „Kapitän Smith?“

Von der fremden Sprache kannte das Mädchen nur wenige Worte. Ehe der Mann antwortete, tauchte plötzlich zwischen den dunklen Röcken ein weißer Hirschfellumhang auf. „Weiser Rabe!“ rief Sternblume erleichtert und begrüßte den alten Bekannten auf das herzlichste.

Auch die Träger, die sich hinter der Häuptlingstochter zusammendrängten, waren glücklich, ein vertrautes Gesicht zu sehen. Man schritt an einer Reihe Hütten entlang, die schräge Dächer aus kleinen Holzbrettchen hatten, und deren Wände aus Balken gefügt waren.

Das Mädchen staunte. Zu Anfang des Winters standen nach den Berichten der Späher hier noch keine Hütten.

Kurz vor der Kapitänswohnung kam ihnen Smith selbst entgegen; ohne Hut eilte er auf die Besucher zu, daß seine Haare im Winde wehten. Er faßte die Häuptlingstochter an beiden Händen, und das Mädchen konnte in seinem Gesicht lesen, wie sehr ihn dieser Besuch freute.

Der Kapitän stieß die Tür zu seiner Wohnung auf. Sternblume sah sich in einem niedrigen Raum, der durch zwei viereckige Öffnungen in der Wand Licht erhielt. In der Mitte stand eine hohe, ziemlich große Platte, auf der alle möglichen Sachen herumlagen. Die Besucherin mußte sich auf ein unangenehmes Gestell setzen, von dem die Füße gerade bis auf den Boden reichten, und auf dem es ihr fast schwindlig wurde, so hoch thronte sie über der Erde.

Der Kapitän schob ihr eine zusammengefaltete Decke unter die Füße, räumte die Sachen von der Platte, legte andere darauf und wiederholte immer wieder, wie sehr er sich über ihr Kommen freue. Sie ließ ihn mit leisem Lächeln gewähren und meinte: „Man sieht aber, daß keine Frau deine Wohnung aufräumt."

Smith entschuldigte sich etwas verlegen. „Wir essen nachher in der Stube auf dem großen Wasserhaus."

„Ach ja, Essen!" rief die Häuptlingstochter und schickte einen Träger, der sich inzwischen in eine Ecke gekauert hatte, fort, um die mitgebrachten Körbe zu holen.

Der Kapitän machte große Augen, als die Freundin auspackte; gebratene Truthähne, geräucherte Fische, Wild, Schildkröten, Austern, Brot, Reiskuchen, Bären- und Hirschfett, gekochter Maisgrieß mit Maulbeeren und noch manch andere Gerichte kamen in den Töpfen und Schüsseln zum Vorschein.

Sternblume bat um zwei Teller, füllte sie mit Leckerbissen und stellte sie auf den Tisch. „Im Augenblick bin ich hier Hausfrau", neckte sie den Kapitän. Nachdem gespeist war, wurde ein Teil des Mitgebrachten für das Abendessen zum Wasserhaus geschickt. Das übrige ordnete die kleine Hausfrau sorgsam, wobei sie dem Kapitän erklärte, was am schnellsten verdarb und deshalb zuerst gegessen werden mußte.

„Wenn du erst bei uns bist, werde ich immer für dich sorgen", plauderte sie. „Du siehst ja, daß du nicht zu hungern brauchst, die Vorräte meines Vaters reichen für eine große Familie." Sie bemerkte, wie Smith glühend rot wurde. Da ergriff sie seine Hand und legte sie mit zarter Gebärde an ihre Wange.

Langsam, ganz langsam entzog der Kapitän ihr die Hand und machte den Vorschlag, sich ein wenig das Dorf anzusehen.

„Wie heißt euer Wohnplatz?"

„Jamestown, die Stadt am James. So haben wir den Fluß zu Ehren unseres großen Häuptlings genannt, der James heißt."

Zu sehen gab es eigentlich nicht viel, denn die Blockhäuser glichen einander, aber Sternblume kam aus dem Staunen nicht heraus. Ziemlich in der Mitte des Dorfes erhoben sich drei größere Gebäude. Zwei enthielten Vorräte und Werkzeuge; sie waren verschlossen, wohingegen die Tür des dritten offenstand. Sie sah hinein und fühlte sich an die große Halle in Moco erinnert, weil keine Trennwand den Innenraum verkleinerte. Licht fiel durch eine Menge viereckiger Öffnungen in den Längswänden, sonst gab es nur einige Sitzgelegenheiten.

„Was tut ihr denn hier?" wollte das Mädchen wissen.

Der Kapitän suchte nach Worten, um es ihr zu erklären. „Wir glauben, daß oben im Himmel ein großes, gutes Wesen wohnt, und dem danken wir hier."

Zu seinem Erstaunen verstand ihn das Mädchen sofort. „Ja, das wissen wir auch, es ist Ahone."

Gleich neben der Wohnung von Weiser Rabe schlugen die roten

Männer für ihre Häuptlingstochter ein Mattenhaus auf, wie man es auf Reisen errichtete. Draußen vor der Palisade gruben einige Weiße riesige Wurzelstöcke aus. Am Ufer neben dicken Eichen lag das Wasserhaus. Immer höher und drohender ragte seine Wand empor, je näher man kam, denn jetzt verdeckte sie keine Palisade mehr. Eine lange, schräge Planke mit Querleisten führte vom Strand auf das Dach.

Der Kapitän wollte seine Besucherin stützen, aber sie lief behende wie eine Wildkatze die ungewohnte Leiter hinauf, ohne auch nur einmal zu straucheln. Wenn Smith bei ihr war, dann fiel alle Scheu und Angst vor dem Ungewohnten von ihr ab.

Oben auf Deck empfing sie der Kapitän des Riesenkanus, ein alter Mann mit grauem Haar, der gutmütig lachte und ihr fast die Hand zerquetschte. Staunend schweifte ihr Blick umher, von allen Seiten liefen Stricke zu den baumlangen Pfählen hinauf. Und vorn und hinten standen auf dem Dach regelrechte Häuser mit Türen drin. „Und was ist das?" fragte die Häuptlingstochter, während sie auf ein Loch im Boden zeigte.

„Wenn du Lust hast, kannst du hinunterklettern."

Smith hatte kaum die Worte gesprochen, da war sie auch schon unten. Doch wie erschrak sie, als sie dort zwanzig der großen Donnerer sah. Noch weiter ging es nach unten, aber Sternblume verlangte nach oben, auf dem Dach war es viel schöner.

Schließlich führte Smith seinen Besuch in das hintere, kleine Haus, in eine Stube mit so vielen kleinen Lichtlöchern, daß es taghell darin war. Die Häuptlingstochter stieß einen kleinen Jauchzer aus und hätte am liebsten in die Hände geklatscht, so gut gefiel es ihr.

Auch hier stand eine große Platte mit vier Füßen in der Mitte des Raumes, dunkelbraun gefärbt und glatt wie ein Kiesel am Bach. Die Sitzgelegenheiten fehlten ebenfalls nicht.

Die Wände ringsherum waren mit dem gleichen braunen Holz verkleidet. Doch das Wunderbarste geschah, als jetzt ein Diener kam und das Eßgerät auf die Tischplatte stellte. Er öffnete nämlich lauter kleine Türen in den Holzwänden, die man vorher gar nicht gesehen hatte, und holte eine Menge Sachen heraus. Zuerst ein schneeweißes, feines Tuch, dann Teller, Messer, Löffel, Schüsseln und schließlich drei kleine Becher.

Sternblume vergaß das Essen, immerzu wanderten ihre Augen umher, ob nicht aus den Türchen noch etwas Neues hervorspringen würde.

Und richtig! Der alte Kapitän holte aus einem dieser unerschöpflichen Behälter eine dunkelgrüne Kalebasse hervor und goß aus ihr klares Wasser in die Becherchen. Aber als Sternblume nun trank, brannte die Flüssigkeit wie tausend Tukahoewurzeln in ihrer Kehle. Es biß und kratzte im Hals, daß ihr die Tränen in die Augen traten und sie vor Husten kaum atmen konnte.

Der grauhaarige Alte lachte dröhnend, aber Kapitän Smith machte ein zorniges Gesicht und sagte böse Worte in seiner Sprache. Ja, die beiden Männer stritten sich schließlich und hörten erst damit auf, als die Häuptlingstochter nach ihrem Mattenhaus verlangte. Sie spürte eine bleierne Müdigkeit in ihren Gliedern nach diesem aufregenden Tag.

Am folgenden Morgen regelte die Besucherin die Angelegenheit mit den Gefangenen. Es kam heraus, daß sie Äxte, Spaten und Säbel genommen hatten, aber trotzdem gab der Kapitän die Übeltäter sofort heraus, um Sternblume damit eine Freude zu machen.

Allerdings mußte Weiser Rabe den Entlassenen sagen, sie verdankten ihre Freiheit nur der Häuptlingstochter, die für sie eingetreten sei.

Sternblume entschuldigte die Vorkommnisse: „Du mußt bedenken, daß die vielen nie erblickten Dinge manchem von uns den Kopf verdrehen.“ Schon oft hatte sie ähnliche Worte von ihrem Vater vernommen, aber jetzt erst hatte sie ihre Bedeutung verstanden.

Als die Sonne im Mittag stand, rüstete sie zum Aufbruch.

Smith erzählte ihr noch, daß er in den nächsten Monaten die große Ostbai erforschen wollte, aber gleich nach seiner Rückkehr würde er sie in Moco besuchen.

Das Mädchen lächelte mühsam. „Jeder Besuch, jedes Zusammensein endet mit Kummer für mich. Ich hoffte dich in diesem Sommer öfters zu sehen.“

Der Kapitän sah das traurige Gesicht des Mädchens. Er nahm einen besonders schönen Zinnteller aus einer Kiste und schenkte ihn der Häuptlingstochter, um sie zu trösten.

Sternblume sah darauf – genau wie damals – das Bild einer Frau eingeritzt. Erschreckt schaute sie fort und erzählte ihrem Freund von der Gerichtsverhandlung und dem Zauberteller.

Der Kapitän lachte. „Wenn ich diesen Teller hier auf den Ofen stelle, dann schmilzt er. Das hat nichts mit Zauberei zu tun, sondern ist eine Eigenschaft des Zinns. Und diese Frau auf dem Teller ist eine Lady, so nennen wir vornehme Frauen.“

„Eine Lady? Eine weiße Lady“, wiederholte das Mädchen.

„Fürchtest du dich jetzt auch noch?“

„Keinesfalls“, versicherte Sternblume, denn ihr Freund sollte sie nicht für ängstlich halten. Sie nahm allen Mut zusammen, ergriff den Teller und verabschiedete sich mit vielen Dankesworten.

Dann schritt sie dem Tor zu. Weiser Rabe begleitete sie noch ein Stück. Das Wasserhaus würde in einigen Tagen davonschwimmen, in die Ferne, in das Unbekannte.

„Ehe die Blätter fallen, werde ich zurück sein. Das Meerkanu will sich nur einen Monat auf der Insel der Weißen aufhalten und dann wieder nach hier zurückkehren."

An diesem Abend konnte Sternblume nicht einschlafen. Sie wußte nun, daß der Kapitän nie ein Indianer würde. ‚Großer Mond' war verlöscht. Sie hatte in Jamestown einen Blick in seine Welt getan, in eine Welt voller Wunder und Rätsel.

Wenn Smith nicht nach Moco ziehen wollte, warum nahm er sie dann nicht zu sich in seinen Wigwam? „Bei meinem abenteuerlichen Leben kann ich keine Frau gebrauchen", hatte er ihr erklärt. Und dabei hätte sie ihm doch gerade auf seiner Reise in die Ostbai behilflich sein können. Zu dumm, sie hatte ihm noch nicht einmal erzählt, daß sie doch alle Stämme und Sprachen bis zum Patafluß kannte, denn dort wohnten die Verwandten ihrer Mutter.

Sternblume war traurig und ärgerlich zugleich. Eine solche Reise zur Ostbai wäre sicher voller Abwechslung und Abenteuer gewesen, jedenfalls viel schöner als das eintönige Leben in Moco.

VIII

Die Sommertage schlichen so langsam dahin wie die Bären, wenn sie aus dem Winterlager kriechen. Der Mais wurde gesät und schoß auf, und bald sah man unter den Grannen die zarten milchigen Kolben.

„Seht nur die Häuptlingstochter, wie still sie ist! Die hat das Lachen verlernt. Früher war sie der Übermut selbst."

„Welches Mädchen verlernt nicht das Lachen, wenn der von ihr Auserwählte nicht in ihren Wigwam zieht." So tuschelten die jungen Frauen.

Ihr Gekicher drang bis zu Sternblume, und sie war klug genug, zu merken, daß man über sie redete. Sie wurde rot. Doch dann schluckte sie ein paarmal heftig, und ihre Kehle wurde wieder weit und frei. Jetzt sang sie mit, während ihre Hände die grünen Kolben pflückten:

Jeden Frühling kommt die Bärin aus der Höhle.
Jeden Frühling sieht sie die Zikade
Und ruft dann die anderen Bärenjäger:
Rothals, Taube, Eule, Eulenvogel.

Jeden Sommer jagen sie die Bärin,
Kochen sie im Herbst in ihrem Topfe.
Immer dreht sich diese Jagd am Himmel,
Endet niemals wie der Lauf der Sonne,

Wie die Liebe meines eigenen Herzens,
Das noch nach dem Leben auf der Erde
In dem Lande dort im fernen Westen
Ständig in Gedanken an dich schlägt.

Beim Singen spürte Kürbisblüte das leise Beben in der Stimme der Freundin, dann führte sie um so lauter die Melodie, damit die anderen nichts merkten.
„Die ersten Maiskolben so früh im Sommer schmecken am besten", meinte Klingende Rassel. „Ich dachte, die Körner würden nicht aufgehen, denn es war noch sehr kalt, als wir sie säten."
„Ja, ich erinnere mich, es sind auch nur wenige Reihen. Die Kolben des später und des ganz spät ausgesäten Maises werden ja auch größer sein."
„Du hast recht, Sternblume, aber die kleinen jetzt sind mir lieber als die großen später", stellte Klingende Rassel fest.
Kürbisblüte sagte nichts darauf, sie legte nur ihren Arm um die Häuptlingstochter.
„Die Sonne sticht und die Mücken stechen", ärgerte sich Klingende Rassel und schmierte auf Arme und Beine die rote Salbe der Pokewurzel. Dann nahm sie wieder ihr Rohrmesser und trennte weiter Kolben ab.
Am Himmel zeigte sich eine kleine, schwarzgelbe Wolke. „Es gibt ein Gewitter", rief Brennessel. Da stürzten die jungen Frauen auch schon zu ihren Säuglingen, legten sich die Wiegebänder um die Stirn und eilten mit ihren Babys auf dem Rücken und den Körben in den Händen nach Hause.
Klingende Rassel und Kürbisblüte lachten sie aus, weil sie Angst vor dem Gewitter hätten. „Denen haben wir es gegeben", triumphierte Klingende Rassel.
Die drei Mädchen waren jetzt ganz allein, denn die alten Frauen arbeiteten in den Hütten. Soviel gab es ja nicht zu ernten.
Das Gewitter kam schnell näher, aber es war das gewöhnliche Wärmegewitter, das alle paar Tage im Sommer herniederging. Als die ersten, dicken Tropfen fielen, kletterten die Mädchen

in das leere Klapperhäuschen. Sie ließen die Seitenmatten herunter und kuschelten sich aneinander. Der Regen fiel senkrecht, und so machte es nichts aus, daß die kleine Hütte vorn offen war. Die beiden Freundinnen waren zu Sternblume besonders aufmerksam und liebevoll. Die Häuptlingstochter aber dachte daran, daß der Kapitän bei Gewitter womöglich ohne Dach und Matte dem Regen und dem Blitz preisgegeben sei.

„Wo ist der weiße Häuptling denn jetzt?" wollte Klingende Rassel wissen.

„Weit fort! Der Pam mündet doch nicht in das große, sondern erst in ein kleineres Wasser. Aber auch das ist noch weit weg von der Bai, wohin im Frühling die Wandervögel fliegen und woher sie in den Cohonkmonden zu uns kommen. Da hinein münden noch viele Flüsse, und danach will der Kapitän forschen."

„Was?" rief Klingende Rassel aufgeregt, „da wohnen ja die schrecklichen Räuber und Menschenfresser!"

„Zu den Massa ist er gepaddelt?" fragte nun auch Kürbisblüte besorgt.

„Ja, zu den Massa."

Die Mädchen schauderte es; seit Jahren gingen die schlimmsten Gerüchte über diesen Irokesenstamm im Dorfe um. Nicht nur der Stamm Großer Adler, auch die anderen Stämme ringsum bis zur Küste fürchteten die Massa.

Und nun mußte die Freundin immer wieder erzählen, was sie in Jamestown, dem Dorf der Weißen, alles gesehen hatte.

„Ja, und denkt euch, Eulenauge hat Weiser Rabe gerade vor seiner Abreise noch gesprochen, da war wieder ein so großes Kanu von der fremden Insel gekommen und hatte ganz drollige Tiere gebracht. Zahme, dicke Vögel, ‚Hühner' sagen sie zu ihnen. Und dann war ein Hirsch ohne Geweih dabei und dicke Tiere ohne Haare, ganz weißrosa..."

„Na, ich bin nur gespannt, was Weiser Rabe von der fremden Insel erzählt, wenn er wiederkommt."

„Er meinte, wenn die Blätter fallen, sei er zurück", beschwichtigte Sternblume die Neugier der Freundinnen. „Hat dir Eulenauge das alles selbst erzählt, ich meine das mit dem neuen Kanu und den komischen Tieren?"

„Nein, ich weiß es von Schneeflocke, die trifft sich doch jetzt so oft mit Eulenauge." Den Nachsatz flüsterte Klingende Rassel, als ob sie ihn geheimhalten wollte.

„Was, dir erzählt sie das und mir als Schwester verschweigt sie, daß sie Eulenauge trifft", erregte sich Kürbisblüte.

„Ja", meinte Klingende Rassel, „wenn es die Schwester weiß, erfährt es meist auch die Mutter. Ich bitte dich, erzähle es nicht weiter."

Und Kürbisblüte versprach es. Das Gewitter hatte längst aufgehört, und die Mädchen eilten mit ihren Körben nach Hause.

„Das wird ein Essen! Die gekochten Kolben in Hirschfett tauchen", hörte Sternblume noch Klingende Rassel sagen, als sie sich unter den Maulbeerbäumen bereits verabschiedet hatten.

Sternblume lag noch lange auf ihrer Schlafbank. Immer wieder eilten ihre Gedanken zu Smith. „Noch vor einem Jahr habe ich von Schneller Stör geträumt, und jetzt mag ich nicht mehr an ihn denken", flüsterte sie in ihr Mooskissen.

Herzmuschel hörte, wie sich das Mädchen hin und her wälzte. Sie kam mit einem Stück Zucker und schob es ihrem Liebling in den Mund: „Nun wirst du schon schlafen! Ich habe heute Schneller Stör gesehen, als ich am Bach Wasser holte. Er hatte in der Schwitzhütte gesessen und stürzte sich dann in das kalte Wasser."

„Geht es ihm wieder besser?"
„Danach habe ich ihn auch gefragt, aber ich erhielt nur eine unfreundliche Antwort. Und als ich meinte, ob ich dich grüßen sollte, wich er aus."
„Das konnte ich mir denken, die Frau des Oberpriesters tut auch so, als ob sie mich nicht sieht, wenn ich ihr begegne. Sie kann es mir nicht verzeihen, daß ich den weißen Mann gerettet habe."
Das Mütterchen seufzte. „Schlaf jetzt. Schnupp, komm, komm her!" Damit hob Herzmuschel den kleinen, weißen Spitz zu Sternblume auf die Pritsche. Die streichelte das Tier liebevoll. Und dann schliefen beide nebeneinander ein.
In den nächsten Tagen sah das Mütterchen Eulenauge und Schneller Stör oft zu dem Oberhäuptling gehen. Eulenauge war wieder in Paspa gewesen und brachte neue Nachrichten. Es seien jetzt viel mehr Weiße im Dorf der Fremden, denn das neue Kanu habe nicht nur neue Tiere, sondern auch neue Menschen gebracht. Die vielen Tassautessus gingen gar nicht mehr in die Palisade, sondern rückten immer näher an den Pam heran.
Und eines Tages konnten sich alle Bewohner von Moco selbst davon überzeugen, denn man hörte bis ins Dorf hinein das Geknatter von Gewehrfeuer. Selbst nachts wachte man von dem Knall der kleinen Feuerrohre auf, mit denen die Weißen schossen.
Einzelne Familien der Weißen begannen den Paspabezirk zu verlassen und weiter nach Sonnenuntergang zu ziehen.
„Ihr werdet sehen, daß Einsames Licht recht behält", meinten die Dorfleute, „in hundertfünfzig Jahren haben sie unser Land gefressen." Die Klagen über die Fremden rissen den ganzen Sommer über nicht ab, vor allem die Beschwerden über

Plünderungen von Gärten und Feldern und Übervorteilung beim Tauschhandel. Der Häuptling fand die Unruhe lästig, die vom Südfluß ausging.

Sternblume litt sehr unter diesen Verhältnissen. Am liebsten hätte sie sich von allen Menschen zurückgezogen, aber die treue Kürbisblüte und auch Klingende Rassel sorgten dafür, daß die Ballspiele nicht aus der Übung kamen. Kürbisblüte war es auch, die Sternblume auf den Gedanken brachte, für Smith als Geschenk einen Pelzmantel zu nähen. Der Häuptling, der seiner Lieblingstochter jeden Wunsch erfüllte, gab ihr die nötigen Felle. Und mit Feuereifer machte sich das Mädchen an die Arbeit. Der Mantel war eigentlich eine viereckige Decke von 1,5 auf 2,5 Meter, in die man sich vollständig einhüllen konnte, indem man sie unter dem rechten Arm durchzog und über die linke Schulter warf. Die Felle mußten nur passend zusammengesetzt und sorgfältig umnäht werden.

Sternblume entschloß sich, die Schwänze mit zu verarbeiten und ordnete die Pelzchen so, daß jedes Schwanzbüschel über das anschließende Fell nach unten herabhing. Die Ränder wurden umgeschlagen und der Ledersaum mit Muschelperlen in fortlaufenden Spiralen bestickt. Besonders das Sticken war eine mühsame Arbeit, und wenn die Freundinnen am Nachmittag bei der Häuptlingstochter unter den Maulbeerbäumen saßen, dann halfen sie oft mit, die weißen Kügelchen mit zersplissenen Hirschsehnen auf dem Lederrand zu befestigen.

Wenn dann die Schatten länger wurden und der Himmel noch einmal in seinen schönsten Farben erglühte, dann zog es das Mädchen hinunter zum Pam, auf dem einmal das weiße Segel geleuchtet hatte.

Die Kinder klapperten wieder in den Maisfeldern, und die Sonne wärmte die Körner. Die Kürbisse und Wassermelonen

färbten sich gelb, und die Sonnenblumen zeigten ihren goldenen Strahlenkranz um ihr rundes Gesicht.
„Ich fahre den Pam hinauf, willst du mich ein Stück begleiten?" fragte Großer Adler seine Tochter.
Sternblume war gleich bereit.
Das Kanu glitt an der Sumpfniederung vorbei und fuhr auf die Steilküste zu. „Wenn wir um die Ecke sind, werden wir anlegen, sonst wird später der Rückweg für dich zu weit, meine Tochter", sagte der Häuptling und zog Tabak und Perlen aus seiner Tasche. Er gab davon dem Mädchen, und beide schauten nach oben zum Tempel und warfen die Opfergaben in den Fluß.
Als sie den Streifen mit dem heiligen Wald hinter sich hatten, gingen sie an Land. Nur ein Diener folgte in einigem Abstand. „Ich habe lange nicht mehr gejagt", sagte der Häuptling und ergriff Pfeil und Bogen. „Es wird Zeit, daß mein Bogen mal wieder gebraucht wird."
Schweigend gingen Vater und Tochter durch den Urwald, der, dünn von Gras durchzogen, bald dichter wurde. Plötzlich bemerkte der Häuptling Spuren in der weichen Erde; sie sahen aus wie die Abdrücke von Katzenpfoten. Die scharfen Augen des alten, erfahrenen Jägers erkannten sofort: Hier war ein Marder vorbeigestrichen.
Großer Adler strahlte, und der Jagdeifer verjüngte ihn. Marderfelle liebte der Häuptling am meisten, sie galten als Kostbarkeit. Vergessen waren alle Sorgen um die fremden Eindringlinge. „Wo mag der Bursche nur stecken?" Ein süßer Geruch wie nach Honig zog durch die Luft.
„Am hellen Tage versteckt sich der Marder, und nur nachts läuft er herum, vielleicht sitzt er in einem Erdloch", meinte Sternblume, die es plötzlich nach Hause trieb.

„Wir müssen jetzt genau achtgeben, wo die Spur aufhört, sonst laufen wir vorbei, mein Kind."
Die Häuptlingstochter hatte keine Ruhe mehr. Großer Adler ermahnte sie: „Sei nicht so zappelig!"
„Väterchen", schmeichelte das Mädchen, „Herzmuschel kocht grüne Maiskolben, ich möchte nach Hause."
Der Häuptling nickte. „Ich fahre nach der Jagd den Pam noch ein Stück hinauf, kehre morgen aber zurück."
Sternblume kürzte den Weg ab und ging durch den Wald, den heiligen Bezirk des Tempels zu ihrer Rechten. Sie ging schnell, denn sie wollte keinem der Priester, vor allem nicht Schneller Stör oder seiner Mutter begegnen.
So näherte sie sich dem Dorf von der anderen Seite. Schnupp, der seine Herrin überall gesucht hatte, sprang ihr laut bellend entgegen. Seine Stimme klang schon recht kräftig und erregte im Dorf großes Aufsehen. Und dazu noch ein schneeweißes Fell! Jeden Morgen nahm das Mädchen ihn mit hinunter zum Badeplatz, und es machte ihr Freude, Schnupp naßzuspritzen.
Herzmuschel trug das Essen unter den Maulbeerbäumen auf, und Sternblume ließ sich die zarten Kolben gut schmecken. Müde und erschöpft kauerte sie sich dann auf eine Matte, um zu schlafen. Doch da wurde das Dorf aus seiner mittäglichen Ruhe aufgeschreckt. „Kapitän Smith ist da", rief die Alte.
Das Mädchen fuhr auf, da hörte sie schon Rede und Antwort der Näherkommenden: „Nein, Großer Adler ist den Pam hinauf, aber Sternblume ist da."
Mit Herzklopfen erhob sich die Häuptlingstochter von ihrem Lager und nötigte den Freund auf Matte und Sitzkissen. Er sah gesund und braungebrannt aus und erzählte lebhaft. In ihrer Sprache mußte er während des Sommers große Fortschritte gemacht haben.

„Ich bin zu Fuß mit drei Begleitern nach hier gekommen und habe Nachrichten für den Oberhäuptling."

„Nun, hoffentlich gute"; das Mädchen hielt inne und fuhr dann fort: „Ich schicke einen Boten, um den Häuptling zu benachrichtigen. Wenn die Sonne morgen wieder am höchsten steht, kann er hier sein."

Smith lächelte das Mädchen an und sah bewundernd zu ihm hin: „So in deinem kurzen, weißen Schurz, mag ich dich am liebsten", flüsterte er.

Sternblume errötete und wandte sich den anderen Gästen zu: „Bis zur Ankunft des Häuptlings soll uns die Zeit nicht lang werden." Dann sprach sie mit Herzmuschel wegen des Essens. „So lange die Sonne scheint, bleiben wir am besten hier unter den Maulbeerbäumen." Das Mütterchen hatte alle verfügbaren Kissen herangeschafft, während der Kapitän weitererzählte.

„Ja, Massakrieger haben wir auch getroffen, aber vor unseren Feuergewehren ergriffen sie die Flucht."

Sternblume erschrak noch nachträglich. Da waren ihre Sorgen also doch nicht grundlos gewesen. Angespannt horchte sie auf jedes Wort. Smith berichtete über alle Abenteuer an der Ostbai. Und zum Schluß sagte er noch: „Das Wasserhaus ist auch wieder angekommen und hat Weiser Rabe mitgebracht."

„Weiser Rabe ist wieder da?" fragten alle erstaunt.

„Weiser Rabe ist wieder da!" ging es wie ein Lauffeuer durch das ganze Dorf.

Auch die Häuptlingstochter wurde immer fröhlicher. Von den Kochfeuern her verbreitete sich der Duft des fertigen Essens. Weitere Matten wurden ausgelegt, und für zwei Personen immer eine große Schüssel mit gekochtem Fleisch und Bohnen hingestellt.

In der Mitte jeder Matte türmte sich ein Hügel von Kürbissen, Melonen und gelben Maycockbeeren, wie sie jetzt haufenweise auf den Feldern lagen.
Eine frohe Stimmung erfaßte die Tischgesellschaft. Den ganzen Sommer hindurch hatte man die Häuptlingstochter nicht so viel lachen hören wie jetzt.
Auf einmal drehte sich einer der Gäste um und spuckte mit allen Zeichen des Abscheus etwas aus. Als er sich den anderen wieder zuwandte, verzog er sein Gesicht noch immer. Er hatte eine von den ätzend scharfen Persimonpflaumen erwischt, die erst durch den Frost süß werden und die jedes Kind kannte. Aber wer hatte sie auf seinen Teller gelegt?
Klingende Rassel natürlich. Sie saß ja neben dem Gast und versuchte eine ernste Miene zu machen. Kleine Möwe, Kleine Bohne und Schneeflocke platzten los, und auch die Erwachsenen mußten sich Mühe geben, ihre Würde zu bewahren. Immer neue Platten mit Leckerbissen wurden herumgereicht, und so aß und scherzte man, bis die Wasserschüsseln zum Händewaschen gebracht wurden.
Als das Sonnenlicht nur noch die Wipfel der Bäume vergoldete, erhob sich die Häuptlingstochter. „Für heute habe ich noch eine Überraschung. Wenn die Sonne fort ist, lasse ich euch holen", wandte sie sich an ihre Gäste.
Die Gesellschaft zerstreute sich, und man führte die Fremden zu ihrem Mattenhaus.
Ein starkes Abendrot versank mit gelben und roten Farben im Westen, als die vier Besucher mit den übrigen Dorfbewohnern dem Wald zustrebten.
„Sternblume ist mit den anderen Mädchen schon voraus", sagte Herzmuschel, als der Kapitän nach der Häuptlingstochter fragte.

Unter dem Wipfeldach der Bäume lagerte schon das abendliche Dunkel, und der Fußpfad war für die Fremden nur schwer zu erkennen. Nach einer Weile aber lichtete sich der Wald. Der Weg führte auf eine Wiese, über welcher der Widerschein des rosa überhauchten Himmels lag.

In der Mitte prasselte ein mächtiges Feuer, und in weitem Halbkreis luden Matten und Kissen zum Sitzen ein. Die letzte Helle ertrank allmählich in einem dunklen Blau, und die ersten Sterne blitzten auf. Vom Feuer angezogen, taumelte, flatterte und tanzte allerlei Nachtgetier hoch über den Flammen.

In die erwartungsvolle Stille schrillte plötzlich das kreischende Geraspel des Sägenwetzers. Die Gäste fuhren zusammen, dann lächelten sie verlegen. Wie oft hatte der sonderbare Schrei dieser Eule sie schon erschreckt.

Aber nun tönte aus dem Wald, gerade von der Seite her, die dem Halbkreis der Sitzenden gegenüberlag, das langgezogene „hoo-up, hoo-up" des Kriegsrufes.

Die Besucher wurden unruhig und tasteten nach ihren Waffen, aber da stand wie aus dem Boden gewachsen Sternblume neben ihnen. „Es geschieht euch nichts! Laßt euch durch das Ungewohnte nicht anfechten."

Die Besucher beruhigten sich. Von neuem setzte der Kriegsschrei ein und ging dann in eine Skala wohltönender Rufe über, mit denen etwa dreißig junge Mädchen zwischen den Stämmen hervortraten. Die Häuptlingstochter schritt voraus, mit Bogen und Pfeil ausgerüstet, während ihre Begleiterinnen Keulen und Stäbe in den Händen hielten. Die ersten vier trugen Rehbockgehörne auf dem Kopf, die folgenden hatten sich mit Federn und Vogelschwingen geschmückt, während der Schurz der Mädchen aus zusammengelegten Blättern bestand.

Die Tänzerinnen schritten hintereinander, schlossen einen Ring um das Feuer und drehten sich im Kreise. Dann verschmolzen die einzelnen Gestalten zu Gruppen, die sich in den anmutigsten Bewegungen bogen und drehten. Schließlich bildeten die Gruppen zwei Kreise. Mit angezogenen Bogen und erhobenen Keulen umwogten die Tänzerinnen die Flammen und deuteten ein Kampfspiel an, das die beiden Gruppen gegeneinander führten.

Die Mädchen auf der Innenseite durchbrachen zuletzt die Reihen ihrer Gegnerinnen und umwirbelten sie bald nah, bald fern, in einem unablässigen Wechsel von Figuren und Bewegungen, die der Gesang einmal in leidenschaftlicher Hingabe, dann wieder mit getragener Feierlichkeit begleitete. Die Gäste starrten in regungslosem Staunen. Wie leuchteten die jungen, schönen Körper der Mädchen im Licht der roten Flammen. Niemand vermochte sich dem Eindruck dieses eigenartigen Schauspiels zu entziehen, am wenigsten Kapitän Smith selbst. Wenn Sternblume seine Gedanken erraten hätte!

Erinnerungen stiegen in ihm auf. Länder und Meere in Ost und West hatte er durchzogen und überall seine Augen offen gehalten, aber soviel natürliche Anmut war ihm noch nicht begegnet.

Er sah, wie die Lichter der Flammen über die schlanken Körper huschten, wie die Tanzenden ins Dunkel tauchten und dann wieder von roter Glut übergossen wurden. Und er sah die eine – Sternblume. Auch bei seiner letzten Fahrt durch die Chesepeake-Bai war er keiner Indianerin begegnet, die auch nur annähernd der Häuptlingstochter glich.

Die Gäste hörten die Stimmen, die bald schrill und gellend, bald weich und melodisch dem Spiel der Glieder folgten. Des Kapitäns Blick irrte nach oben. Über dem Feuer hing ein zarter Rauchschleier, der sich mit dem Dunkel des Waldrandes zu einem samtschwarzen Vorhang verwob. Gerade dort, wo dieser Vorhang endete und das Nachtblau des Himmels begann, funkelten die Sterne des Großen Bären.

Mit einem vielfach verschlungenen Kanon endeten die Mädchen ihren Tanz. Sie schlossen sich zu einer Reihe und verschwanden im Wald. Ein wenig später erschienen sie wieder in ihrer gewohnten Kleidung unter den Zuschauern. Sternblume entnahm den Worten und Mienen der Gäste, daß sie diesen Abend nicht so schnell vergessen würden. Und zum ersten Mal seit langen Monden war sie völlig glücklich.

IX

Die Sonne war schon ein gutes Stück auf ihrem blauen Pfad emporgeklettert, als Sternblume mit Schnupp zum Badeplatz eilte. Auf ihrem Rückweg kam ihr schon der Kapitän entgegen.
„Bist du auch immer artig und lieb zu deiner Herrin, Schupp?“ Er streichelte den Spitz, der daraufhin sein lautes Bellen einstellte.
„Die Hunde hier in Moco bellen ja gar nicht.“
„Nein, sie können nur heulen, und deshalb freue ich mich ja so über Schnupp. Nicht Schupp, sondern Schnupp habe ich ihn genannt“, gab das Mädchen lachend zur Antwort. „Aber jetzt ist es höchste Zeit, daß ich meinen Gästen etwas zu essen bringe, sie werden sicher großen Hunger haben.“
Als die Häuptlingstochter sich mit ihrem Freund den Maulbeerbäumen näherte, sah sie das Mütterchen schon mit gefettetem Maisbrot bei den anderen Weißen stehen.
„Begleitest du mich nachher zu meinen Bibern?“ flüsterte das Mädchen noch schnell dem Kapitän zu. „Erst wenn die Sonne am höchsten steht, kann der Häuptling hier sein.“
Sternblume schluckte ihr Brot halbzerkaut hinunter und bettelte Herzmuschel um Ahornzucker. Bald danach schritt sie mit ihrem Freund dem Pam zu.
„Dort unten sehen wir ja auch, wenn Großer Adler mit seinem Kanu zurückkehrt.“ Das beruhigte Smith völlig, denn ihm lag daran, seinen Auftrag so bald als möglich zu erledigen.
Es war ein herrlicher Sommermorgen, in dem Geäst der Bäume hüpften bunte Vögel umher, die es in der Heimat des Kapitäns nicht gab. Das Rauschen der Baumwipfel klang Sternblume wie Musik. „Du bist bald so braun wie Großer Adler“, stellte

sie fest, „noch ein wenig Rot der Pokewurzel, und dann hast du ganz die Farbe unserer Krieger."

Smith streifte seinen Rockärmel zurück und zeigte seinen weißen Arm. Dann hielt er ihn dicht an den des Mädchens. Sternblume lachte. „Es ist doch ein großer Unterschied." Dabei ergriff sie seine Hand und drückte sie fest an sich. „Hörst du, wie laut mein Herz klopft?"

„Ja." Der Mann griff mit der anderen Hand in seine umgehängte Tasche und zog neben seiner Pistole einen eiförmigen Gegenstand hervor. „Da höre mal, das tickt so ähnlich, laß es aber nicht fallen, es zählt die Zeit."

Das Mädchen staunte und hielt das kleine Ding immer wieder an sein Ohr. Aber dann meinte es doch, „ich glaube, mein Herz klopft noch schneller", und sah den Kapitän mit feucht schimmernden Augen an.

Da nahm der Mann das Indianermädchen in seine Arme und küßte es. Den Kuß fand Sternblume nun wieder sehr komisch. Sie konnte sich zuerst gar nicht darüber beruhigen und versicherte ihrem Freund unter Lachen und Weinen: „Das tun wir nicht." So kamen sie scherzend und vergnügter Dinge in die Flußniederung.

Schwärme von Mücken flogen auf und schwirrten umher. „Willst du nicht doch etwas von meiner Salbe?" neckte die Häuptlingstochter und rieb sich ein.

„Damit ich ein roter Mann werde!" Aber dann griff er doch zu und rieb sich das Gesicht ein, um die Insekten loszuwerden.

„Ist es noch weit?"

„Zu den Bibern oder zum Pam?"

„Zuerst zum Pam!"

„Jetzt kann Großer Adler nicht mit dem Kanu kommen, denn das Wasser reicht noch nicht bis zum Ufer."

„Ich möchte aber doch lieber zuerst zum Fluß", bestand der Kapitän.
Die Wandernden kamen jetzt durch ein Dickicht mit Sträuchern und Gräsern, neben denen viele bunte Blumen leuchteten. Ein Tummelplatz für alles zirpende, summende und fliegende Getier. Weiße Reiher kreischten sich über die Eindringlinge ihre Verwunderung zu und flogen auf zu den Wipfeln der wenigen hohen Bäume. Sternblume und Smith gingen fröhlich zwischen den summenden und segelnden Insekten dahin. Vor ihnen flog ein blauschimmerndes Schmetterlingspaar. Das tanzte kreuz und quer, streifte rote, blaue und gelbe Blütenkelche, um dann immer wieder zu seinem Hochzeitsflug aufzusteigen und sich im Sonnenlicht zu schaukeln. Hier riecht es würzig und süß, dachte Smith und folgte dem Duft.
„Es sind die Blüten dieses Strauches, und dies hier ist das Schmetterlingsmännchen", deutete das Mädchen mit seinem Finger, „es ist noch schöner als das Weibchen."
Der Schmetterling erhob sich taumelnd aus dem gelben Blütenstaub. Ein Häher strich vorbei und schluckte mit einigen Mükken auch ihn. Betroffen blieben die beiden stehen.
„Oh!" rief Sternblume. „Nun ist das arme Weibchen allein. ‚Glück und Unglück sind oft Geschwister', sagt Herzmuschel."
War es nun die Furcht, den Kapitän bald wieder zu verlieren oder die Freude des augenblicklichen Besitzes, sie schlang ihren Arm um ihn und meinte: „Wenn du, mein Beschützer, bei mir bist, dann könnte ich bis ans Ende der Welt gehen, immer nach Sonnenuntergang zu. Ich würde vor nichts Angst haben."
„Das brauchst du auch nicht." Er zeigte seine Pistole und sah der Häuptlingstochter in die Augen, als wollte er ergründen, warum sie ein solch großes Vertrauen zu ihm hatte.
Was er nicht sah, das war ein wandelnder Strauch, der ihnen

Schritt für Schritt gefolgt war, und der nur durch seine Bewegung auffiel. Jetzt, da auch er stillstand, war er nur ein Busch, ein Stück der Natur ringsum.

Der nackte Mann, der auf seinen Fersen hockte, zog Pfeil und Sehne an. Jetzt streckte er den Kopf vor und zwei schwarze Augen funkelten durch die Strauchwand. Und langsam hob sich der zum Abschuß gespannte Bogen. Aber das Schnalzen der Sehne und das Zischen des Pfeiles blieben aus. Der Mann ließ seine Waffen sinken. Er tastete nach seiner Hahnenkammfrisur und nach dem schwarzen Vogel über seinem Ohr. „Vielleicht ein andermal“, murmelte er und verschwand wieder in der grünen Strauchwildnis.

Auf einmal fiel dem Kapitän sein Auftrag wieder ein und er eilte voraus. Das Wasser des Pam glänzte in der Sonne wie Metall, aber es war ganz flach. Sternblume hatte recht. Es war noch Ebbe und das Boot, mit dem Smith übergesetzt hatte, lag noch fest im Schlick. Man hätte durch tiefen Schlamm waten müssen, um dorthin zu kommen.

„Es ist kein Kanu nach Sonnenuntergang zu sehen“, meinte Sternblume, die auf einem nahen Baum Ausschau gehalten hatte. „Aber jetzt komm zu den Bibern!“

Die Stechmücken wurden immer zudringlicher, und das Wetter änderte sich auf einmal. Es wurde schwüler, eine fette Wärme hüllte Schilf, Gras und Bäume ein. Ein feiner Dunst tanzte zitternd vor ihnen her, mit Mückenschwärmen geladen. Eine drückende Stille breitete sich aus, nur hin und wieder von leisen, zirpenden Lauten unterbrochen.

Der Himmel bildete bleifarbene Ballen, die immer dunkler wurden und schwerfällig näherkamen. Die Sonne drang durch die wenigen Wolkenrisse wie gleißendes Metall und tat den Augen weh.

„Wir müssen schnell nach Hause", mahnte der Kapitän, „es gibt ein Gewitter." Sternblume lief voran, den nächsten Weg weisend. Doch schon zuckten die ersten Blitze am Himmel, begleitet von dumpfem Grollen. Es war, als ob aus der Tiefe des Horizontes plötzlich ein drohendes, wütendes Schnauben stieg. Wind wirbelte auf, und die Bäume bogen sich. Ein Regenvorhang ließ sich nieder, hin und her bewegt von wirbelndem Wind.

Als die ersten Tropfen fielen, saßen Häuptlingstochter und Kapitän unter dem dichten Blätterdach einer Lebenseiche, geschützt durch weit herabhängende Äste. Bald öffnete sich der von Blitzen zerrissene Himmel zum Guß, zum Platzregen, zum strömenden Wolkenbruch.

„Hast du keine Angst?" fragte der Mann.

„Nein, mein Beschützer ist ja bei mir."

„Vor Blitzen kann ich dich auch nicht schützen."

„Doch", antwortete Sternblume. „Wenn du bei mir bist, fällt alle Angst von mir. Ich möchte immer mit dir in ferne Länder reisen und viel sehen und erleben."

Der Kapitän schwieg. Sternblume war enttäuscht. Sie fühlte, wie ihre Augen feucht wurden. Als es wieder blitzte, schnitt sie eine Grimasse und drängte sich an den Freund.

„Ich denke, du hast keine Angst", neckte sie der Kapitän.

„Hab' ich auch nicht", antwortete das Mädchen mit erneuter Grimasse.

„Jetzt weiß ich, warum Großer Adler dich oft ‚Kleiner Schelm' nennt."

Ebenso plötzlich wie das Gewitter gekommen war, zog es fort.

„Nun aber schnell nach Hause", drängte Smith, „die Biber zeigst du mir ein andermal."

Als sie in Moco anlangten, war der Häuptling schon da. Im

Gegensatz zu seiner Tochter begrüßte er den Kapitän mit kühler Zurückhaltung.

„Der Oberhäuptling meines Heimatlandes hat große Geschenke für dich geschickt", lud Smith den roten Häuptling nach Jamestown ein.

Aber diese Einladung stieß auf geringes Verständnis, ja sogar auf Mißtrauen. Das Gesicht des Indianers verfinsterte sich.

„In eure Befestigung komme ich nicht. Die Geschenke kann ich auch hier entgegennehmen", sagte er kurz.

Der Kapitän versprach, die Sachen dem Häuptling zu bringen und brach mit seinen Begleitern auf.

Sternblume fiel diesmal der Abschied leichter, denn sie wußte, daß Smith Wort halten und bald wiederkommen würde.

Die Sonne schien noch wärmer als zuvor, und das Korn reifte. Die Kinder zogen schon vor Sonnenaufgang aus dem Dorf und klapperten, bis die Vögel auf ihre Schlafbäume flogen.

Auch die Häuptlingstochter half mit, die Kolben auf dem Felde zu ernten, aber sie ging nur dann hinaus, wenn Weidenrute nicht dabei war. Als die prallgefüllten Körbe ins Dorf getragen wurden, hängte das Mädchen den Mais zum Trocknen über das Gestell.

Jeden Tag stießen jetzt Brennessel und Herzmuschel abwechselnd in dem dicken Mörserklotz den Mais zu Grieß. Kleine Möwe und ihre Gespielinnen umtanzten den Klotz und sangen dazu. Der alten Herzmuschel wurde manchmal ganz schwindlig, wenn sich die lange Schlange der Kinder um sie ohne Unterlaß drehte.

Eines Abends stieß Sternblume in der Dunkelheit auf einen Mann, der aus dem Versammlungshaus kam. Es war Schneller Stör. Verwirrt stammelte das Mädchen etwas von „erschrocken".

„Jetzt brauchst du nicht zu erschrecken. Du hattest Grund dazu, als ich dir und dem weißen Häuptling neulich zum Pam folgte. Ich wollte Wasserhühner schießen. Wärest du nicht an der Seite des Tassautessu gewesen, dann hätte mein Pfeil statt des Wasserhuhns ihn getroffen."

Sternblume entfiel der Maisbüschel, den sie im Arm hielt. Sie achtete nicht darauf, sondern ging schnell ins Haus. ‚Sicher hat das Donnerrohr ihn verjagt', dachte sie. Und die Nacht wurde ihr lang.

Eines Tages ging der Ruf durch das Dorf: „Die Fremden kommen!" Eulenauge hatte sie schon unten am Pam gesehen. „Ein großes Kanu liegt unten am Fluß. Sie laden allerlei komische Dinge aus, darunter ein viereckiges Gestell, mit dünnen, weichen Matten dran." Eulenauge ahnte ja nicht, daß der englische König dem roten Häuptling ein Himmelbett schickte.

Ebensowenig begriffen er und die anderen, die den schönen, roten Tuchmantel und die Krone bewunderten, etwas von dem Sinn und Zweck dieser Gegenstände.

Am nächsten Tag erschien auch Smith mit dem alten Kapitän, den Sternblume damals in Jamestown auf dem Wasserhaus kennengelernt hatte.

„Aber warum hast du denn so viele Krieger mitgebracht?" fragte das Mädchen befremdet.

„Wir wollen deinen Vater krönen."

„Was wollt ihr?"

„Wir wollen deinem Vater den Ring aus Hirschhaar aufsetzen."

„Den trägt er doch schon, solange ich lebe."

Smith versuchte verzweifelt nach Worten, wie sollte er den Vorgang der Krönung erklären, es gab doch kein indianisches Wort für Krone. Schließlich begriff die Häuptlingstochter, daß es eine Feier sein sollte, bei der die Krieger zugegen sein müßten.

Die Krone war ein Reif mit dreiblättrigen Lilien aus versilbertem Kupfer. Das Mädchen war ganz entzückt von der schönen Arbeit. „Die wird auch meinem Vater gefallen.“

Doch Großer Adler hatte eine lange Beratungsnacht mit seinen Räten hinter sich und besah sich die Geschenke nur flüchtig. Den Sinn einer Krönung begriff er noch weniger als seine Tochter.

Smith und der alte Kapitän beschlossen daher, die Feierlichkeiten auf den nächsten Tag zu verschieben.

Der grauhaarige Kapitän führte nun Weiser Rabe, den Heimgekehrten, zu dem Häuptling. Dann folgten lange Erörterungen, von denen Sternblume nichts begriff. Es fiel ihr nur auf, daß ihr Vater schließlich ungeduldig wurde und sich mit Weiser Rabe zurückzog.

In Moco summte es wie in einem Bienenschwarm. Vor der Palisade hatte man in aller Eile die Gästehäuser aufgeschlagen und die Häuptlingstochter sowie Herzmuschel gaben sich Mühe, für die vielen Besucher ein Mahl zu bereiten.

Sternblume war erst zufrieden, als sie neben Smith beim Essen saß und mit ihm von anderen Dingen plaudern konnte. Dann zog sie ihn mit in ihre Mattenkoje und legte ihm den Pelzmantel um, den sie beim letzten Besuch vergessen hatte.

Der Freund verstand zuerst gar nicht, daß die kostbare Felldecke ein Geschenk sein sollte. Doch dann freute er sich, legte beide Arme um das Mädchen und murmelte etwas in seiner Sprache.

Für Sternblume waren es fremde Laute, aber der innige Ton lief wie eine warme Welle über sie hin. Einen Augenblick später war sie allein.

Die Fremden waren schon lange draußen in ihren Mattenhäusern, da brannte in der großen Versammlungshalle noch immer das Ratsfeuer. Weiser Rabe erzählte von seiner weiten Fahrt zu der Insel der Tassautessus. Das „Hau, hau" der Krieger, die sich verwunderten und das Unvorstellbare nicht glauben wollten, drang bis in ihren Traum.
Im Durcheinander des nächsten Morgens konnte man sich nicht in Ruhe unterhalten. Aus den benachbarten Dörfern erschienen die Unterhäuptlinge mit ihren Kriegern, und das Gedränge wurde fast lebensgefährlich, da die Palisade gar nicht so viele Menschen fassen konnte.
Die Geschenke von der fernen Insel baute man unter den Maulbeer- und Walnußbäumen auf, und hierher begab sich Großer Adler am Nachmittag in Begleitung seiner Räte, der kleinen Häuptlinge und der Weißen.
Der grauhaarige Kapitän gab Großer Adler zu verstehen, er müsse sich niederknien. Doch das lehnte der Häuptling entschieden ab: „Was sollen meine Unterhäuptlinge von mir denken! Ich, der Herrscher, soll mich vor ihnen klein machen. Nein, dann behaltet euren Ring."
So konnte der alte Kapitän nur eine List anwenden. Während zwei Weiße die Schultern des Häuptlings etwas niederdrückten, setzte er ihm die Krone auf. Und alles schaute auf den in der Sonne strahlenden Reif.
Doch kaum hatte sich Großer Adler von diesem ersten Schrekken erholt, da krachte es aus allen Ecken, denn alle fünfzig Schützen ließen auf einmal ihre Feuergewehre sprechen.
Die Wirkung war entsetzlich. Frauen und Kinder schrien vor Angst und drängten dem Ausgang der Palisade zu, wo sie sich gegenseitig fast zu Tode drückten.
Der Gekrönte verschwand in seinem Haus, und Sternblume

stürzte ihrem Vater nach. Sie fand ihn so zornig, wie sie ihn noch nie gesehen hatte. Seine abgerissenen Ausrufe blieben ihr unverständlich. Schließlich gelang es ihr, zusammen mit Weiser Rabe, den Erregten etwas zu beruhigen. „Die Prophezeiung des Oberpriesters wird in Erfüllung gehen", stöhnte er zuletzt. „Frage nur Weiser Rabe!"

Durch diesen Ausbruch erschreckt, wandte sich das Mädchen an den alten Bekannten. Aber der nickte nur bekümmert. „Ich hatte mehrere lange Stäbe mitgenommen und dachte nun für jeden Tassautessu, den ich traf, eine Kerbe einzuschneiden, um so ihre Anzahl festzustellen.

Aber unser Wasserhaus brachte uns in ein Dorf, dessen Größe du dir nicht vorstellen kannst. ‚Plymouth' heißt es. Ich habe noch nicht einmal die Häuser zählen können, geschweige denn die Menschen. Eher zählen wir die Fische im Pam. Was dies angeht, so hat dir Smith damals die Wahrheit gesagt."

„Wollen diese Tassautessus alle zu uns kommen?" fragte Sternblume erregt.

„Ich weiß nicht, manche wollen kommen, andere auch wieder nicht. Jedenfalls genügt auch ein Teil, um uns aus dem Land zu verjagen." Dem Mädchen wirbelte der Kopf; am besten fragte sie Smith selbst.

Während am nächsten Tag der alte Kapitän vergeblich mit dem Häuptling wegen einer Maislieferung verhandelte, fand Sternblume Gelegenheit, ihrem Freund das Herz auszuschütten. So blind und so gleichgültig stand sie den Veränderungen nicht gegenüber, daß sie nicht die Besorgnisse ihres Volkes nachfühlte. Sie fragte Smith direkt, wie viele von seinen Landsleuten noch zu erwarten wären und verhehlte auch nicht, was Einsames Licht gesagt hatte.

Hier horchte der Kapitän auf: „Wer ist Einsames Licht?"

„Unser Oberpriester, einer unserer Medizinmänner, die draußen im Wald ihren Tempel und ihre Häuser haben. Seine Stimme gilt viel bei uns."
Smith machte ein nachdenkliches Gesicht. Dann versuchte er die Fragen des Mädchens zu beantworten. „Weiser Rabe hat richtig gesehen, in unserem Land gibt es viel mehr Menschen als hier bei euch. So viele, daß nicht alle satt werden und ein Unterkommen finden. Deshalb wollen einige hierherfahren und bei euch wohnen. Hier ist noch Land genug, wo Menschen ein Haus aufschlagen, Bäume fällen, Mais säen und sonstige Arbeit verrichten können. Ich habe doch damals gesagt, daß euer und unser Lagerfeuer eine Flamme bilden sollen." Der Kapitän ergriff mit herzlichem Druck die Hand des Mädchens. „Auch ich habe immer gedacht, daß rote und weiße Menschen in einem Wigwam wohnen könnten. Deshalb habe ich geglaubt, du würdest zu uns ziehen."
Smith wandte die Augen ab. Er konnte den klaren, vertrauenden Blick des Mädchens nicht ertragen. „Ich komme jetzt oft", schloß er hastig. „Siehst du, seit ich von der Ostbai zurückkehrte, bin ich schon zum zweiten Male bei dir."

X

Die glückbringenden Masken der Maisbrüder schliefen längst wieder in einer dunklen Ecke des Hausbodens, denn der traurige Geruch des sterbenden Laubes hing schon in der Luft. Zwischen den Ästen der Pechkiefern und Fichten hüpften die schwarzweißen Schneefinken umher, während die Bären nach einer guten Schlafhöhle für den Winter suchten.

Statt neuer Besuche des Kapitäns liefen in Moco nur neue Klagen ein. Zuerst von den Leuten am Nordfluß, wo die Tassautessus mit ihren Feuerrohren drohten und so eine ganze Bootsladung Mais erpreßten. Dann aus Nandsa, das gegenüber von Paspa landeinwärts lag. Hier steckten die Fremden sogar die Häuser in Brand.

Daraufhin verbot Großer Adler sämtlichen Unterhäuptlingen den Handel mit den Tassautessus. Sie sollten die Vorräte im Wald verstecken und beim Herannahen der Weißen in die Wildnis flüchten. Sternblume versuchte, ihren Vater umzustimmen, aber die Ereignisse gingen über sie hinweg.

Sie zerbrach sich den Kopf darüber, wieweit der Freund an diesen Übergriffen beteiligt war. Die übrigen Hemdenträger taugten gewiß nichts, und Feuerstein hätte besser sein weißes Menschenpaar ungeschaffen gelassen. Aber Kapitän Smith . . .? Ihr Herz weigerte sich einfach, etwas Böses von ihm zu glauben. Wenn sie doch nur mit ihm sprechen könnte!

Aber der Vater verbot ihr jeden Besuch bei den Fremden. Wenn der Kapitän doch nur nach Moco ziehen würde! Doch daran glaubte sie selbst nicht mehr.

Sobald die Dunkelheit in die Ecken der Mattenhäuser kroch, kam Weiser Rabe und hockte sich neben die anderen um das

Feuer. Fast Abend für Abend erzählte er von der fernen Insel. „Die Tassautessus leben in Wohnungen, die aus Holz und Stein sind. Wenn sie reisen, dann klettern sie in kleine Kästen, die unten beweglich sind, denn an den Seiten stecken vier Scheiben wie Teller, die sich immer herumdrehen. Davor laufen große Hirsche ohne Geweihe und ziehen das Häuschen."

Das begriff niemand, und auch Sternblume sollte diese Schilderung eines Wagens mit Pferden erst Jahre später verstehen lernen.

Manche der eigenen Leute hielten Weiser Rabe für einen Lügner. Andere dagegen glaubten seinen Worten, denn es gab ja auch in Paspa Wunderdinge. Einen unauslöschlichen Eindruck machte aber auf alle Zuhörer die unermeßliche Zahl der Bewohner dieser fremden Insel, denn Weiser Rabe wußte nicht, wie er deren ungeheure Menge verdeutlichen sollte. Die Blätter im Walde und die Schwärme der Wandertauben reichten nicht zum Vergleich.

Oft kamen die Häuptlinge entlegener Stämme, dann brannte das Ratsfeuer in der großen Halle, und Einsames Licht erschien mit seinen Priestern und Wahrsagern. Rasseln und Trommeln verscheuchten die Nachtstille, wenn Einsames Licht den Willen Ahones und die Zukunft des roten Volkes erforschte.

Längst hatte Sternblume gemerkt, daß die Priester einen immer größeren Einfluß auf den Oberhäuptling ausübten. Und es schien ihr fast, als ob der Vater ihr fremder würde. Selten verlangte jetzt Großer Adler nach seiner Lieblingstochter. War sie es vielleicht schon gar nicht mehr?

Diese Gedanken quälten das Mädchen, das sich immer einsamer fühlte. Von den Freundinnen sah sie meist nur Kürbisblüte. Schneeflocke zog nach dem letzten Cohonkmond in den Wigwam von Eulenauge. Großer Adler hatte seiner Enkelin ein großes Stück Land gleich hinter dem Tempelberg geschenkt, und dort hatte Eulenauge sein Mattenhaus bereits aufgeschlagen. Auch Klingende Rassel trug sich bereits mit Heiratsgedanken. Nur vor Sternblume lag das Dunkel einer ungewissen Zukunft. Und sie hatte es selbst gewollt.

In solchen Stunden konnte nur Schnupps Bellen das Mädchen aufheitern. Der kleine Spitz sprang solange an seiner Herrin in die Höhe, bis sie mit ihm spielte. Hatten sich beide draußen warm gelaufen und kamen sie atemlos nach Hause, dann warfen sie sich auf die Pritsche, und Sternblume liebkoste ihren Hund. „Ich muß dich mal wieder im Bach baden, dein weißes Fell hat Flecken, und was wird der Kapitän sagen, wenn er dich so schmutzig sieht." So hoffte sie auf ein Wiedersehen, während die Stimmung im Dorf immer bedrohlicher wurde.

Nicht nur die Priester, auch die jungen Krieger kamen, um Weiser Rabe zu sehen. Sie lauschten seinen Worten mit gefesselten Blicken; für sie war er der Mann, der über das große Wasser gefahren war, der bei den Tassautessus gelebt hatte. Weiser Rabe wandelte in einem Strahlenkranz von Geheimnis und Legende. Und vieles Gehörte wurde an den häuslichen Kochfeuern beredet und aufgebauscht. Von Dorf zu Dorf flogen diese Berichte zusammen mit den Weissagungen der Medizinmänner. Doch alle Gerüchte übertraf die Tatsache von dem brennenden Nandsa. Weithin hatte man die Rauchwolken gesehen; sie waren das Signal zum auflohenden Haß gegen die Fremden.

Bevor der Frost einsetzte, ließ der Häuptling etwa eine Stunde aufwärts am Walnußbach eine Anzahl Häuser bauen, die vorerst leer blieben. Als Sternblume ihn danach fragte, antwortete er, er wolle vorsorgen für den Fall, daß auch Moco in Flammen aufginge.

Ein seltsam zerrissenes Gefühl befiel das Mädchen, aber es kümmerte sich eifrig um die Ausrüstung des neuen Wohnplatzes. Ein Vorratshaus wurde angelegt und Brennholz aufgestapelt. In den Wohnhäusern breitete sie Matten und Felle auf die Schlafbänke.

Randeis und Schnee bedeckten schon die Ufer des Pam, als Sternblume die letzte Hand an die Einrichtung legte. Schließlich gab es nichts mehr zu richten. Sie machte sich mit Herzmuschel und Kürbisblüte auf den Weg, um am Nachmittag zu Hause zu sein.

Kurz vor dem Walnußwäldchen hörte sie Stimmen, die sich ihr näherten. Zwischen den Bäumen tauchten Frauen und Kinder auf, beladen mit Hausrat und Vorräten. Sie hasteten in Richtung der neuen Häuser. „Kapitän Smith ist da!" riefen sie angstvoll. Es war das einzige, was Sternblume und Kürbisblüte aus dem wirren Durcheinander der Reden vernahmen.

Was mag nur geschehen sein, dachte die Häuptlingstochter; ich muß den Kapitän sehen und sprechen, dann wird sich alles aufklären. Doch Herzmuschel und Kürbisblüte blieben stehen. „Da kommt ja auch Großer Adler mit seinen Kriegern!"

Das Mädchen war wie betäubt, als der Häuptling ihr befahl, sofort mit ihm nach den neuen Häusern zurückzukehren. Sie wollte fragen, aber ihr Vater schnitt ihr mit einer Handbewegung jedes weitere Wort ab.

Endlich entdeckte sie Weiser Rabe und gesellte sich zu ihm. Von ihm erfuhr sie, daß der Kapitän schon gestern angekommen war. „Dein Vater wies ihm eines von den Häusern außerhalb der Palisade an, schickte ihm Maisbrot und eine Menge Truthähne. Als Smith in das Versammlungshaus kam, beschuldigte er den Häuptling, er löse durch sein Handelsverbot die alte Freundschaft auf. Großer Adler dagegen warf dem

Kapitän den Brand von Nandsa vor. So stritten sie, bis sich der Häuptling zurückzog und eine Anzahl Krieger in die Halle schickte, um Smith gefangenzunehmen."

Der Zuhörerin stockte der Atem. Soweit war es also schon gekommen! Deshalb war ihr Vater so aufgeregt und sprach nicht. Nun konnte sie sich alles erklären. Das heißt, nicht alles.

„Warum fliehen wir denn, wenn Smith gefangengesetzt ist?"

„Die Gefangennahme mißlang. Die Tassautessus gebrauchten ihre Feuerrohre und entwichen in ihr Haus, wo so viele Weiße warteten, daß wir nichts mehr unternehmen konnten."

Sternblume hatte Mühe, ihr Zittern zu verbergen. „Und was soll nun werden?" flüsterte sie mit blassen Lippen.

„Heute nacht werden wir eine Reihe starker Männer mit Lebensmitteln in das Haus der Fremden schicken. Wenn sie sich dann zum Essen niedersetzen und die Waffen ablegen, fallen wir über sie her. Wer sich nicht ergibt, wird erschlagen." Die Augen von Weiser Rabe blitzten vor Aufregung.

Sternblume starrte vor sich hin und versuchte ihre Gedanken zu ordnen. Der Rat des Häuptlings war so in seine Pläne versunken, daß er von der Wirkung seines Berichtes gar nichts bemerkte. Wahrscheinlich hätte er früher überhaupt nicht gesprochen, doch der Aufenthalt bei den Fremden hatte ihn verändert. Er lebte seitdem ja nur in dem Gedanken, die Weißen aus dem Lande zu werfen und redete ständig davon.

Das Mädchen zermarterte sein Gehirn, wie es dem Freunde helfen konnte. Nein, sterben durfte er nicht!

Gegen Abend zog Sternblume Kürbisblüte ins Vertrauen. Die Freundin erschrak fast zu Tode, aber sie riet nicht und bat nicht, sondern meinte nur: „Du mußt wissen, was dein Schutzgeist dazu sagt."

Sie staunte über die Wirkung ihrer Worte. Die Gestalt der

Häuptlingstochter straffte sich, der bittere Zug um Mund und Augen verschwand, eine strahlende Sicherheit verschönte ihr Gesicht, und fast triumphierend kam es aus ihrem Mund. „Ja, das weiß ich, mein Schutzgeist wird mir helfen."

Und dann entwickelte sie der Gefährtin ihren Plan. Sie wollte bei Einbruch der Dunkelheit nach Moco laufen und Smith warnen. „Herzmuschel sage ich, daß ich zu dir ginge, um Schüssel und Würfel zu spielen. Die Männer haben ja soviel zu tun, daß sich um mich bestimmt niemand kümmert."

Die winterliche Dunkelheit kam schnell. Zwischen den Kronen und Stämmen der Bäume spann schon die Nacht ihre schwarzen Fäden, als Sternblume aufbrach. Beklommen sah Kürbisblüte die Freundin davoneilen. Der weiße Ledermantel und die helle Kapuze verschmolzen nach wenigen Schritten mit dem Schnee, und die Dämmerung verschluckte den dahinhuschenden Schatten, noch ehe die Eilige in dem drohenden Schwarz des Waldrandes untertauchte.

Kürbisblüte schaute noch eine Weile über die Lichtung, dann schlüpfte sie in die Hütte und setzte sich wieder zum Feuer. Ihr Herz schlug bis zum Hals, und ihre Hände zitterten so, daß sie die Nadel aus Hirschbein kaum zu führen vermochte.

Inzwischen schritt Sternblume aus, so rasch es die Finsternis und der Weg gestatteten. Sie spürte durch die weichen Mokassins, daß sie den richtigen Pfad am Bach hinunterging, denn die breite, feste Spur, welche die Flüchtenden am Nachmittag hinterlassen hatten, unterschied sich deutlich von der handhohen, überkrusteten Schneedecke.

Die Finsternis umgab die Wandernde mit völliger Lautlosigkeit. Nur ab und zu schlug ein dumpfer Aufprall an ihr Ohr, wenn sich ein Stück Eis von den Ästen löste. Sie atmete auf, als der Wald endete und ein nebliges Wintergrau an seine Stelle trat. Die harte Spur leitete sie auch jetzt. Bald tauchte eine breit hingelagerte Masse aus der Dämmerung: die Palisaden und die Baumkronen von Moco.

Doch Sternblume wandte sich nach Süden, denn in dieser Richtung stand das Gästehaus.

Das Mädchen fand mit der Sicherheit eines Wildtieres den richtigen Weg. Nach wenigen Schritten schon begann sich der Schattenriß des gesuchten Hauses in dem fahlen Grau abzuzeichnen. In der beklemmenden Stille, die nicht einmal ein Vogelschrei unterbrach, vernahm sie Stimmen.

Lautlos glitt Sternblume näher. Das Gespräch brach ab, und wieder lastete das Schweigen der Nacht über der Winterlandschaft. Ihr Herz begann zu klopfen; einer der Sprecher mußte Smith sein. Das tiefe Organ des Kapitäns hatte sich ihrem Ohr so eingeprägt, daß ein Irrtum ausgeschlossen war.

Jetzt hörte sie das leise Knarren, das die Lederschuhe der Tassautessus manchmal von sich gaben, und der Schnee knirschte von näherkommenden Schritten. Sie faßte nach dem Amulett, das sie seit ihrem Traum am Hals trug. Ihre Hand umschloß das Birkenrindentäschchen fest, und ihre Lippen murmelten Gebete an den Schutzgeist.

Jetzt mußte der Mann sie bemerkt haben. Er beschleunigte seinen Gang und rief kurz und barsch: „Wer ist da?“

Das Mädchen rührte sich nicht, es wußte nun, wer der Mann war.

Der Näherkommende begann zu laufen, in seiner rechten Hand schimmerte der Stahllauf einer Pistole. Er öffnete den Mund, aber die Worte blieben ihm im Hals stecken, denn auch er erkannte jetzt, wen er vor sich hatte.

„Sternblume! Sternblume!“ stammelte er und ließ die Waffe sinken. Während der Kapitän, überrascht von dem plötzlichen

Auftauchen des Mädchens, dastand, begann die Häuptlingstochter zu sprechen und setzte die bedenkliche Lage der Besucher auseinander. „Noch heute abend wird eine ganze Reihe Träger bei euch erscheinen mit vielen Körben, in denen fertig gekochtes Essen verpackt ist. Sie werden euch zum Zulangen nötigen. Wenn ihr dann die Feuerrohre weglegt und euch niedersetzt, werden sie über euch herfallen und jeden erschlagen, der sich wehrt. Flieht, solange noch Zeit ist, oder stellt Wachen aus, damit sie euch nicht überrumpeln."

Dem Zuhörer brauste es in den Ohren. Das war ja eine sauber angelegte Falle, in die sie beinahe hineingelaufen wären. Wer hätte von Großer Adler sowas erwartet? Smith griff nach seinem Halstuch, das ihm zu eng wurde, und überlegte, ob er seine Begleiter sofort alarmieren sollte.

Da brachte ihn die Stimme seiner Besucherin wieder zu sich. „Es wird noch so lange dauern, wie die Sonne von Aufgang bis zum halben Mittag braucht. Dann werden sie kommen."

Smith besann sich, wer da vor ihm stand und diese Nachricht brachte. Plötzlich durchfuhr ihn der Gedanke, daß die Warnerin doch eigentlich ihre eigenen Leute verriet. Ein Sturm widerstreitender Gefühle durchwirbelte ihn. Er ahnte, nein er wußte jetzt, daß sie für ihn den weiten nächtlichen Weg machte und für ihn die Anschläge ihres Vaters durchkreuzte.

Sie hatte ihm schon einmal das Leben gerettet. War Dankbarkeit eigentlich genug dafür? Schon längst hatte ihn ja eine innige Zuneigung zu der anmutigen und klugen Häuptlingstochter erfaßt.

Als er nun in die dunklen Augen des Mädchens sah, die deutlicher sprachen als die knappen Worte, da schmolz etwas in ihm. Er wußte, daß er wirklich liebte.

Er legte den Arm um die Schultern der Regungslosen und

flüsterte Worte in seiner Sprache. Einen Augenblick später fühlte er die Hand des Mädchens an seiner Wange. Es war das indianische Liebeszeichen.

„Du wolltest mich nach Moco in deinen Wigwam nehmen. Würdest du auch später mit mir auf meine Insel, in mein Haus kommen?"

„Ja", hauchte Sternblume, „so soll es sein."

Ein lauter Ruf schreckte sie empor: „Kapitän! Kapitän!"

Smith ergriff den Arm der Häuptlingstochter und wollte sie zur Hütte führen. „Du darfst nicht so schnell wieder fort. Wir haben noch soviel Zeit, daß du dich wenigstens aufwärmen kannst", redete er fürsorglich auf sie ein.

„Mein Besuch muß völlig geheim bleiben. Ich möchte auch nicht von deinen Leuten gesehen werden. Wenn mein Vater oder einer der Priester davon erfährt, ist es mein Tod."

Der Kapitän erschrak. Unwillkürlich ließ er den Arm seiner Begleiterin los; Furcht und Bestürzung malten sich auf seinem Gesicht. Dann umarmte er das Mädchen von neuem.

Doch Sternblume riß sich los. Sie legte zum Abschied die Hand an seine Wange. „Ängstige dich nicht um mich; sorge für dich und deine Leute, damit ich nicht umsonst gekommen bin."

Smith streckte die Arme aus, als wollte er die Sprecherin halten, aber sie war ihm schon enteilt. Untergetaucht und verschwunden war ihr flüchtender Schatten in der Winternacht.

Als die Häuptlingstochter das Mattenhaus ihres Bruders betrat, atmete ihre Nichte auf. Sie konnte Sternblume gut verstehen. Auch sie besaß einen Freund und Geliebten, für den sie jedes Opfer bringen würde. Auch sie sorgte sich oft, denn der Mann, dem sie in seinen Wigwam folgen würde, wohnte weit fort von ihr, in Ora, ‚der Wildnis am Teich'.

Kürbisblüte begleitete die Freundin noch zu Herzmuschel, als wäre ihr Schüssel- und Würfelspiel gerade zu Ende gegangen.
Sternblume hatte mit ihrem Wagnis Erfolg: Die Krieger erreichten in dieser Nacht nichts.
Am nächsten Tag hieß es, die Tassautessus seien mit ihrem Wasserhaus wieder abgefahren. So siedelte man gleich wieder nach Moco über.
Aber die Unruhe blieb und hing wie die dunklen Rauchwolken der Kochfeuer über dem Dorf. Die Wahrsager schlugen die Trommeln und prophezeiten Unheil, und bis in die Nacht ertönten ihre Rasseln.

XI

Frischer Pulverschnee war gefallen und puderte die Erde. Großer Adler erhielt von Kapitän Smith auf seinen Wunsch einen Hahn mit einer Henne und mehrere Handwerker, die für ihn arbeiten sollten. Seitdem die Weißen in Moco sich mit Zimmermanns- und Schmiedearbeiten beschäftigten, setzte ein reger Tauschhandel ein; meist nachts, denn der Kapitän durfte nichts davon wissen.

Mit größter Angst bemerkte Sternblume das Auftauchen zahlreicher neuer Waffen, die sich ihre Landsleute auf irgendeine Weise verschafft haben mußten. Überall sah man Messer und Degen, selbst einige der Feuerrohre. Die roten Männer rüsteten zum Krieg gegen die Tassautessus.

Als Smith davon erfuhr, bat er Großer Adler, diese im Schleichhandel erworbenen Waffen zurückzugeben. Wenn die Boten sie nach Jamestown brächten, würden sie dafür Äxte, Kupferkessel und weitere Haustiere erhalten. Aber die Krieger des Häuptlings tobten vor Haß gegen die Fremden: „Wir wollen gegen sie kämpfen! Ho, whe, hau, hau!" Und die weißen Handwerker unterrichteten die Indianer im Gebrauch der Feuerrohre. Sie zeigten ihnen, wie man eine Pistole und ein Gewehr lud, sie zeigten ihnen, wie man das feuchte Schießpulver wieder trocknete.

Aber dann trat ein Ereignis ein, das allen die Lust zu kriegerischem Vorgehen gegen die Weißen nahm. Schon seit dem Unfall von Schneller Stör, dem Feuerregen im Maisfeld, wußten die Priester und Großer Adler, wie gefährlich das schwarze Pulver der Tassautessus war. Doch den Kriegern hatte man die Ursache des Feuerregens damals verschwiegen. Wie sollte man

auch den anderen etwas erklären, worüber man selbst im dunkeln tappte.
Die roten Krieger wußten von den Handwerkern nur, daß zu den Feuerrohren der schwarzkörnige Samen gehörte, den die Fremden in der Nähe des Feuers trockneten, wenn er feucht wurde. Nun mußte wohl jemand die Lederbeutel mit diesem Samen zu nahe an die Flammen gerückt haben. Denn plötzlich gab es einen fürchterlichen Donner. Das Mattenhaus des Unvorsichtigen wirbelte nach allen Seiten auseinander.
Als man die Trümmer aufhob, fand man einen Mann tot und einen zweiten so schwer verwundet, daß er unter schrecklichen Qualen noch in der Nacht starb. Die übrigen Bewohner des Hauses retteten ihr Leben, aber sie trugen noch lange furchtbare Wunden und Narben an ihren Körpern.
Einsames Licht rief seine Priester und Wahrsager zusammen. Sie konnten sich auch diesmal den Zusammenhang von Ursache und Wirkung nicht erklären. Nach nächtelangen Beschwörungen verkündeten sie wieder: „Der Zauber der Weißen ist zu stark."
Ja, man schrieb sogar dem Kapitän übermenschliche Kräfte zu: „Er hat so starke Zauberkraft, daß er auch von Paspa aus diejenigen bestraft, die seine Donnerrohre benutzen."
Selbst der Oberhäuptling lenkte nach diesem Ereignis ein. Sternblume gewann ihn für eine freundlichere Haltung. Zum ersten Mal wieder schickte er eine Last Lebensmittel nach Jamestown, um diesen ‚großen Zauberer' wieder zu versöhnen.
Doch mit seiner früheren Lieblingstochter sprach er fast gar nicht mehr. Das Mädchen tröstete sich. „Wenn die Tulpenbäume wieder blühen und ihre weißen Sträuße aufstecken, dann wird alles besser werden", sagte es zu Herzmuschel.

Als der Monat ‚Knospen bilden sich' anbrach, und die Rotkehlchenschwärme wieder nach Norden flogen, machte sich Sternblume mit Kürbisblüte auf, um die neuen Häuser zu lüften und zu reinigen, denn nach dem langen Winter war diese Arbeit notwendig. Die beiden Mädchen schafften fleißig bis zum Abend und wanderten dann am Möwenbach hinunter wieder dem Dorf zu.

Die Sonne stand schon tief, und die schrägen Strahlen warfen ein goldenes Netz über das winterkahle Geäst, dessen Zweige die ersten grünen Spitzen zeigten. An einem alten, hohlen Überhälter hing ein Specht und hämmerte, daß die Späne flogen.

„Sieh mal", machte Kürbisblüte die Freundin aufmerksam, „die Buntröckchen haben ihn verlassen."

Sternblume sah auf; Kürbisblüte hatte recht, denn sonst stob immer ein Schwarm Meisen hinter dem Rotkopf her und untersuchte die Ritzen und Risse, die der harte Meißelschlag des Spechtes freilegte. Aber nun brauchten sie ihn nicht mehr, in der aufgetauten Borke konnten sie mit ihren weichen Schnäbeln allein herumstochern.

„Ja, bald wird alles grün sein, bald wird alles blühen!" Sternblume stieß einen Jauchzer der Freude aus.

„Nun bist du wieder wie früher", meinte Kürbisblüte.

„Denke dir, der Kapitän will mich mitnehmen auf seine Insel, in seinen Wigwam."

„Wann denn?"

„Das hat er nicht gesagt. Wenn er einmal in sein Dorf zurückkehrt, denn er will hier nicht immer bleiben."

„Auf die fremde Insel will er dich mitnehmen, da, wo Weiser Rabe war?"

„Ja, dorthin. Ich freue mich schon so!"

Vor dem Walnußhain blieben die Freundinnen stehen. Ein wehmütiger, unbeschreiblich klagender Ruf klang aus den Baumkronen. „Die Trauertaube“, flüsterte Kürbisblüte, „um diese Zeit ruft sie.“ Die Mädchen lauschten einen Augenblick, dann beschleunigten sie ihre Schritte, denn die Sonne war untergegangen.

Sie hatten den Rand des Wäldchens fast erreicht, als Kürbisblüte einen leisen Schrei hinter sich hörte. Sie wandte sich um und sah die Freundin stillstehen und mit den Händen an ihrem Hals herumtasten, als ob sie dort etwas suche.

„Was ist denn!“ rief Kürbisblüte.

„Ich habe meine blaue Perle verloren“, schluchzte die Häuptlingstochter. „Bei den neuen Häusern habe ich sie noch gehabt.“

„Wir werden sie schon wieder finden, sie kann ja nur auf dem Wege liegen.“

Eilends liefen die Mädchen ein Stück zurück, aber die Dämmerung breitete sich bereits unter dem Geäst aus. Sternblume geriet in immer größere Aufregung. Erst, als man nichts mehr erkennen konnte, hörte sie auf das Zureden der Freundin: „Wir suchen morgen weiter, es ist schon stockfinster.“

„Morgen wird sicher schon jemand die Perle gefunden haben“, klagte Sternblume mit tonloser Stimme.

Kürbisblüte mußte die Verstörte aus dem Wald herausführen. Als sie zu den Feldern und Gärten kamen, hörten sie von der Palisade her die dumpfen Töne der Hirschhauttrommel herüberdröhnen. Die Mädchen wunderten sich. Jetzt wurde doch kein Fest gefeiert. Da kamen ihnen zwei Frauen entgegen: „Der fremde Häuptling ist mit seinen Leuten gekommen!“

Atemlos kam Sternblume nach Hause. „Wo ist Smith?“ fragte sie Herzmuschel.

„Im Versammlungshaus."

Die Häuptlingstochter ging zur Hintertür hinein und setzte sich neben ihrem Vater nieder. Der Oberhäuptling schien es nicht zu bemerken. Er war sehr aufgeregt und fragte den Kapitän: „Ich sehe euch in großer Zahl in meinem Land und möchte wissen, wann ihr fortgeht."

„Du mußt ein kurzes Gedächtnis haben, Großer Adler, du hast uns doch eingeladen, damit wir uns Mais erhandeln können."

„Mais gebe ich nur gegen Schwerter und Feuerrohre."

„Schwerter und Feuerrohre kann ich nicht entbehren. Du hast doch sonst Kupfer angenommen."

„Du sagst, ich sollte euch Mais gegen Kupfer geben. Aber ich sage dir, Kupfer kann ich nicht essen. Meine Leute haben selbst nicht genug Korn."

„Großer Adler, ich habe dir einen Hahn und eine Henne geschickt, dazu fünf Männer für den Bau deines Hauses, um dir meine Freundschaft zu beweisen."

„Freundschaft vermag ich dir dieses Mal nicht zu erweisen. Ich denke nur an den Brand von Nandsa. Ihr seid in unser Land gekommen, um es zu erobern."

„Wenn wir euer Land erobern wollten, konnten wir es schon vor zwei Wintern mit den großen Donnerrohren der Wasserhäuser in Brand schießen. Wir wollen nur Mais von euch und in Frieden neben euch leben."

„Ich habe drei Generationen meines Volkes überlebt und vermag besser als irgendeiner Krieg und Frieden zu unterscheiden."

„Wir sind eure Freunde, wären wir es nicht, so hätten wir euch längst vernichtet."

„Wenn ihr unsere Freunde seid, so legt die Waffen ab." Bei diesen Worten sah sich der Häuptling um und erblickte

Sternblume. „Ich wünsche nicht, daß du hierbleibst, geh in das Wohnhaus!"
Das Mädchen gehorchte und hörte so nichts von dem Ende der Verhandlung, die noch im Gange war, als die Nachtfinsternis durch das Rauchloch drang.
Am Morgen standen die Gästehäuser leer und verlassen. Eine grenzenlose Enttäuschung überfiel das Mädchen. Nur ein paar Blicke, aber kein Wort, keinen Händedruck hatte sie mit dem Kapitän tauschen können.

Der Sommerwind fuhr schon durch das wogende Meer des zartgrünen Maises, als die Häuptlingstochter eines Tages mit Schnupp aus dem Wald kam. Sie trug das Tier auf dem Arm, denn es war mit der Pfote in eine Falle geraten.
„Jetzt schnell zu Herzmuschel!" tröstete sie ihren kleinen Freund. Das Mütterchen hatte Salbe und Heilsaft. Nur Weidenrute kennt noch mehr Kräuter gegen Wunden, dachte das Mädchen.
Als hätten ihre Gedanken die Frau des Oberpriesters herbeigelockt, tauchte plötzlich die hagere, steife Gestalt der Alten zwischen den Bäumen auf. Das Mädchen verbarg sein Erschrecken. Doch welches Wunder! Weidenrute lächelte freundlich. Sternblume grüßte höflich und ging weiter. Sie traute ihren Augen nicht, als die Frau ihre Schritte beeilte und auf sie zukam.
„Was fehlt denn deinem Hund?" Statt eine Antwort abzuwarten, untersuchte sie das Tier und meinte: „Ganz ungefährlich. Du wirst schon wieder gesund. Aber dein früherer Herr, der ist wieder unter der Erde, da wo er hergekommen ist, ha, ha!"
Sternblume wurde es unheimlich. Was erzählte die Alte?

„Ja, ja, mein Töchterchen, jetzt kannst du immer, immer weiter nach Sonnenuntergang laufen und wirst doch deinen weißen Häuptling nicht einholen können; der ist dir davongelaufen, ha, ha! Die Weißen sind keine Ongwe. Sie sterben genau wie wir, wie die Hirsche, die Bären, die Biber."

„Aus dir spricht ein böser Geist", murmelte das Mädchen verstört, packte Schnupp fester und lief, was es konnte, dem Dorf zu.

Doch was war das! Von allen Seiten strömten die Krieger, die Frauen und die Kinder zusammen. Brennessel verkündete voller Freude: „Ja, so ist es, der Kapitän der Fremden ist tot! Das Feuer hat ihn gefressen!"

Kürbisblüte wollte fragen, woher sie das wüßte. Aber nun redeten alle durcheinander. „Schneller Stör hat es von Paspa mitgebracht, ja, und zwei Tassautessus haben gesehen, wie sie den toten Kapitän auf das Wasserhaus getragen haben."

Sternblume hörte nichts mehr. Sie legte sich auf die Schlafbank. Es drehte sich ihr alles vor Augen, und dann versank sie in einen tiefen Abgrund.

Als sie wieder zu sich kam, saß Kürbisblüte neben ihr. „Ich kann es nicht, aber du, du mußt mit den Tassautessus sprechen und sie fragen, nach allem, hörst du!"

Die Freundin hielt ihr Versprechen. Die Weißen erzählten ihr, der Kapitän hätte sich auf einer Kanufahrt verbrannt und sei ins Wasser gesprungen, um die Flammen zu ersticken. Man habe ihn aus dem Fluß geborgen und nach Jamestown gebracht. Das große Wasserhaus sei mit dem toten Kapitän dann nach der fernen Insel gesegelt.

Das ganze Dorf rüstete zu einer Feier, wie nach einem siegreichen Kriegszug. Auf dem Festplatz brieten die Priester am Rost viele Eichhörnchen und einige Biber, denn Hirsche gab

es jetzt nicht. Auch das Maisbrot war sehr knapp. Eulenauge und Schneller Stör brachten noch einen Korb mit Fischen; sie hatten die Reusen im kleinen Flüßchen geleert.
Inzwischen malten sich alle in den buntesten Freudenfarben an. Nur Sternblume und Kürbisblüte hielten sich von allem fern. Kürbisblüte war es gleich, was die Leute im Dorf redeten, denn bald würde sie ja doch fortziehen. Die Häuptlingstochter empfand die Treue der Nichte als einen großen Trost. Sie holte eine sehr schöne Perlenkette aus ihrem Bastschmuckkasten und legte sie der Freundin um den Hals. „Trage dies immer zum Andenken an mich, wenn du in Ora bist."
Als die Sonne unterging, traten die Freundinnen ins Freie. „Ich kann es nicht mit ansehen, wie sich alle freuen", schluchzte Sternblume.
„Wir sehen mal nach, ob wir schon einige milchige Maiskolben finden", lenkte Kürbisblüte ab.
Als die Mädchen vor der Palisade in den Gartenpfad einbogen, sahen sie einen Mann, der die Felle der Tiere, die man auf dem Festplatz gerade briet, von Fleischresten säuberte. Unwillkürlich blieben die Freundinnen stehen. Da lagen graue, schwarzweiße und einige rotbraune Eichhornfelle; der Mann nahm gerade die kostbaren Biberdecken in Arbeit.
Sternblume schrie auf: „Das ist ja Großmütterchen!"
„Du irrst dich sicher", wollte Kürbisblüte sie beruhigen.
„Nein, nein, gewiß nicht! Sie haben mein Biberschwesterchen getötet! Das waren die Priester, nur sie dürfen dort jagen."
Die Häuptlingstochter nahm dem Mann das Fell aus der Hand. „Ich kenne genau die Zeichnung des Haarpelzes; Großmütterchen hatte das dunkelste Fell weit und breit. Und hier das rechte halbe Ohr, die zwei fehlenden Zähne, die eingerissene Schwimmhaut der Hinterfüße! Oh, oh", stöhnte das Mädchen.

„Es ist heute ein schrecklicher Tag“, sagte Kürbisblüte und schlang ihren Arm um die Freundin, sie sanft fortziehend.
Die Mädchen pflückten einige zarte Kolben und trugen sie in ihren Taschen nach Hause.
Schon lange war der rote Feuerball verschwunden, aber der Westhimmel strahlte noch das rote Licht über die Wolken des Firmamentes. In seinem Schein erblickten sie die Gestalten auf dem runden Tanzplatz. Sie sahen, wie Schneller Stör und Eulenauge wie rasend um das Feuer herumsprangen und den Takt der Trommel begleiteten.

XII

Die Zeit war dahin gegangen. Viele Schiffe hatten neue weiße Siedler ins Land gebracht. Die Gouverneure führten ein strenges Regiment gegen Weiß und Rot. Unter ihrem Druck zogen sich die Indianer in das Innere des Landes zurück. Moco war ein halbverlassenes Dorf. Die Zurückgebliebenen hatten nur wenig Feldfrüchte angebaut und den zweiten Maisschnitt beendet, denn auch sie waren im Aufbruch. Die ungewisse Zukunft bedrückte alle. Ohne Freude führten die Frauen ihren Haushalt.

Die Riesentrauben goldgelber Maiskolben hingen auf den Trockengestellen, und jeden Morgen hörte man das Stampfen der Maismörser. Auf den Feldern gab es jetzt nicht viel Arbeit für die Frauen.

Da machte sich Sternblume auf den Weg, um ihre Nichte Schneeflocke, die Frau Eulenauges, zu besuchen. Der weiße Schnupp trabte schwanzwedelnd neben seiner Herrin her, wie früher. Doch inzwischen waren vier Jahre vergangen, in denen sie Moco nicht oft gesehen hatte.

Es war alles wie sonst, die Kinder klapperten in ihren Häuschen, und die Maisfelder reiften in der Sonne. Aber die Häuptlingstochter schritt wie eine Fremde durch die ihr vertraute Welt. Die Dorffrauen hielten sich von ihr zurück, und der Kreis der ehemaligen Freundinnen war in alle vier Winde zerstoben.

Vor einiger Zeit, im Monat ‚Früchte bilden sich', besuchte Schneeflocke Moco und erzählte der Tante von ihrem Leben in der Priestersiedlung. Sie mußte sehr zurückgezogen leben, aber sonst ging es ihr gut, denn die Wahrsager hatten viel zu tun,

und die Gegengaben für die erfreulichen Prophezeiungen flossen so reichlich, daß Vorratskammern und Speicher sich füllten.
Wollten Leute eine weite Reise durch den Paspabezirk machen, oder wollte ein Mädchen in einen Wigwam nahe dem Wohnplatz der Weißen hineinheiraten, so wurde Eulenauge um Rat gebeten. Manche gingen auch nur aus Neugier hin, und der Priester konnte nicht oft genug wiederholen: „Die Tassautessus hungern, sie sterben in Massen, seitdem ihr Häuptling tot ist."
Sternblume glaubte es auch, denn in diesem Sommer hatte man zur Maiszeit noch keinen Weißen in Moco gesehen. Sie umging die Priestersiedlung, die vor dem Tempel mit dem Haus des Oberpriesters zusammenhing, denn Eulenauges Mattenhaus lag auf der anderen Seite des heiligen Hügels. Sie traf ihre Nichte, die ein Kind erwartete, gesund und munter an. In der großen Häuptlingsfamilie gab es immer Nachrichten auszutauschen. Genau so traurig wie Sternblume war auch Schneeflocke über die Umsiedlung ihrer Schwester nach dem weitentlegenen Ora.
Nur in einem verstand die Nichte ihre Tante nicht. „Warum hältst du dich von allem fern? Ist es wahr, daß Möwe jetzt neben Großer Adler im Versammlungshaus sitzt?"
„Ja, ich gönne Brennessel diese Freude, denn ich mochte die schrecklichen Geschichten, wie man die letzten Weißen zu Tode quälte, nicht mitanhören."
Schneeflocke dankte ihrer Tante, die gerade aufbrechen wollte, für die mitgebrachten Geschenke, als sich die Mattentür hob, und Weidenrute unerwartet erschien.
Zu Sternblume war sie besonders freundlich. „Ich freue mich, Töchterchen, daß ich dich sehe, und hoffe, daß du auch uns bald besuchst."

Das Mädchen murmelte einige ebenso freundliche Worte und schlüpfte durch die Mattentür hinaus ins Freie.

Die Frau des Oberpriesters ging ihr nach. „Ich habe nur den einen Sohn und möchte ihn gern wieder froh sehen", so begann sie von Schneller Stör zu erzählen. „Zweimal ging der Tod an ihm vorüber. Zuerst, als er weißbemalt mit den anderen auserwählten Jungen in das Tal ging, ‚wo man die Knaben schlägt'. Der böse Geist trank damals sein Herzblut nicht und so kehrte er nach langer Priesterausbildung zu mir zurück. Nun ist Schneller Stör ein kräftiger Mann geworden, den selbst der Zauber der Weißen und der Feuerregen nicht töten konnten."

Mit bittendem Ton fuhr die alte Frau fort: „Mein Sohn hat noch keine andere Frau gewählt, er wartet immer noch auf dich."

Die Häuptlingstochter wurde verlegen und wußte nicht, was sie antworten sollte. In diesem Augenblick bellte Schnupp. Das Mädchen drehte sich um und sah, daß Schneller Stör herankam. Schon von weitem rief er: „Mütterchen, du wirst zu Hause verlangt, Vater ruft nach dir und sucht dich."

Während Weidenrute eilig heimwärts schritt, glitt Schneller Stör an die Seite der Häuptlingstochter. Schweigend gingen sie nebeneinander her.

In den Bäumen nisteten schon die Schatten, und die Fledermäuse flogen auf. Das Mädchen ängstigte sich; sie faßte die Gegenwart des Mannes als eine Bedrohung auf und überlegte, ob sie davonlaufen sollte.

Auch Schneller Stör war befangen, doch dann fragte er: „Ich möchte wissen, ob du jetzt, da der weiße Häuptling tot ist, in meinen Wigwam ziehen willst."

„Nein", hauchte das Mädchen.

„Du hast mich doch einmal gewählt."

„Als ich dich wählte, war ich noch ein Kind. Heute bin ich erwachsen, und meine Wege sind nicht deine Wege und meine Gedanken sind nicht deine Gedanken."
Sie wollte fortlaufen, aber der Mann verstellte ihr den Weg, und mit einem schnellen Griff preßte er das Mädchen an sich. Schnupp bellte laut und wütend.
Sternblume kratzte und biß Schneller Stör in den Arm.
„Laß mich los, du wolltest einst meinen Beschützer töten, ich verabscheue dich."
„Du Wildkatze du!" rief er noch, als sich Sternblume seiner Umklammerung entwunden hatte und wie ein gehetztes Wild davonlief. Sie hielt erst inne, als der Wald sich öffnete.
Über den Feldern lag noch ein Lichtschimmer. Sie schaute sich um und sah, wie sich aus dem Walddunkel ein Schatten löste. Da begann sie wieder zu laufen und kam atemlos in ihr Mattenhaus.
„Was ist mit dir, mein Täubchen?" fragte Herzmuschel. Aber sie bekam keine Antwort und sah nur, wie sich ihr Liebling weinend auf die Schlafbank warf.

Der Donner des Gewitters krachte so schnell hintereinander, daß der Erdboden erzitterte. Das Firmament flammte unaufhörlich von einem Ende zum anderen, und der Regen fiel immer dichter. Sternblume saß unter der aufgerollten Mattentür des Wohnhauses und blickte auf den Eßplatz unter den Maulbeerbäumen und dann wieder zum Himmel hinauf. Sie sah wie Herzmuschel Tabak in die Flammen des Kochfeuers streute und hörte sie singen:

„Fern im Lande des Adlers
Tönt das herrliche Rollen
Widerhallenden Donners."

Ein feines Lächeln trat auf das Gesicht der Häuptlingstochter. Ja, auch sie hatte einmal Angst vor Gewitter gehabt. Damals, als Smith noch lebte. Doch jetzt tat ihr der tobende Aufruhr des ersten Sommergewitters gut.

Es war eben alles anders geworden. Eine lange Zeit hatte sie bei den Mutterverwandten, bei ihrem Onkel Braunbär verbracht, fünf Tagereisen nördlich vom Pam. Auch jetzt würde sie hier nicht bleiben, denn sie war nur gekommen, um der Häuptlingsfamilie bei ihrem Umzug zu helfen, denn Großer Adler weilte schon in Ora. Bald würde sie dort Kürbisblüte treffen.

Aber traurig war sie doch, das Dorf ihrer Kindheit so verlassen und verwahrlost wiederzusehen. Von dem großen Versammlungshaus lagen nur noch Mattenreste herum, die aufgemalten Hirsche, Bären, Schlangen und Biber blickten kläglich zu ihr herüber, denn der Regen und der Staub waren dabei, sie völlig auszulöschen. Von einigen Mattenhäusern stand nur noch das Gerippe, und die Gärten und Felder lagen verwildert in Sonne und Regen.

So ähnlich muß es damals im Dorf der Weißen ausgesehen haben, dachte Sternblume. Damals nach dem Hungerjahr, als die letzten Überlebenden Jamestown verließen.

Schneller Stör und Eulenauge hatten noch viele zurückgelassene Gegenstände gefunden, als das große Wasserkanu mit den Weißen den Südfluß hinunter zur großen Bai fuhr. Wie gut, daß Smith es nicht erlebte. Was hatte er nicht alles für sein ‚Jamestown' getan. Sie würde nie den Namen der Stadt vergessen, ihren ersten Besuch dort, und das große Wasserhaus auch nicht.

Doch was war in den drei Jahren geschehen, da sie bei ihrem Onkel weilte? Herzmuschel und die anderen mußten es ihr immer wieder berichten, sie konnte es gar nicht glauben.

Neue Schiffe, neue Tassautessus waren gekommen. Sie räumten die Trümmer fort, sie bauten ein neues Dorf mit einer viel stärkeren Palisade. Aber nicht nur das. Der ganze Paspabezirk war in Gärten und Felder aufgeteilt, und aus den großen, dicken Waldbäumen wurde Holzhaus neben Holzhaus gebaut. Während damals die Leute von Paspa und die Späher aus Moco jeden hungernden Tassautessu, der seine Palisade verließ, um zu jagen oder zu fischen, mit Keulen erschlugen oder mit Pfeilen durchbohrten, so richteten jetzt die Weißen ihre Feuerrohre auf jeden roten Mann, der sich an ihre Häuser heranschlich.

„Mütterchen, du bist doch sicher vom Packen müde", unterbrach Sternblume ihre Gedanken.

„Es sind nicht die Finger, nicht die Hände, auch nicht die Arme und Füße, die müde sind, und dennoch bin ich müde. Zu müde, um diesen Ort zu verlassen, wo meine Eltern und die Eltern meiner Eltern gelebt haben."

„Ja, willst du denn hierbleiben, Mütterchen, wenn niemand von uns mehr da ist? Das geht doch nicht!"

Die Alte ging an Sternblume vorbei ins Freie. Der Himmel glänzte wieder in hellem Blau, als sei nie eine Wolke über ihn hinweggezogen. Herzmuschel legte ihren Kopf auf die noch nasse Erde und preßte ihr Ohr daran. „Ich höre die Äxte der Weißen, wie sie in die Rinde und in das weiße Fleisch der Bäume große Wunden schlagen. Tack, tack, tack, so klingt es."

Sie erhob sich und hockte sich vor die Häuptlingstochter. „In Paspa gibt es nur noch wenige Bäume. Auch bei uns wird der Wald bald keine Ruhe mehr finden, am Pam eilen schon die Tiere fort, und dann muß auch der rote Mann gehen.

Du hast recht, ich kann nicht allein hierbleiben, denn die Tassautessus sind uns auf den Fersen."

Noch vor Sonnenaufgang brachen die Träger am anderen Morgen mit ihren Lasten auf, und die letzten Dorfbewohner, meist Frauen, folgten nach.

„Sind die Priester auch schon fort?“ wollte Sternblume wissen.

„Nein, sie haben Spaten von den weißen Handwerkern genommen, damit graben sie ein tiefes Loch, um den heiligen, durchsichtigen Altarstein dort zu versenken, denn nicht einmal die stärksten Krieger können ihn tragen.“

Auf dem Pam lagen die langen, geräumigen Kanus schon bereit, die letzten roten Familien aus ihrer Heimat fort nach Sonnenuntergang zu führen. Als sie an dem heiligen Hügel vorbeikamen, hielten die Paddler an. Jeder warf eine Opfergabe in den Fluß, laute Gebete klangen hinauf zum heiligen Hügel, und viele mischten ihre Flüche gegen die Weißen dazwischen.

Sternblume sah allem ohne große Teilnahme zu. Die Weißen interessierten sie seit dem Tode des Kapitäns nicht mehr. Und ihre eigenen Leute? Das wußte sie selbst nicht, und oft dachte sie darüber nach.

Nachts schlug man am Ufer ein Mattenhaus auf, und am Morgen paddelten die Männer von neuem. So ging es drei Tage lang. Noch vor den Fällen des Pam beendete man die Kanufahrt. Es war gegen Mittag, und man beschloß, erst am anderen Morgen die Reise durch die Wildnis nach Ora, das nahe an den Quellen des Nordflusses lag, fortzusetzen. Die Paddler waren auch zugleich die Träger der Lasten für den Häuptlingshaushalt. Die einfachen Dorffrauen mußten ihren Hausrat allein schleppen. Sie brauchten alle eine gute Mahlzeit und Ruhe, um für den anderen Tag Kräfte zu sammeln.

Während die Männer jagten und fischten und während Herzmuschel das Essen vorbereitete, paddelte die Häuptlingstochter allein weiter gegen Sonnenuntergang zu. Schon von weitem sah sie die Wassermassen weiß wie Schaum von der Felswand stürzen, und je mehr sie sich den Fällen näherte, um so mehr schwoll das Brausen und Tosen der herunterklatschenden Fluten an.

Dem Mädchen erlahmten die Arme, es konnte nicht mehr weiter gegen den Strom an, dessen Wasser ihm mit immer größerer Wildheit entgegenströmten. An einer freien Uferstelle zog Sternblume ihr Kanu an Land. Sie mußte darin sitzenbleiben, denn die Urwaldwildnis kam dicht an sie heran, ohne Weg, ohne Pfad.

Hier war sie nun an den Sprechenden Wassern, hier konnten die Lebenden mit den Toten reden. Sie streckte sich in dem Kanu aus. Ihr Kopf lag im Schatten der uralten Kiefern, und ihr Blick glitt an den Riesenstämmen empor.

Durch das Nadeldach fielen spitze, schmale Lichter. An das Heck des Kanus plätscherte das Wasser, und es war Sternblume, als höre sie die Stimme des Kapitäns. Sie schloß die Augen, und ihre Lippen bewegten sich und gaben Antwort. So hielt sie lange Zwiesprache mit dem Toten.

Die Sonne stand schon im Untergang, als sie sich erhob und zurückpaddelte. Mochte doch das Essen kalt werden. Sie kümmerte es nicht. Ihr Gesicht verschönte ein glückliches Lächeln.

In Ora gab es ein freudiges Wiedersehen mit Kürbisblüte. Die Freundinnen wanderten viel zusammen, oft nur auf winzigen Pfaden, die Hirsche, Bären und andere Tiere ausgetreten hatten, denn Menschen gab es hier bis jetzt nur wenige. Doch Ora würde nie ein Moco, ein ‚Sitz des Fürsten' werden, stellten die Mädchen fest. Der Ort an den stillen Wassern, wo Großer Adler seine Schätze an Perlen, Muscheln und kostbaren Fellen verborgen hielt, war nicht geeignet für eine größere Siedlung.

Ein paar Gärten ließen sich noch anlegen, aber keine großen Maisfelder, denn ringsumher gab es nur Sumpf und Morast.
Als die Wildgänse in den Cohonkmonaten auf den unzähligen Tümpeln einfielen, da litt niemand Not, denn hier holte ein Pfeilschuß noch mehr Tiere herunter als in Moco. Doch ehe die Bäume Knospen trugen, zogen manche Familien auf Wanderschaft, um ihr Leben zu fristen.
Selbst im Häuptlingshaus war der Mais knapp. Sternblume beschloß, wieder zu ihrem Onkel Braunbär am Patafluß zu reisen. Mit ein paar Trägern und der alten Herzmuschel machte sie sich auf den Weg. Kürbisblüte versprach einen Besuch, als sie sich nach einer halben Tagereise von Sternblume verabschiedete.

XIII

Am Pata erinnerte alles an den Südfluß. Auch Jamestown lag dicht am Ufer wie das Dorf ihrer Verwandten, auch dort begleitete der Wald den Fluß auf beiden Seiten. Flach, ohne jeden Hügel dehnte sich die Bruchlandschaft mit ihren Dickichten und Sümpfen, überragt von einzelnen hohen Kiefern und Laubbäumen.

Sternblume lebte immer noch in der Vergangenheit. Gern saß sie vor dem Mattenhaus des Onkels und blickte über die unendliche Breite des Pata, der sich noch weiter in dem niedrigen Land ausdehnte wie der Südfluß. Wie mochte es jetzt wohl in Jamestown aussehen?

Sie ging in ihre Schlafkoje und holte sich aus ihrer Schachtel den Zinnteller, denn die blaue Perle hatte der Waldboden von Moco damals verschluckt.

Sie betrachtete das Bild der Frau auf dem Zinnteller. ‚Wie nannte Smith sie noch? ‚Lady' sagte er. ‚Ich erinnere mich noch genau. Auch ich hoffte, einmal eine Lady, die Frau eines weißen Häuptlings, zu werden.' Ein Seufzer hob ihre Brust.

Die Verwandten gefielen ihr nicht besonders. Sie benahmen sich manchmal so aufdringlich freundlich, als wollten sie sich bei Großer Adler lieb Kind machen. Der Vater vergalt ihnen ja die Mühe reichlich, und beide, Onkel Braunbär so gut wie seine Frau Wasserschlange, wußten Geschenke zu schätzen.

Plötzlich warf der sonst so träge in der Niederung dahinfließende Pata hohe Wellen und gebärdete sich wie ein wilder Junge. Und dabei war er doch schon ein alter Mann, dessen Leben ein Stück weiter in der großen Bai zu Ende ging.

Jetzt schossen auch gar noch Blitze aus dem gelben Rand einer

schwarzen Wolke, und große Tropfen fielen hernieder. ‚Das erste Frühlingsgewitter', dachte Sternblume und stellte sich in die Tür des Mattenhauses. Sie erinnerte sich an ihren Traum.
Während das Blitzfeuer ihre Augen blendete, sah sie wieder die Himmelsöffnung und darin den Mann mit dem gelben Haar und der glänzenden Jacke, vernahm sie wieder die Stimme: „Hier ist die Grenze, die du nicht überschreiten darfst. Durch diese Tür geht es in das Land nach Sonnenuntergang, in dem die Toten wohnen."
Der Vorhang des Regens hob sich: Die letzten Donner verhallten. Sternblume schaute auf den Fluß. Da lag ja weit draußen im Pata wieder das kleine Wasserhaus der Weißen verankert, das schon einmal den Weg in diesen entlegenen Winkel gefunden hatte.
Der Kapitän hatte auch damals Braunbär besucht, aber was ihr Onkel und der weiße Mann besprachen, kümmerte sie nicht. „Seit Smiths Tod will ich nichts mehr von den Tassautessus wissen", versicherte Sternblume ihrem Onkel immer wieder.
Das Mädchen ging nach nebenan in das Haus ihrer Verwandten zum Essen. Man saß unter dem Dach, um nicht von den tropfenden Bäumen auf dem Eßplatz durchnäßt zu werden. Auf drei Seiten waren die Matten hochgerollt, die kühle, würzige Luft strich durch die Pfosten, und der Ausblick ging frei über den Riesenstrom.
Während Sternblume noch an das Gewitter dachte, nörgelte Wasserschlange mit ihrem Mann, er solle sie doch einmal auf das große Kanu der Fremden mitnehmen. Sie möchte es für ihr Leben gerne von innen sehen. Gestern hatte sie schon davon gesprochen, aber Braunbär wollte nichts davon wissen. „Nein, es geht nicht, ich kann dich als Frau nicht mitnehmen."
Doch heute blieb Wasserschlange hartnäckig. Sie bettelte

unaufhörlich und meinte schließlich, er könnte es doch sicher möglich machen, wenn Sternblume mitginge.

„Nicht wahr, mein Täubchen", überfiel sie das Mädchen, „du tust deiner Tante den Gefallen, damit der dumme Mann endlich nachgibt."

„Aber natürlich", stimmte Sternblume bereitwillig zu, „wenn dir so viel an dem Besuch liegt und dein Mann einverstanden ist, gehe ich gern mit."

Ihr war ganz entgangen, daß Onkel und Tante verstohlene Blicke miteinander wechselten. Sie wunderte sich nur über das rasche Einverständnis des Häuptlings. So beschloß man, morgen vormittag das Wasserhaus zu besichtigen.

Sie mußten ein Kanu benutzen, denn das Fahrzeug der Fremden ankerte im tiefen Wasser. Sternblume dachte an ihren ersten Besuch des Riesenkanus, im Dorfe der Weißen. Wie hatte sie es damals bestaunt! Auch hier erhob sich auf dem Hinterdeck ein Aufbau, und viele Seile verbanden die Seitenwände mit der Spitze des Mastbaumes, um dessen Querstange das Segeltuch gewickelt war.

Es gab dem Mädchen einen Stoß, als sie in die Kammer des rückwärtigen Hauses trat und dieselben getäfelten Wände, den gleichen gedeckten Tisch wie damals in Jamestown erblickte.

Während des Essens, das der Kapitän den Gästen gab, hing Sternblume ihren Gedanken nach. Auf einmal erhielt sie unter dem Tisch einen Puff. Verwundert blickte sie auf und bemerkte, daß Braunbär verlegen auf seinen Teller starrte. Sonderbar, was fiel dem denn ein, sie zu treten?

Nachdem abgeräumt war, führte sie einer von den Weißen im Schiff herum und zeigte ihr und Wasserschlange alle Räume. Als sie nach dem Rundgang wieder in die Kajüte traten, kam der Kapitän auf die Häuptlingstochter zu.

„Du mußt auf dem Schiff bleiben", sagte er. „Ich werde dich mit nach Jamestown nehmen, und du sollst uns helfen, einen dauerhaften Frieden zwischen deinem Vater und uns herzustellen."

Braunbär und Wasserschlange brachen bei dieser Ankündigung des Kapitäns in lautes Heulen und Jammern aus. Sternblume wandte sich blitzschnell um. Aber sie konnte nicht mehr entfliehen, der Weg war von Büchsenträgern verstellt.

Ihre Augen verschleierten sich. Schluchzend bat sie darum, ihr wenigstens die alte Herzmuschel zu lassen. Der Kapitän und ihre Verwandten überstürzten sich vor Beteuerungen, daß Herzmuschel sofort an Bord käme.

Fluchtartig räumten Braunbär und Wasserschlange die Kajüte. Ihr Geheul verstummte ebenso schnell wie es begonnen hatte. Der weiße Mann zeigte der Gefangenen eine kleine Stube und wollte sie in ein Gespräch ziehen, aber sie antwortete nicht.

Herzmuschel kam am Abend mit dem Gepäck und jammerte nach Art alter Frauen, aber Sternblume schloß das Mütterchen in die Arme und verbot ihr das Klagen. Die Getreue bestätigte den Verdacht des Mädchens. „Es ist natürlich abgekartetes Spiel gewesen; Braunbär hat einen Kupferkessel dafür erhalten, daß er dich auf das Wasserhaus lockte. Ich habe es ihm auf den Kopf zugesagt, und er konnte es nicht abstreiten."

Ein ungewohntes Getrampel und Gerassel weckte Sternblume am nächsten Tag. Sie spürte, wie ihre kleine Stube leise hin- und herschwankte, und hörte die Wellen an die Planken klatschen.

Als sie hinaussah, trieb das Fahrzeug schon auf der Mitte des Stromes nach Sonnenaufgang zu. Der Wind blähte knatternd das Segel, und die Möwen tummelten sich kreischend in dem Kielwasser, dessen weißer Schaum auf den Wellen schaukelte.

Als das Schiff an dem Bollwerk von Jamestown festmachte, überkam Sternblume großes Staunen. Die Palisade umschloß jetzt einen weiten Raum mit ungefähr sechzig Bauten, meist stattliche Häuser mit spitz zulaufenden Dächern. Aber die Häuptlingstochter tat so, als sähe sie das gar nicht; die Weißen sollten ihre Verwunderung nicht merken.

Sie gab auch dem Gouverneur, der sie zu ihrer Unterkunft begleitete, nur kurze Antworten und atmete erst auf, als die Tür hinter ihr zufiel, denn nun war sie mit Herzmuschel allein.

Die unbequemen Stühle, auf denen sie nicht sitzen mochte, trug Herzmuschel in eine Seitenkammer. Aus dem Gepäck holte sie Matten und Lederkissen und gab auf diese Weise dem Zimmer ein vertrautes, heimatliches Aussehen.

Das Mütterchen begann in der Küche zu wirtschaften, entfachte auf dem Herd ein prasselndes Feuer und sah mit Erstaunen, daß der Rauch durch die Wand abzog, ohne sie zu belästigen.

Zum ersten Mal entlockte ihr eine Einrichtung der Tassautessus ein widerwilliges Lob. Denn in den rauchigen Mattenhäusern, denen eine Öffnung im Dach als Schornstein diente, wurde man leicht geschwärzt. Und wie hatte der Rauch der Kochfeuer ihre altersschwachen Augen gerötet.

Den Wasserkessel, der an einem Haken über der Herdstelle schwankte, nahm sie ab. Sie stellte nach ihrer lebenslangen Gewohnheit die Töpfe in die Flammen und schichtete das Holz ringsherum auf. Auch die Fenster gefielen ihr. Man brauchte nur die Holzläden aufzustoßen, und schon drang das Licht bis in den letzten Winkel. Es war doch nicht alles schlecht, was die Fremden besaßen.

Die beiden Frauen hielten sich völlig zurück; sie verließen ihre Wohnungen erst dann, wenn die Männer zur Arbeit gegangen waren und verzichteten auf jeden Spaziergang in der

Nähe der Palisade, als sie merkten, daß ihnen ein Wächter folgte.

Es wäre ein einsamer Sommer für die Gefangenen geworden, wenn sich nicht die weißen Frauen ihrer angenommen und ihnen manche neuen Dinge und Handgriffe gezeigt hätten.

Vor allem eine junge Engländerin, Anna Burras, kümmerte sich wie eine Schwester um die Häuptlingstochter. Sie unterhielt sich mit ihr, so gut es eben ging, und empfand die Enge einer solchen Absperrung, in der die beiden Indianerinnen leben mußten, um so mehr, da sie selbst sehr fröhlich war.

Sternblume freute sich jedes Mal, wenn Annas langer Rock vor der Tür rauschte und ihr lustiges Gesicht am Fenster auftauchte mit der Frage: „Darf ich hereinkommen?“ Die neue Freundin konnte so ausgelassen lachen, daß es unwillkürlich ansteckte. Allmählich gewann auch die Häuptlingstochter ein wenig von ihrer alten Fröhlichkeit zurück.

Einmal kam Anna in das Zimmer, als Sternblume Rad schlug. Die Engländerin klatschte vor Vergnügen in die Hände und rief immer wieder: „So gut habe ich es noch in keinem Zirkus gesehen.“ Und sie versuchte, der Häuptlingstochter ihre Worte zu erklären, aber damit wurde es nichts. Zu schade, daß sie von der Indianersprache kaum ein Wort verstand und jedes Gespräch eine Geduldsprobe wurde.

Aber Sternblume begriff doch, daß ihr Radschlagen die Freundin erheiterte. Und als Anna eines Tages sehr traurig war und Tränen in den Augen hatte, begann die Häuptlingstochter die drolligsten Sprünge, die jedes Mal mit Radschlagen endeten, bis Anna unter Tränen lachen mußte.

Aber außer Anna hatte noch jemand draußen vor dem Fenster zugeschaut. Ein Mann, der von nun an häufiger an diesem Fenster vorbeiging.

XIV

Die frische Gewitterluft nach einem drückend heißen Tag lockte Sternblume eines Abends mit Gewalt hinaus ins Freie. Sie bemühte sich, die Wache zu vergessen, und ging mit Herzmuschel ein Stück am Flußufer entlang.

Die Sonne versank in einem gelbgetönten Wolkenmeer, auf dem türkisfarbene Streifen mit goldenen Rändern schwammen. Am Südhimmel lagerten hochgetürmte Wolkenballen, die das Gewitter zurückgelassen hatte; sie begannen in den Farben der reifen Kürbisse und Persimonpflaumen zu glühen.

Sternblume blieb stehen und betrachtete das himmlische Farbenwunder. Als sie Herzmuschel nachschritt, erschrak sie heftig. Aus dem Gelb des Sonnenunterganges leuchtete ihr eine glänzende Jacke entgegen: Ein Mann kam auf sie zu. Sie nahm sich zusammen und lächelte trübe, denn es war nicht Smith. Der Mann war größer.

Jetzt erkannte sie ihn auch, denn sie sah ihn oft an ihrem Fenster vorbeigehen. Das Haar, das ihm ein wenig in die Stirn fiel, zeigte die vertraute gelbe Farbe, aber die Augen waren nicht blau, sondern braun.

Der Mann blieb stehen und erkundigte sich nach ihrem Ergehen. Dann bot er der Häuptlingstochter seine Begleitung an. Das Mädchen nickte. Daraufhin schickte er den Posten fort. Der Weiße sprach einige Worte in ihrer Sprache, und Sternblume überwand ihre Benommenheit. Der Fremde fand sich ja mit dem Indianerdialekt leidlich zurecht; wenn sie nur erst so viele englische Worte gelernt hätte, um sich mit Anna besser verständigen zu können. Sie klagte ihren Kummer und erzählte von den Schwierigkeiten, die ihr die fremden Worte machten.

„Dem ist doch abzuhelfen, es muß dir nur jemand die nötigen Worte aufschreiben und ihre Bedeutung erklären. Wenn es dir recht ist, so male ich die Dinge und ihren Namen auf, damit du sie leichter behältst."

Freudig nahm Sternblume den Vorschlag an. Sie faßte Zutrauen zu dem weißen Häuptling und begann von ihren persönlichen Nöten zu sprechen. „Seit vielen Tagen und Monden bin ich nun schon hier und höre nichts von meinem Vater Großer Adler. Er muß doch längst von meiner Gefangenschaft wissen, aber niemand kümmert sich um mich."

„Gleich nach deiner Ankunft ist eine Botschaft an den Häuptling abgegangen, aber er hat bis jetzt nicht geantwortet."

Das Mädchen lächelte traurig und grübelte darüber nach, warum ihr Vater so lange schwieg.

„Wir wissen selbst nicht, warum dein Vater nicht antwortet." Als der Mann das betroffene Gesicht des Mädchens sah, fuhr er fort: „Aber er wird dich bestimmt nicht vergessen." Vor der Tür ihrer Wohnung verabschiedete er sich und versprach, die Häuptlingstochter morgen zu besuchen.

Doch der folgende Tag brachte so viele neue Dinge, daß aus dem Besuch nichts wurde. Eine Abordnung von sieben roten Männern erschien und verhandelte lange mit dem Gouverneur. Dann suchten sie die Häuptlingstochter auf, und Sternblume erfuhr zu ihrer Bestürzung, daß die Engländer als Lösegeld die Rückgabe aller unrechtmäßig erworbenen Waffen und Werkzeuge verlangten.

„Wir haben nun heute", erzählten die Boten, „zwölf der Feuergewehre gebracht, aber es ist nicht genug. Wir müssen ohne dich zurückkehren und erst die Meinung des Oberhäuptlings erfahren."

Das Mädchen verhehlte sich seine böse Lage nicht. Abgesehen

von der Unmöglichkeit, alle im Lande verstreuten Geräte der Fremden herbeizuschaffen, würde sich der Vater wohl kaum von den wertvollen eisernen Dingen trennen, die in den Dörfern das Steingerät mehr und mehr verdrängten. In jedem Fall würde der Aufenthalt in Jamestown noch lange dauern.

In dieser Bedrängnis bedeutete es für sie eine Erleichterung, daß ihr neuer Freund Wort hielt und sie wirklich aufsuchte. Er hieß John Rolfe und war ein verarmter Edelmann, der für sich allein wohnte, denn seine junge Frau war vor zwei Jahren gestorben. Stets brachte er einige weiße Blättchen mit und einen hölzernen Stift, der schwarze Striche machte.

Bei seinem Unterricht ging Rolfe so vor, daß er zunächst den Gegenstand aufzeichnete und dann das englische Wort dafür nannte. Er begann mit den bekannten Dingen wie Fische, Pflanzen, Bäume, Hirsche, ging dann zur Kleidung über und schließlich zu den Werkzeugen und Hausgeräten.

So erfuhr Sternblume die englischen Namen für Tisch, Stuhl, Tür, Fenster, Kiste, Truhe, Kienspan und Löffel. Und da sie täglich mit diesen Dingen umging, so behielt sie die Worte sofort. John Rolfe wunderte sich über das Sprachtalent seiner Schülerin, die sehr schnelle Fortschritte machte und von der er zugleich die indianische Sprache lernte.

Es wurde allmählich ein regelrechter Austausch, der beiden Partnern viel Freude bereitete, denn dem Engländer lag daran, sich in Virginien mit den Eingeborenen verständigen zu können.

Aber dazwischen erzählte Rolfe von seinem Land. Es waren Erzählungen, die Sternblume an die Berichte von Weiser Rabe erinnerten und die von unbegreiflichen Wörtern wimmelten.

Eines Abends trug der eifrige Lehrer einen dicken Stapel von Blättern unter dem Arm. Sie waren alle an der Rückseite untereinander befestigt, so daß man sie hin- und herdrehen konnte. Jedes Blatt war völlig bedeckt mit schwarzen Zeichen.

Rolfe behauptete, diese Zeichen könnten sprechen, worüber die Häuptlingstochter laut lachte, denn wie sollte sie sich das erklären. Auf manchen Seiten waren große oder kleine Bilder zwischen den schwarzen Zeichen. Darüber war das Mädchen so entzückt, daß es vor Freude in die Hände klatschte. Es kam Sternblume jetzt nur noch auf die Bilder an, die zwischen dem kleinen, schwarzen Gekräusel standen. Da sah man das fremde Land mit Menschen, Tieren, Bäumen und Dörfern, zwar ganz winzig, aber doch genau zu erkennen. Von den Siedlungen erblickte man nur die spitzen Dächer und eine Masse dünner und hoher Häuser, die Rolfe ‚Türme' nannte. Ringsherum zog sich eine Palisade, in der ebenfalls eine Menge von diesen Türmen stand und von der Rolfe behauptete, sie wären ganz aus Stein gebaut.

„Aus Steinen?" fragte Sternblume, „die müssen ja gleich zusammenfallen."

„Nein", erklärte ihr Bekannter, „die Steine sind glatt und viereckig gehauen, und außerdem kleben wir Lehm dazwischen, damit sie zusammenhalten."

Aber das konnte die Häuptlingstochter sofort widerlegen. Sie blätterte und fand auch das Bild, das sie suchte. Da standen viele Leute mit großen Röhren am Mund, und vor ihnen stürzte die ganze Palisade zusammen. Von dem Turm purzelten die Steine nur so übereinander.

„Da siehst du, daß es nicht hält", sagte sie triumphierend.

„Ja, aber nur in diesem Fall, weil Ahone die Wand zusammenbrechen ließ."

„Und warum hat Ahone die Palisade umgeworfen?"

„Es wohnten schlechte Menschen in dem Dorf."

„Was, ein ganzes Dorf, in dem es nur schlechte Leute gibt?"
Sternblume schwieg und dachte an die Sage von dem bösen Feuerstein, der die Weißen schuf. Aber es gab doch auch gute Menschen unter ihnen. Rolfe war gut, das fühlte sie.
Der Mann wußte nicht, warum die Häuptlingstochter ihn auf einmal ansah. Er wurde rot, klappte die Bilderbibel mit der Eroberung Jerichos zu und hielt beim Abschied ihre Hand lange in der seinen.
Der Monat ‚Früchte bilden sich' ging vorüber, ohne daß Sternblume irgendeine Nachricht aus Ora erhielt. Und wie sehnte sie sich nach der Freiheit! Gewiß konnte sie hier in Jamestown spazierengehen; es gab auch noch einige Bäume am Flußufer. Aber hier mußte sie sich als Häuptlingstochter stets würdevoll benehmen.
Und dabei hatte sie so großes Verlangen, einmal ganz allein in den Wald zu gehen und, wenn sie Lust dazu verspürte, auf einen hohen Baum zu klettern und von dort über das weite Land zu schauen.
Hier gab es keinen Pfad, auf dem man die Spuren der Waschbären, der Luchse und Wildkatzen lesen konnte. Keine Eichhörnchen keckerten, keine Truthähne kollerten, und abends hörte man nicht das Bellen der Ochsenfrösche.
Nur die Axthiebe der Baumfäller, das Sägen der Zimmerleute und das Hämmern der Schmiede waren die Töne, an die ihr Ohr sich gewöhnen mußte. Wie geräuschvoll ging es doch bei den Weißen zu. Und es waren keine menschlichen Stimmen, es waren schreckliche, unnatürliche Töne, die da unaufhörlich auf sie eindrangen. Eine neue Welt, eine künstlich geschaffene Welt, umgab sie seit Monden.
Die Zeit der ‚Reife' und die Zeit des ‚Blätterfalls' gingen vorüber, und immer noch kam keine Nachricht von ihrem Vater.

Die Tassautessus rackerten sich ab und arbeiteten den ganzen Tag über, auch Rolfe kam meist nur abends eine oder zwei Stunden, um mit ihr zu lernen. Es entging ihm nicht, daß der Gefangenen, die ein freies Leben draußen in der Natur gewöhnt war, der Aufenthalt zwischen den Häusern und in ihrer engen Wohnung schwerfiel.

„Ich habe mich für ein paar Tage freigemacht und werde mir vom Gouverneur die Erlaubnis ausbitten, dich einmal mit nach draußen zu nehmen", verkündete der Besucher eines Abends.

Sternblume freute sich wie ein Kind. „Und dann werde ich dir vieles zeigen, das du nicht kennst."

„Wirst du mir aber auch nicht davonlaufen, wenn du aus der Palisade heraus bist?"

„Das kann ich nicht versprechen."

„Dann können wir nicht zusammen gehen."

„Warum nicht?"

„Weil der Gouverneur dann mich gefangensetzt."

„Das darf er nicht. Dann verspreche ich dir, bei dir zu bleiben."

„Für immer?" fragte Rolfe lachend.

Sternblume lachte auch und schwieg.

Ein wundervoller Tag brach an. Bei Sonnenschein und herber Luft, wie sie das sterbende Laub verströmt, gingen Rolfe und die Gefangene zum Tor von Jamestown. Als sie die große Holztür durchschritten, folgte ihnen noch ein Büchsenträger. Aber der Mann blieb in solchem Abstand hinter ihnen, daß er nichts von ihren Gesprächen vernahm.

Vor dem Holzwall der Palisade hatte der Wind einen bunten Teppich von Herbstlaub zusammengefegt, und es schien, als lägen die gefällten Baumriesen auf einer goldgelben und purpurnen Decke. „Ach die schönen, dicken Stämme", seufzte das Mädchen. „Liebt ihr die Bäume nicht, daß ihr sie alle fällt?"

„Doch“, kam es unsicher von Rolfes Lippen, „wir brauchen das Holz und wir brauchen das Land, um Mais darauf zu säen.“
„Der Mais wächst auch in unseren Gärten und Feldern, aber wir lassen nur wenige Bäume sterben, denn der Wald mit seinen Tieren gehört zu uns, wie wir zu ihm.“
Jetzt begegnete ihnen eine Menge Tiere, die Sternblume noch nie gesehen hatte. Ein Schiff aus England war in der Nacht angelaufen, und nun lud man die tote und lebende Fracht aus.
„Die Schafe, Schweine und Hühner sind für die Siedler hier draußen bestimmt; wir werden mal mitgehen um zu sehen, wer sie bekommt“, schlug Rolfe vor.
Die Häuptlingstochter war begeistert. Sie schritt neben den Schafen her, griff ihnen in die Wolle und lachte hell auf, wenn die Böckchen ihre Sprünge vollführten.
Die Siedler liefen herzu, und die Tiere wurden verteilt. Der Viehtreiber schnitt den Schafen ein Stück Wolle aus dem Fell, und jedes Tier wurde an dieser Stelle mit einem Zeichen versehen.
„Siehst du, nun kann keine Verwechslung mehr vorkommen, jeder Besitzer kennt seine Schafe sofort aus der Herde heraus“, wollte Rolfe seine Begleiterin belehren. Doch der war es nichts Neues.
„Großer Adler hat alle seine Leute so gezeichnet, da sieht er gleich, zu welchem Stamm und Unterhäuptling sie gehören.“
„Die Menschen erhalten bei uns keine Eigentumsmarken.“
„Deshalb könnt ihr auch euer Land verlassen, wenn es euch nicht mehr gefällt. Bei uns darf das niemand.“
„Du siehst ja, deiner Freundin Anna Burras gefiel es auch nicht mehr in ihrer Heimat, und deshalb ist sie nach hier gekommen.“

„Ja, nach dem Tod ihrer Mutter heiratete ihr Vater wieder. Anna hatte es sehr schlecht bei der Stiefmutter, und deshalb ging sie fort. Jetzt lerne ich bei ihr nähen."
„Macht es dir Freude?"
„O ja, es geht mit euren Nadeln ja viel schneller; und das Garn hat sie mir geschenkt." Sternblume zog eine Rolle aus ihrer Tasche und zeigte sie ihrem Begleiter.
„Na, ich bin gespannt, was du dir nähen wirst."
„Bald werde ich es dir zeigen."
Auf ihrem Rückweg kamen die beiden Wanderer an den neuerbauten Blockhäusern mit ihren Viehställen, Gärten und Feldern vorbei. Die Männer gruben die Stoppeln um und säten Winterkorn.
Die Häuptlingstochter staunte: „Smith sagte immer, es seien so viele Faulpelze unter euren Leuten, und ich sehe eure Männer immer beschäftigt."
„Ja, unsere Siedler sind fleißig geworden, seitdem der Gouverneur jedem sein eigenes Stück Land gab. Dort fängt mein Eigentum an; ich habe schon den ersten Tabak geerntet."
„Was willst du denn mit so viel Tabak?"
„Den verkaufe ich nach England."
Das konnte sich Sternblume nicht vorstellen. Sie begann von neuem: „Ich denke, du bist ein Häuptling und ein Herrscher genau so wie früher Kapitän Smith, und du fährst überall herum und erlebst Abenteuer."
„Nein, ich bin hier nicht Präsident der Kolonie, wie Smith es war." Rolfe lachte. „Natürlich fahre ich auch mit dem Wasserhaus mal in die alte Heimat, aber ich kehre dann immer wieder nach hier zurück."
Er glaubte damit die Häuptlingstochter zu erfreuen, aber das Gegenteil war der Fall. Sternblume wurde still. Der Beruf

eines Mannes, der die Felder bestellte, gefiel ihr nicht. Solche Arbeit verrichteten doch nur die Frauen. Smith war ein richtiger Häuptling gewesen, wenn auch nicht ganz so streng und grausam wie ihr Vater. Jedenfalls wußte sie, daß er ein mächtiger Herrscher war, denn die Zimmerleute in Moco sprachen mit großer Ehrfurcht, ja sogar Angst von ihm. Nein, Rolfe war kein richtiger Häuptling. Diese Gedanken verfolgten sie bis in den Schlaf.

XV

Als die Wildgänse wiederkamen und Jamestown überflogen, schickte Sternblume sehnsüchtige Blicke zu ihnen hinauf. Ihr ‚Cohonk, Cohonk' zeigte das Ende des alten Jahres an. Es sah nicht so aus, als ob das neue besser würde. „Großer Adler hat mich ganz vergessen", klagte das Mädchen.

Doch Herzmuschel beunruhigte dieses Schweigen nicht, denn es paßte völlig zu dem Bild, das ihr von der Zukunft der Häuptlingstochter vorschwebte. Seit der Gefangenschaft grübelte sie über das Traumfasten ihres Schützlings nach.

Damals, als ihr Töchterchen den weißen Häuptling rettete, entfuhr ihr halb ärgerlich die Frage: „Was hast du nur mit dem Fremden?" Und Sternblume antwortete: „Der gute Geist hat ihn mir gezeigt." Die erfahrene Alte wußte sogleich, daß ihr Liebling in seinem Traumfasten einen Tassautessu gesehen hatte, und sie geriet in tiefe Verwirrung. Denn nach indianischem Glauben erblickt ein Mädchen in seinem Jugendtraum meist seinen zukünftigen Mann.

Nach dem Tod des Kapitäns war dieser Gedanke allmählich in Vergessenheit geraten, aber jetzt beschäftigte er sie wieder Tag und Nacht. Sie sah, wie es weder ihrem Töchterchen noch dem täglichen Besucher nur um die fremden Worte ging. Sie spürte, daß die Traumerscheinung nach Verwirklichung drängte.

Als sie eines Nachmittags in der Küche Maiskolben entkörnten, sagte Herzmuschel geradezu: „Der weiße Häuptling kommt oft. Dein Traum wird doch noch in Erfüllung gehen."

Sternblume verstand sofort und wurde rot. Sie beugte sich über den Korb und arbeitete weiter. In ihrer Antwort übersprang

sie die nächsten Gedanken. „Glaubst du, daß Großer Adler einverstanden sein wird?"
„Für Ahones Entschluß gibt es kein Hindernis", versetzte die Alte ruhig. „Warte nur geduldig, einmal wird auch dein Vater aus seinem Winterlager kriechen und sich seiner Tochter entsinnen."
Sie lächelten beide. Für das Mädchen beseitigte die Selbstverständlichkeit des Mütterchens die letzten Zweifel.
Der Schnee begann schon zu schmelzen, als eines Tages lautes Gebell vor der Haustür erschallte. Dunkler Hirsch stand vor der Schwester, und Schnupp sprang ohne Unterlaß an seiner wiedergefundenen Herrin in die Höhe.
Sternblume geriet in einen Glückstaumel und wußte gar nicht, was sie dem Bruder Liebes tun sollte. Man hatte sie also doch nicht vergessen! Und Dunkler Hirsch brachte sogar Schnupp mit, um ihr einen Gefährten in der Abgeschlossenheit zu geben.
„Wir haben Sorge um dich, weil wir hörten, daß es dir nicht gut ginge. Der Vater hat mich deswegen beauftragt, dich aufzusuchen und festzustellen, ob es wirklich so ist", erläuterte Dunkler Hirsch sein Erscheinen.
„Nein", wehrte die Schwester ab, „es geht mir gut und ich entbehre nichts, nur darf ich aus der Palisade nicht heraus."
Des Bruders Miene erhellte sich. „Ich werde alles tun, um zwischen Großer Adler und den Weißen die alte Freundschaft wiederherzustellen."
Dann mußte der Bruder tausend Fragen beantworten. Nach den Freundinnen, nach den Bekannten, ja selbst nach Weiser Rabe erkundigte sich das Mädchen.
Dunkler Hirsch erzählte von Klingende Rassel, Kleine Bohne, Möwe und seinen Töchtern Schneeflocke und Kürbisblüte. Als Sternblume alles von ihren heimatlichen Gefährtinnen und

Verwandten wußte, berichtete sie von ihrem Leben in Jamestown und seinen vielen Wunderdingen. „Denke dir, jetzt ziehen auch hier Hirsche ohne Geweih einen rollenden Schlitten.“

Die Schilderung ihres neuen Freundes konnte sie sich ersparen, weil Rolfe selbst eintrat. Ihn überraschte dieser unerwartete Besuch. Er hatte noch nie einen so nahen Verwandten der Häuptlingstochter vor sich gesehen; sodann befürchtete er eine günstige Nachricht von Großer Adler, denn ihm bangte vor dem Tage, an dem Sternblume Jamestown verlassen würde.

Rolfe atmete auf, als Dunkler Hirsch den Zweck seines Besuches darlegte. Nur mit halbem Herzen stimmte er zu, als der Bruder noch einmal versprach, den Häuptling zu einer baldigen Regelung der schwebenden Streitfälle zu veranlassen.

Nach der Abreise des Häuptlingssohnes stellte der Gouverneur eine Gesandtschaft zusammen, die mit Großer Adler unmittelbar verhandeln sollte. Rolfe wußte es durchzusetzen, daß er selbst zum Leiter der Abordnung ernannt wurde. Ihm lag daran, mit dem Vater des geliebten Mädchens Fühlung aufzunehmen.

Doch diese Hoffnung schlug gänzlich fehl. Der Häuptling ließ sich nicht blicken. Statt seiner führte Elchbruder die Verhandlungen. Die Besprechungen zogen sich so lange hin, bis die dringende Arbeit der Maisaussaat ihnen ein Ende machte. Rolfe kehrte nach Jamestown zurück, ohne den Oberhäuptling auch nur einmal gesehen zu haben.

Der Mißerfolg dieser Reise bedrückte den Engländer. Im geheimen hatte er gehofft, mit Großer Adler über seine Tochter reden zu können. Von dem Inhalt eines solchen Gesprächs vermochte er sich keine Vorstellung zu machen, denn er kannte die indianischen Verlobungs- und Hochzeitssitten nicht.

Auf der Heimfahrt zwischen den frühlingsgrünen Ufern des Nordflusses grübelte und überlegte er. Wenn Sternblume ihn auch gerne mochte, so war zwischen Freundschaft und Liebe ein weites Feld. Mit keinem Wort hatte sie bisher die Gefühle angedeutet, auf die er hoffte. Aber dann kam ihm wieder in den Sinn, daß sie ja als Kind eines anderen Volkes in anderen Sitten aufgewachsen war, von denen er wieder nichts wußte.

Niedergeschlagen betrat er sein Haus und raffte sich erst nach langem Brüten auf, die Freundin von der Ergebnislosigkeit seiner Fahrt zu unterrichten.

Als Rolfe ihr Zimmer betrat, fand er eine Engländerin vor. „Sind Sie es, Fräulein Burras?“ fragte er in die halbdunkle Stube hinein.

Die Angesprochene gab keine Antwort. Sie machte einen Schritt zum Fenster und stieß die Läden auf. Das hereinströmende Licht vertrieb plötzlich die Dämmerung.

Rolfe erstarrte und brachte kein Wort hervor. Es war Sternblume! Die Häuptlingstochter ganz in englischer Tracht. Das hochgeschlossene Leibchen mit den langen Ärmeln war in den Schultern etwas aufgepufft, der weite Rock aus grauem Tuch fiel fast bis zum Boden herab und bedeckte die Schuhe. Ihr Gesicht leuchtete in tiefem Rotbraun, und ihre Augen glänzten fast schwarz.

Als sie den großen Mann so hilflos im Türrahmen verharren sah, begann ein Lächeln um ihren Mund zu spielen. Und als sie bemerkte, wie auch Rolfe zurücklächelte, brach sie die Stille der Verlegenheit.

„Du hast mich wohl zuerst gar nicht erkannt, das ist ja drollig!“ Ihr Lachen rollte tief in der Kehle. Doch dann wurde sie wieder ernst. War es Rolfe vielleicht nicht recht, daß sie sich wie eine Engländerin anzog?

Des Mannes Blicke fanden an dem Gesicht des Mädchens einen Halt, irgend etwas rührte ihn heimatlich an, und er wußte plötzlich, daß seine Unsicherheit zu Ende war. Die Reise hatte doch einen Erfolg gehabt. Es bedurfte keiner langen Worte und Erklärungen mehr.

Sternblume hatte ihm auf die zarteste Art zu verstehen gegeben, daß sie zu ihm und seinem Volk gehören wollte. Er schloß das Mädchen in seine Arme.

Die beiden Liebenden fanden allmählich in die Wirklichkeit zurück und begannen sich gegenseitig ihre Erlebnisse zu erzählen. Sternblume rühmte die treue Anna Burras, der sie das neue Kleid verdankte. „Sie hat mir beim Schneidern geholfen und den Teller", damit griff sie nach der feingefälteten Halskrause, „hat sie mir geschenkt."

Dann wollte die Häuptlingstochter von der Reise und der Begegnung mit ihrem Vater hören, und Rolfe berichtete eifrig: „Du kannst dir nicht vorstellen, wie schön die Fahrt auf dem Nordfluß war. Der Wald sah aus wie der Frühling selbst. Ganze Scharen von Enten zogen über den Strom dahin. Aber Großer Adler habe ich nicht zu Gesicht bekommen, er war und blieb unsichtbar." Rolfe lachte herzlich und verstand gar nicht mehr, warum ihn das vor einer Stunde noch so bedrückte. Die Häuptlingstochter stimmte in seine Fröhlichkeit mit ein und meinte ausgelassen: „Er ahnte ja noch nichts von seiner neuen Familienwürde, sonst hätte er dir gewiß Berge von Truthähnen vorgesetzt."

Aber dann dachten beide daran, daß ja irgend etwas geschehen müßte, um den Vater in Kenntnis zu setzen. „Wir werden Dunkler Hirsch bei der nächsten Gelegenheit ins Vertrauen ziehen und auf diese Weise Großer Adler verständigen."

Diesen Ratschlag des Mädchens ergänzte Rolfe noch. „Und ich

werde inzwischen beim Gouverneur um eine Heiratserlaubnis einkommen."

Die Schwierigkeiten lösten sich wie von selbst. Der Gouverneur der Kolonie begrüßte diesen Ausweg aufs lebhafteste, beglückwünschte Rolfe und im stillen sich selbst. Denn er sah in dieser Heirat vor allem ein Mittel, mit dem mächtigen Oberhäuptling zu einem Bündnis zu kommen.

Dunkler Hirsch wurde herbeigerufen. Er stieß zwar ein tiefes Grunzen des Erstaunens aus, sagte aber nach seiner Art nicht viel. In Ora mußte er jedoch das Beste berichtet haben, denn Großer Adler sandte überraschend schnell seine Zustimmung. Auch die Verhandlungen mit den Engländern kamen wieder in Gang und führten endlich zu einem Vertrag, den Elchbruder abschloß.

Inzwischen quälte sich Rolfe mit der Notwendigkeit, Sternblume zum christlichen Glauben zu bekehren. Aber wie sollte er dies der Häuptlingstochter klarmachen?

Er rechnete nicht mit der Großzügigkeit der unmittelbar Beteiligten, zunächst seiner Verlobten selbst und dann des Predigers Whiteacker, der sehnlichst die Bekehrung der Eingeborenen erstrebte, ohne dabei zum Eiferer zu werden.

Whiteacker erblickte in dieser Gelegenheit eine besondere Fügung Gottes, war doch Sternblume die erste ihres Volkes, die er taufen sollte. Und dazu war sie noch die Tochter des zum König gekrönten Oberhäuptlings.

Sein Zögling übertraf zunächst alle Erwartungen, denn auf die Darlegungen von Gott als dem höchsten Wesen stellte Sternblume kurz und selbstverständlich fest: „Wir nennen ihn Ahone."

Aber als dann der Unterricht auf den Sohn Gottes kam, schüttelte sie den Kopf. „Davon haben wir nie etwas gehört."

Der Prediger lächelte verzeihend und legte die Geschichte von Christus um so ausführlicher dar. Die Häuptlingstochter überdachte seine Behauptungen und verfiel schließlich auf den Gedanken, ihr Lehrer hätte einige ungenaue Nachrichten über das Zwillingspaar Ahornbäumchen und Feuerstein vernommen und trüge die alten Sagen nur unvollständig vor.

Seitdem brachte sie den Prediger fast zur Verzweiflung mit ihren Fragen, ob Gott nicht zwei Söhne gehabt hätte, und ob diese nicht die Erde geschaffen hätten, mit allem, was darauf lebte: mit Menschen, Tieren und Pflanzen.

„In unseres Vaters Haus sind viele Wohnungen", seufzte der Prediger und vollzog schließlich die Taufe, die sich Sternblume vor allem wegen des Namenwechsels einprägte. Künftig hieß sie Rebecca. Aber zu ihrer Erleichterung nannten die nächsten Verwandten sie hin und wieder noch Sternblume.

Der Winter war kaum vorüber, da hatte die Häuptlingstochter vor dem Haus nach der Gartenseite mit Rolfe zusammen Stangen in die Erde gesteckt und an jede Spitze eine kleine Kürbisschale gehängt. Purpurschwalben bauten bald danach ihr Nest darin, und jetzt guckten die Jungen schon über den Rand und erhoben jedes Mal ein lautes, schrilles Geschrei, sobald die Eltern kamen, um die hungrigen Schnäbel zu stopfen.

„Nun hast du doch auch einige Tiere in Jamestown, Schnupp und die Schwalben", tröstete Rolfe seine Braut. „Und wenn wir erst verheiratet sind, dann gehen wir so oft in den Wald, wie du nur willst."

Sternblume lächelte glücklich.

Sobald die ersten Triebe der Bohnen aus der Erde brachen, nähte Anna Burras der Braut das Hochzeitskleid. Als Abgesandte und Stellvertreter des Oberhäuptlings erschienen

Onkel Elchbruder und Dunkler Hirsch. Auch Schneeflocke und Kürbisblüte waren mitgekommen, und draußen vor der Palisade schlugen die Träger ein großes Mattenhaus zum Feiern und ein kleines zum Schlafen auf.

Für Sternblume bedeutete es einen gewissen Halt, bei den ungewohnten Feierlichkeiten die federgeschmückten Häupter und die weißen Hirschfellmäntel der Verwandten zu sehen. Nur die Männer nahmen an den kirchlichen Zeremonien in Jamestown teil. Sie schritten mit größter Würde zwischen der Hochzeitsgesellschaft und sahen mit unbeweglicher Miene auf das Zeremoniell, dem ihre Nichte und Schwester in der kleinen Holzkirche unterworfen wurde.

In den langen, englischen Kleidern sah sie wie eine Fremde aus; aber sie würde ja in ihrer Nähe bleiben, denn Großer Adler hatte dem jungen Paar ein großes Stück Land geschenkt. Vor dem Festessen erwarteten Elchbruder die Neuvermählten in dem großen Mattenhaus vor der Palisade. Die Männer gingen voraus und die Freundinnen geleiteten die Braut. Innen standen ringsherum an den Wänden blühende Magnolienzweige, und ihre weißen Kelche erhellten die dämmerige Halle, in deren Hintergrund ein Feuer aufflammte.

Sternblume sah sich wieder in ihren Jugendtraum versetzt. Die leuchtenden Tulpenblüten säumten ihren Weg, den sie langsam und glücklich dahinschritt. Rolfes helle Jacke glänzte ihr im Schein des Feuers entgegen. Sie trat auf den Mann zu.

Und als Trommel und Rassel ertönten, legte Elchbruder den Vermählten die Hände zusammen und zerriß darüber eine dicke Perlenschnur, deren Ende er der Braut um den Hals hängte, als Zeichen ihrer neuen Würde. Der betäubende Wohlgeruch der Blüten erfüllte das Haus, während die Kinder hereinstürzten und die kostbaren und glückbringenden Perlen

aufsammelten. Sternblume dankte Schneeflocke und Kürbisblüte, denn sie waren es, die den Raum mit ihren Traumblüten ausgeschmückt hatten. Der Abschied von den Freundinnen wurde der jungen Frau schwer, aber sie durfte den Gouverneur nicht warten lassen. Er gab ein Hochzeitsessen, zu dem auch ihr Onkel und ihr Bruder eingeladen waren.
Als Sternblume am späten Abend ihrem Mann in sein Blockhaus folgte, sagte sie: „Die Magnolienblüten werde ich nie vergessen.“ Und auch Herzmuschel erzählte noch lange von den duftenden, weißen Blütenästen zwischen den Matten und ihrem Leuchten.

XVI

Mit schnellen Ruderschlägen glitt das Boot den Nordfluß hinauf, der untergehenden Sonne entgegen. Rolfes Augen suchten das rechte Ufer ab. Hier mußte es doch gewesen sein, wo er seine Frau und Herzmuschel an Land gesetzt hatte. In dieser Wildnis nahe der Quelle des Flusses lebte jetzt der Oberhäuptling mit seinen Kriegern und Priestern.
Unheimlich schien dem Mann das undurchdringliche Dickicht des Waldes, das den schmalen Fluß einsäumte. Vielleicht folgte ihm in der durchsichtigen grünen Laubwand ein dunkles Augenpaar, vielleicht spannten braune Hände die Sehne eines Bogens, dessen Pfeil ihn treffen sollte. Schon vor Tag und Tau war Sternblume mit ihrem Mütterchen aufgebrochen, um ihren Vater zu besuchen. Vor Sonnenuntergang wollte sie zurücksein.
Auf dem Boden ausgestreckt lag Schnupp und schlief mit dem Kopf zwischen den Pfoten. Auf einmal sprang der Hund in die Höhe und versuchte laut bellend am Bootsrand emporzuklettern.
Auch Rolfe hörte jetzt Stimmen und Geräusche, die allmählich näherkamen. Er steuerte das Ufer an und setzte Schnupp an Land. „Geh, lauf Frauchen entgegen“, beruhigte er den aufgeregten Spitz. Und bald vernahm der Mann das Freudengeheul, mit dem der Hund seine Herrin begrüßte.
Jetzt trat die junge Frau aus dem Walddickicht hervor. Sternblume war wieder das Indianermädchen mit dem weißen Hirschlederschurz; ihre englischen Kleider hatte sie an diesem heißen Sommertag auf dem Wasserhaus gelassen. Schnellfüßig sprang sie in das Boot.

Dunkler Hirsch und Kürbisblüte riefen vom Ufer ihr „winggapo", während das Boot den Nordfluß hinunterglitt. „Fahre auf die andere Uferseite zu", riet die Häuptlingstochter ihrem Mann, „denn ich sah, wie Schneller Stör uns folgte. Solange Dunkler Hirsch in der Nähe ist, wird er es nicht wagen, nach uns zu zielen." Dann erzählte sie, daß Herzmuschel, von der Hitze ermattet, den Rückweg nicht antreten konnte. „Und Großer Adler sah schlecht aus. Es ist zu feucht in Ora, und davon hat mein Vater Gliederschmerzen. Die Medizinmänner lassen ihn in der Hütte am Teich schwitzen, aber es wird nicht besser. Ich freue mich, ihn nochmals gesehen zu haben. Er staunte über mein gutes Aussehen und liebkoste mich wie früher."

Ja, es gab viel von Ora zu berichten.

„Fiel dir denn der Abschied nicht schwer?" wollte Rolfe wissen, der froh war, seine Frau wieder neben sich zu sehen.

„Nein, in Ora möchte ich nicht leben; nur an Moco denke ich oft zurück. Und ich glaube, mein Vater ist nur krank, weil er von dort fort mußte."

In diesem Augenblick zischte ein Pfeil durch die Luft und prallte an Rolfes Eisenpanzer ab. Sternblume zog ihren Mann schnell auf den Boden des Bootes, wo beide liegenblieben und Schnupp festhielten, der sich freimachen wollte. Der zweite Pfeil flog über sie hinweg, und die Wellen trugen Pfeil und Boot in ihrer Strömung weiter.

„Wir biegen am besten in den nächsten Bach ein und verkriechen uns dort, bis es dunkel ist", riet die junge Frau. „Hier auf dem Nordfluß beleuchtet uns die untergehende Sonne."

Das sah Rolfe ein. Er dachte daran, daß hier in der Nähe Kapitän Smith damals in die Hände der Indianer fiel. Es war schon sicherer auf der anderen Landseite. Vorsichtshalber setzte er seinen Helm auf. Dann nahm er seine Pistole in die Hand.

„Wärest du mit einigen Büchsenträgern gekommen, dann hätte Schneller Stör es nicht gewagt, auf dich zu schießen."
„Sei nicht ängstlich, Rebecca", beruhigte Rolfe seine Frau, „sollte uns jetzt ein Kanu folgen, dann hören wir den Paddelschlag, und ein Schuß aus der Pistole wird Warnung genug sein."
Sternblume paddelte wieder und bog in einen Bach ein, hielt dann aber inne. „Hier geht es nicht weiter, denn da unten ist ein Damm, da bauen die Biber."
Von weitem hörten sie schon, wie ein Biber sich mit lautem Aufklatschen ins Wasser fallen ließ, um seine Verwandten zu warnen.
Rolfe zog das Boot an Land und nahm Panzer und Helm ab. Sie waren am Rande eines Zypressensumpfes gelandet, und Sternblume tastete mit ihren Mokassins den Boden ab, denn als Rolfe auf das dichte Gras trat, platschte das Wasser an seinen Schuhen in die Höhe. Aber dann fanden sie ein trockenes Plätzchen am Fuß einer Riesenzypresse, wo sie sich niederlegten. Die dunklen Stämme mit ihren langen Moosbärten ragten in finsterem Schweigen empor. Mit mürrischem Ernst sahen sie hinunter zu dem Farbenjubel ringsumher; wie Fetzen des Sommerhimmels leuchtete überall das klare Blau der Iris, die in dicken Polstern auf der grünlich spiegelnden Fläche schwammen.
Während die letzten Sonnenstrahlen im Wasser des Flusses ertranken, färbten sich die Wolken rot.
Rolfe betrachtete die von Silbermoos überwucherten Zweige. „Er muß sehr alt sein." Sein Blick glitt in die Höhe. „Man sieht seinen Wipfel nicht."
„Sein Wipfel ist im Himmel", meinte Sternblume versonnen.
Das Nachtdunkel kam schnell. Eine ganz schmale Mondsichel leuchtete in die Sommernacht. Ein silbriger, kleiner Fuchs strich

vorbei, und die junge Frau konnte Schnupp noch gerade am Bellen hindern. Während sie Schnupp und sein Schnäuzchen festhielt, holte Rolfe einen Knochen aus dem Boot. Schnupp machte sich darüber her und vergaß den Fuchs und das Bellen.

Aber dann blieb Rolfe wie angewurzelt stehen. Auf dem Moosteppich, der über Sternblume herabhing, klebten die wunderbarsten Schmetterlinge und kleine Vögel wie bunte Edelsteine. Seine Augen sahen im fahlen Mondlicht immer herrlichere Dinge in dem Moosvorhang, und mitten in dem Rahmen aus bunten Juwelen lag seine Frau, nur mit dem weißen Lendenschurz bekleidet. Rolfe empfand ein Glücksgefühl wie noch nie in seinem Leben. Es war ein herrliches Land, dieses Virginien! Er liebte es und er liebte das Kind dieses Landes, seine braune, dunkeläugige Frau.

Wolken zogen auf am Westhimmel. „Schläfst du, Sternblume? Wir müssen fort, sonst suchen uns meine Leute." Sanft hob er die Schläferin in die Höhe und trug sie auf das Boot. Mit schnellen Ruderschlägen ging es dem großen Schiff entgegen, während die Fledermäuse am Ufer entlangflogen. Viel zu schnell endete die schöne Wasserreise und für Rolfe begann wieder die Arbeit.

Dunkler Hirsch wird bei seinem nächsten Besuch Herzmuschel mit nach Jamestown bringen. Das hat doch Rebecca mir nach ihrem Besuch in Ora gesagt, überlegte Rolfe. Aber Dunkler Hirsch kam nicht. Rolfe sah sich stillschweigend nach einer anderen Hilfe für seine Frau um. Endlich erschien der Häuptlingssohn, aber allein. „Die Sommerhitze ließ Herzmuschel eines Tages still einschlafen; sie ist in ein anderes Land gegangen", berichtete der Bruder.

Dies war der erste große Schmerz in Rebeccas Ehe. Sie trauerte lange, denn sie vermißte die leise, brüchige Stimme, die ihr in den letzten, schweren Jahren so oft ein Trost gewesen war.

– – –

Rolfe arbeitete den Sommer und Herbst über fleißig auf seinem Land, denn die Anlage der Tabakplantage mußte immer wieder ausprobiert und verbessert werden. Aber Rolfe besaß Zähigkeit und Geduld.

Nur Sternblume grämte sich oft über sein langes Ausbleiben und verstand nicht, warum er sich so abquälte. Sie besaßen doch genug zum Leben.

Ihres Mannes Darlegungen, wieviel sie durch eine gute Tabakplantage verdienen könnten, gingen über ihren Kopf hinweg. Darin konnte sie die Weißen nicht verstehen. Und Rolfes Gesicht nahm stets einen fassungslosen Ausdruck an, wenn seine Frau von den Veredlungsmethoden des Virginiatabaks nichts hören wollte, und wenn ihr so wichtige Dinge wie Transportkosten, Marktpreise, Angebot und Nachfrage völlig gleichgültig blieben.

Gottlob fanden die Arbeiten draußen mit Einsetzen des Winters ein Ende. Die junge Frau begrüßte jedes ‚Cohonk' der wilden Gänse, das die Kälte näher brachte und Rolfe zu Hause festhielt. Der englische Unterricht begann wieder, und die Bilderbibel diente wie früher der Verdeutlichung sonderbarer Dinge. Es blieb noch genug des Merkwürdigen und des Wunderbaren, wenn auch immer mehr große, geweihlose Hirsche in Jamestown herumliefen, die von den Weißen ‚Pferde' genannt wurden.

Als die Rotkehlchen wieder leise ihre Strophe sangen und die Purpurschwalben ihre Nester in den Kürbisschalen bauten, schlug der Gouverneur dem jungen Paar vor, mit einigen Landsleuten England zu besuchen. Sein Bericht über den Frieden mit Großer Adler und über die Bekehrung und Heirat der Häuptlingstochter hatten jenseits des Ozeans Aufsehen und

Neugier erregt. Der Gouverneur glaubte seine Arbeit nicht besser krönen zu können, als wenn er den staunenden Londonern die Indianerprinzessin selbst vorführte.
Sternblume ahnte natürlich nichts von diesem Hintergedanken. Bei ihr gab das Verlangen den Ausschlag, die rätselhafte fremde Insel, die Heimat ihres Mannes und ihres verstorbenen Freundes mit eigenen Augen zu sehen.
Zudem weilte auch Weiser Rabe schon wieder seit einem halben Jahr drüben, denn es hatte ihn nach dem Friedensschluß zum zweiten Male über das Meer getrieben. So wartete in dem unbekannten Land wenigstens ein vertrautes Gesicht auf sie. Alles wurde auf die große Reise vorbereitet.
Schon oft hatte Sternblume die großen Wasserhäuser betreten. Aber als sie jetzt dabei half, ihr Gepäck in der kleinen Kajüte der ‚Margarete' zu verstauen, wurde ihr doch recht beklommen zumute. Es waren ja immer nur kleine Flußfahrten, die sie gemacht hatte; auf das weite Meer hinaus, wochen- und monatelang nicht vom Schiff zu kommen, davor bangte ihr doch. Noch einmal ging sie an Land, um von ihrem Bruder und ihren Freundinnen Abschied zu nehmen. Nicht nur Kürbisblüte und Schneeflocke, auch Klingende Rassel und Kleine Bohne standen am Ufer. Zwar fand Rebecca das alte, vertraute Verhältnis zu Klingende Rassel und Kleine Bohne nicht wieder, aber es freute sie doch, daß die Freundinnen von so weither gekommen waren. Ob die Jahre der Trennung zu lang gewesen, oder ob das neue Leben in Jamestown sie von dem Land ihrer Jugend schied, sie wußte es selbst nicht. Aber jetzt, im Augenblick des Abschieds, fühlte sie sich ihnen allen wieder nahe. Kürbisblüte legte zärtlich den Arm um den Hals der Tante und flüsterte ihr zu: „Bleibe hier, gehe nicht fort! Ich habe nichts Gutes von deiner Reise geträumt."

Sternblume erblaßte, Träume galten ihr immer noch als schicksalhafte Vorbedeutungen, darin blieb sie Indianerin. Sie wandte sich erregt an ihren Mann. „Kürbisblüte hat Böses von unserer Reise geträumt, frage sie nur!"

Doch Rolfe wollte nichts Näheres wissen und lachte seine Frau aus. „Bist du denn ängstlicher als Weiser Rabe, der die Fahrt zu unserer Insel nun schon das zweite Mal macht? Du fährst ja nicht allein, ich bin doch bei dir", fügte er beruhigend hinzu.

Sternblume schaute ihren Mann an. Ja, wenn er nur neben ihr stand, das beruhigte sie schon. Und ängstlich wollte sie nicht sein. Im Grunde freute sie sich schon lange auf die Reise. Vor einigen Tagen plagte sie noch die Ungeduld, da konnte sie die Zeit der Abfahrt kaum erwarten.

Anna Burras riß sie aus ihren Gedanken und zählte noch einmal alle Bestellungen auf, die Rebecca in London für sie erledigen sollte. Und den beiden Nichten fielen auch allerlei Wünsche ein. So hatte jeder der Zurückbleibenden besondere Anliegen, bis die Stunde der Trennung schlug.

Die Seile wurden schon von den Haltebäumen gelöst, als Rolfe seine Frau vermißte. Er suchte in der Kajüte und auf dem Verdeck, fragte und rief, aber niemand gab ihm Bescheid.

Endlich erblickte er Rebecca am Ufer, wo Dunkler Hirsch und Kürbisblüte auf sie einredeten. Die Matrosen zogen die Taue wieder fest, und Rolfe hastete den Laufsteg hinunter.

„Sie wollen mich nicht fortlassen", erklärte Sternblume zaudernd. Sie ließ sich aber ohne Widerrede von ihrem Mann die Planke hinaufschieben, als sie die tiefe Falte auf seiner Stirn bemerkte.

„Dummes Zeug, Träume sind Schäume", brummte Rolfe ärgerlich. Und dann fielen die Vertäuungen. Der Wind drückte das Schiff in die Strömung, die es nun schnell davontrug.

— — —

Sechs Wochen war die ‚Margarete' bereits unterwegs. Morgen und Abend zogen in endloser Folge vorüber, und Sternblume sah nur Wolken und Wasser. Das Unangenehmste aber war, daß sie sich genau wie damals auf dem Pata als Gefangene fühlte. Eingesperrt in dieses große Kanu inmitten einer Wasserwüste! Wie sehnte sie sich nach ihrem geliebten Wald.

Rolfe versuchte seine Frau zu trösten. „Wir sind eben alle Gefangene, aber freiwillige, daran gewöhnt man sich." Und dann neckte er sie. „Wie willst du denn über das große Wasser kommen? Willst du vielleicht hinüberschwimmen nach der fremden Insel?"

An zwei Inseln waren sie vorbeigekommen; gleich zu Anfang an einer mit Namen Guadeloupe, und vor kurzem an einigen, die Rolfe die Kanaren nannte.

Ein Alpdruck legte sich auf sie, wenn sie an die Fahrt zwischen Guadeloupe und den Kanaren zurückdachte; sie mochte aus der Kajüte treten, wann sie wollte, niemals sah sie etwas anderes als den leeren Horizont, an dem Meer und Himmel verschwammen.

Und jetzt lief das Schiff schon wieder seit Tagen, ohne daß irgendein Land auftauchte. Die See wurde unruhig, der Wind pfiff und sang in der Takelage, und die Wellen trugen weiße Köpfe. In der Biskaya bezog sich der Himmel vollends, und aus der bisher glatten, ruhigen Reise wurde eine schlimme Sturmfahrt. Die meisten Passagiere wurden seekrank. Auch Sternblume fühlte sich sterbenselend.

Erst als die Küste von Südengland aufstieg, war sie wieder neben ihrem Mann an Deck. Rolfe deutete auf die Kalkfelsen, die rasch näher zu kommen schienen. Die Sonne trat gerade hinter einer Wolkenwand hervor und tauchte die Steilküste in gelbes Licht. Die junge Frau staunte, denn sie kannte ja nur die weiten Sanddünen des virginischen Strandes. Sie fragte verwundert: „Sind das alles Steine?“ Hohe, weiße Felsen kannte sie nicht. Die steile Böschung am Ufer des heimatlichen Pam, wo der ‚Ort des Geheimnisses‘, der heilige Tempel lag, war für die Flußniederung etwas Einmaliges.

Jetzt tauchte links eine kleine Insel auf. „Das ist St. Nicholas“, erklärte Rolfe, und dann wies er wieder nach vorn, wo jenseits eines weiten, flachen Strandes eine große Mauer in die Höhe wuchs. Spitze Giebel, Dächer und Türme sahen über die Zinnen hinweg. Es war Plymouth, ihr Reiseziel.

„Bald bist du erlöst, mein Frauchen, dann kannst du wieder draußen herumspringen, so viel du nur willst“, tröstete Rolfe und legte seinen Arm um Sternblume.

Das Schiff steuerte auf eine Bucht zu, die sich rechts der Stadtmauer tief in das Land hineinzog. Die große, steinerne Wand endete plötzlich, und ungehindert ging auf einmal der Blick zu den unzähligen Häusern und Speichern am Hafenufer.

Sternblume wußte gar nicht, wo sie ihre Augen zuerst lassen sollte: die vielen großen und kleinen Schiffe, zwischen denen sich Schwärme kreischender Möwen tummelten, auf den Kais das Gewimmel von Menschen, die Kisten schleppten, Fässer rollten und Säcke stapelten. Und über all dem leuchteten in der Sonne die blauen und roten Dächer der Häuser, noch naß von einem frischen Sommerregen.

Es sah fast so aus, als ob die ‚Margarete‘ keinen Platz mehr unter den Wasserhäusern finden würde. Aber auf einmal tat sich doch eine Lücke auf, in die sich das Schiff hineinschob. Die Taue flogen durch die Luft, und der Laufsteg wurde ausgelegt.

Als Sternblume wieder auf festem Boden stand, da schwankten

ihr die Knie ein wenig, sie mußte sich erst wieder an Land gewöhnen. Auch Rolfe ging es nicht anders.

Die Verwandten ihres Mannes, die man von der Ankunft der Virginiafahrer verständigt hatte, begrüßten die Reisenden aus der ‚Neuen Welt' herzlich. Und nun stieg Rebecca in einen pferdebespannten Wagen, wie ihn Weiser Rabe damals zuerst in England gesehen und später in seiner Heimat beschrieben hatte.

XVII

Langsam ging es in der rüttelnden Kutsche fort von dem lärmenden Hafen, durch enge Gassen der Stadt dem Heim der Verwandten zu. Sternblume fand die Straßen recht dunkel, die schmalen, hohen Häuser versperrten alles Licht. Und nirgends gab es Bäume. Sie war von Jamestown an die niedrigen Blockhäuser gewöhnt und wunderte sich nicht wenig über die Stockwerke, die sich hier übereinandertürmten.
Sie blickte hinaus und sah, wie der Schein der untergehenden Sonne auf den steilen Giebeln lag. Dann endlich öffnete sich die Gasse zu einem größeren Platz, an dem das Haus der Gastgeber stand.
Beim Aussteigen verhielt die junge Frau ihre Schritte. Ein tiefer, klingender Ton schlug an ihr Ohr. Jetzt erhielt er Antwort; das Tönen wurde stärker und schwoll zu einem Brausen an, das aus der Luft herabzukommen schien. Sie sah fragend zu ihrem Mann auf. „Das Abendläuten", erklärte Rolfe, „das sind die Glocken von Plymouth."
Es war ein großes, schönes Haus, in dem nun Lady Rebecca mit ihrem Mann wohnte. Am meisten aber lockte die junge Frau das Leben draußen in den Straßen und besonders am Hafen. Leider ließ man sie gar nicht allein fort. Man sagte ihr, es sei zu gefährlich und schicke sich auch nicht für eine Lady.
Zuerst freute es sie schon, wenn sie am Fenster sitzen und auf den Platz sehen konnte. Die Kleidung der Frauen und Männer war hier noch viel abwechslungsreicher und bunter als in Jamestown. Und sogar die kleinen Kinder trugen die gleiche Mode wie die Erwachsenen. Wie sie dahintrippelten, um nicht auf den Rock- oder Hosensaum zu treten! Aber dann wurde

es ihr doch langweilig, weil hier nur wenige Menschen und Wagen mit geputzten Damen und Herren vorbeikamen.
Das bunte Bild des Hafens stieg wieder vor ihr auf, so wie sie es bei ihrer Ankunft erblickt hatte. Warum ließ man sie nicht dorthin? Sollte sie denn weniger Recht haben als die anderen Leute, die sich doch auch in den Straßen frei bewegten, die gingen, wohin sie wollten?
Warum sperrte man sie ein? Sie war doch keine Gefangene wie damals in Jamestown! Ihr Freiheitsdrang und ihre Neugier wurden immer stärker. Und so beschloß Sternblume trotz aller Verbote, bei passender Gelegenheit sich allein in die Stadt zu wagen. Der Augenblick kam schneller als sie dachte.
Es war ein heißer Tag. Rolfe verließ seine Frau schon am frühen Morgen, um Geschäfte abzuwickeln, die ihn den ganzen Tag von zu Hause fernhielten. Gegen Mittag wurde die Hitze immer drückender, und nach dem Essen zogen die Verwandten sich in ihre Zimmer zurück. Auch unten in den Wirtschaftsräumen gönnte sich das Personal ein Ruhestündchen.
Auf Zehenspitzen schlich sich Sternblume fort, die Treppe hinunter und glitt ungesehen aus der Tür. Bald bog sie in eine schmale Straße. Rechts und links standen kleine, schmutzige Häuser, in denen die Armut wohnte. Kinder in zerrissenen Kleidern bissen hungrig in ein Stück trockenes Brot und kletterten auf Abfallhaufen herum, in denen die Hunde herumwühlten.
Die junge Frau ging immer weiter, und auf einmal trat sie durch ein großes, finsteres Steintor aus der Stadt heraus. Hier konnte ihr Blick frei umherschweifen bis zu den grünen Ufern des Plym. Die Bäume waren lange nicht so dick und hoch wie in ihrer Heimat, aber Sternblume atmete auf, als sie Erde roch und Gräser und Blumen sah. Auch Vögel flogen herum, und

Grillen zirpten. Die sengende Sonne störte die junge Frau nicht; in ihrer Heimat brannten die Strahlen noch viel stärker.

Wie freute sich die Häuptlingstochter, als sie von einem kleinen Hügel das Meer sehen konnte und das Lied der Brandung hörte. Als sie sich sattgesehen hatte, wandte sie sich wieder dem Stadttor zu. Die Gassen glichen sich alle. Aufs Geratewohl lief sie durch einige Straßen und stand plötzlich am Hafen.

Welches Leben herrschte hier! Dort entfaltete ein Dreimaster seine Segel, hier wurde ein Speicher geleert, und immer neue Kisten und Fässer rollten auf kleinen Karren aus den Gewölben. Und da hing ein Mann an einem Netz unter dem Bug eines Schiffes und bemalte die geschnitzten Figuren vorn an der Spitze mit himmelblauen und goldenen Farben.

Aus einem Gasthaus, das zwischen den Speichern stand, erscholl fröhliche Musik, und ein Papagei lockte die Gäste herbei: „Herein, herein, bitte schön!" krächzte er unaufhörlich! Sternblume lachte.

Wie staunte sie aber, als aus der Tür ein schwarzer Mann heraustrat. War er vielleicht nur so angemalt, wie die Priester in ihrer Heimat? Am liebsten hätte sie seine Haut angefaßt, ob sie abfärbe. Der Mann sah auch sonst ganz anders aus; sein Haar war kraus und wollig und seine Lippen waren dick und rot. Gerade unter dem Wirtshausschild, das drei ebensolche schwarze Männer zeigte, blieb er stehen. Der Mann schien es gewohnt zu sein, angestaunt zu werden, denn er lächelte gutmütig und zeigte seine blendend weißen Zähne.

Sternblume konnte sich gar nicht beruhigen. Gab es denn außer den roten und weißen auch noch schwarze Menschen? Davon hatte sie ja noch nichts gehört. Eine Frau zeigte ihren Kindern den schwarzen Mann und sagte. „Da seht einmal, ein Mohr!"

„Mohr" wiederholte die junge Frau leise vor sich hin, um sich das Wort einzuprägen. Wenn sie nach Hause kam, wollte sie ihren Mann gleich danach fragen.

Aber schon fesselte etwas Neues ihre Aufmerksamkeit. Ein Mann kam dahergezogen und führte einen großen Bären an der Kette, der zum Takt einer Trommel drollig zu tanzen begann. So einen großen Bären hatte sie noch nie gesehen und gar einen, der nach der Trommel tanzte! Bald sammelten sich viele Zuschauer, die dem Bärenführer Geldstücke in die Mütze warfen.

In einiger Entfernung stand ein Mann in vornehmer Kleidung, der belustigt dem Treiben zusah. Er war in die Vorführungen des Bärenführers so vertieft, daß er nicht bemerkte, wie einige verwahrloste Gestalten sich an ihn heranschlichen und ihm die Taschen ausleerten.

Sternblume rief dem Herrn ein warnendes Wort zu. Der Fremde fuhr auf, packte einen der jungen Männer beim Handgelenk, aber ehe er die zweite Hand fassen konnte, erhielt er einen Faustschlag ins Gesicht.

Die junge Frau starrte ängstlich in den Tumult, bis plötzlich zwei Burschen vor ihr standen und sie mit dreisten Blicken musterten. Sie erschrak sehr und versuchte davonzulaufen, jedoch die ungewohnten Absätze und der steife, weite Rock hinderten sie daran. Sie stieß gegen einen Stein.

Flink streifte sie die Schuhe ab und schleuderte sie beiseite, raffte den langen Rock hoch, rannte an der Menge vorbei, die den Bärentreiber umdrängte, und stürzte in die erste Gasse, die sich vor ihr auftat. Sie lief so flink, daß ihre Verfolger sie immer wo anders vermuteten und bald aus den Augen verloren; denn als sich Sternblume endlich umzusehen wagte, waren die Burschen verschwunden.

Doch jetzt bemerkte sie erst, wie die Leute stehenblieben, sich

anstießen und sich nach ihr umdrehten. Die Häuptlingstochter errötete vor Ärger. Aber dann überkam sie ein großes Angstgefühl vor dieser fremden Stadt. Wo war sie eigentlich? In ihrer Heimat hätte sie ohne Furcht im Wald oder auf einer Wiese übernachtet, aber hier?
Auf einmal hörte sie ein junges Mädchen, das sich mit einigen Frauen unterhielt, den Namen ihrer Verwandten nennen: „Das ist doch sicher die Fremde, die neulich dort abgestiegen ist."
„Ja, die Indianerprinzessin!"
Sternblume trat auf die Gruppe zu. Auch diese Frauen kicherten, und jetzt erst merkte sie, daß sie in ihrer Aufregung und Verwirrung immer noch den Rock hochgerafft hielt und ihre schuhlosen Füße zeigte. Aber das war ihr jetzt gleichgültig. Sie bat das Mädchen nur, ihr den Weg zu zeigen.
Es waren nur wenige Schritte bis zu ihrer Wohnung, und zu ihrer großen Erleichterung stand sie bald vor der bekannten Haustür. Die Lust zu weiteren Entdeckungsspaziergängen aber war ihr fürs erste vergangen.
Gerüchte, die von Mund zu Mund gehen, laufen mit schnellen Füßen. Auf einmal wußte es jeder in Plymouth: Eine Indianerprinzessin lebt in unserer Stadt.
Einladung auf Einladung folgte, aber Rolfe sagte alle ab, denn seine Frau erwartete ein Kind. Die spitzen Dächer der Häuser bedeckte der Schnee, und an den kleinen Fenstern blühten die Eisblumen, als Lady Rebecca Mutter wurde.
Trotz der kalten Jahreszeit erholte sie sich rasch. Sie war ganz vernarrt in ihren kleinen Sohn, dessen blondes Haar so wenig zu ihren schwarzen Flechten paßte. Nach vielem Betteln erfüllte Rolfe ihren Wunsch und ließ für das Baby ein indianisches Wiegenbrett zimmern. Sternblume schmückte es mit bunten Bändern, die sie mit heimatlichen Mustern bestickte.

Aber nur eine Stunde durfte sie ihren Sohn daraufbinden, dann legte die Kinderfrau ihn wieder ins Bett. Doch diese eine Stunde war für die Häuptlingstochter der schönste Teil des Tages. Dann schaukelte sie ihren Liebling in seinem freihängenden Wiegenbrett und sang dazu:

„Wenn der Nordwind die Nachtschwalbe bringt,
Wenn der Westwind leise schaukelt mein Kind,
Wenn im grünen Wald abends der Vogel singt,
Und sein Whip-poor-will durch die Zweige klingt,
Dann schlafe mein Kind. Eya, eya, eya."

Die Verwandten richteten das Tauffest, und der Sohn erhielt den Namen Thomas. Rolfe war froh, daß seine Frau sich nun nicht mehr langweilte, wenn ihn sein Beruf zwang, zu den Handelskontoren anderer Städte und nach London zu reisen.
Dort drängte besonders die Handels-Kompanie darauf, Rolfe solle mit seiner roten Lady in die Residenz des Königs übersiedeln. Doch London war teuer, und Rolfe als zweiter Sohn eines armen Landedelmannes wollte diese Kosten nicht auf sich nehmen.
Bevor seine Tabakplantagen in Virginien ihm keinen angemessenen Verdienst brachten, war er auf die Gunst und den Geldbeutel seiner Verwandten angewiesen. So blieb die Familie vorerst in Plymouth.
Der kleine Thomas gedieh prächtig, und bald konnte Sternblume mit ihrem Sohn im Bett herumtollen. So ein englisches Bett war doch weicher als die heimatlichen Bettbänke. Und die schönen, himmelblauen Seidenvorhänge! Wenn die Stadt, in Nebel gehüllt, keine Sicht zum Sonnenpfad freigab, täuschten sie einen blauen Himmel vor.

Die Verwandten ließen Lady Rebecca sorgfältig in Sprache, Religion und Sitten des Landes erziehen. Alle wunderten sich über die schnelle Auffassungsgabe der jungen Frau. Das Englischsprechen machte ihr gar keine Mühe. Sie hatte ein sehr gutes Gedächtnis, und ihr Ohr – von Jugend an geschärft für die verschiedensten Laute der Natur – zeigte ihr selbst jeden Klangfehler.

So gut sie das Gesprochene behielt und nacherzählte, so wenig begriff sie die Grammatik. Mit dem Lesen war es ähnlich. Das Vorgelesene gab sie sofort mit kleinen Abweichungen wieder, während sich ihr die einzelnen Buchstaben nicht einprägten. Stillsitzen mochte sie nicht, dazu war sie viel zu lebhaft; und die hohen Stühle blieben für sie ungewohnt.

„Thomas schreit nach seiner Mutter", war ihre beliebte Ausrede, um den Unterricht zu unterbrechen. Nur wenn ihr Lehrer alte englische Sagen und Geschichten erzählte, dann lauschte sie völlig hingegeben, ohne sich zu rühren. „Und der jetzige Häuptling Englands, hat er auch große Taten vollbracht?" wollte Sternblume wissen.

Der Lehrer berichtete dann von König James und seiner unglücklichen Mutter, Maria Stuart. Der Tod der schottischen Königin rührte Lady Rebecca fast zu Tränen und immer wieder betrachtete sie die Bilder der Unglücklichen und der Königin Elisabeth.

„Die Königin Elisabeth starb unverheiratet. Man nannte sie deshalb die jungfräuliche Königin. Und jungfräuliches Land, ‚Virginien', tauften unsere ersten Kundschafter den Landstreifen, den sie vor zwanzig Jahren in der Neuen Welt ansegelten."

„Ach, und deshalb nennt ihr auch jetzt meine Heimat Virginien", ergänzte Sternblume.

„So ist es", bestätigte der Lehrer.

„Und unser Südfluß und das große Dorf daran trägt den Namen des englischen Königs.“ Diesen Satz sprach die Häuptlingstochter mehr für sich als für den Lehrer, und sie hätte noch lange darüber nachgedacht, wenn sich nicht Besuch für sie angemeldet hätte.

Sie ging ins Nebenzimmer. Ein kleiner, zierlicher Mann in dunkelgrauem Wams und brauner Pumphose trat herein. Sie musterte das Gesicht, das aus der weißen Halskrause hervorsah und erkannte plötzlich den Besucher.

Es war Weiser Rabe.

Wenn Sternblume auch des kleinen Mannes Haß gegen die Weißen verurteilte, so war er doch ein Vertreter ihres Landes, ein Stück Heimat auf der fremden Insel.

Ihre Freude äußerte sich so offensichtlich, daß der rote Mann sofort auftaute. Ein langes Gespräch über Moco und Ora beseitigten den Rest der Entfremdung.

Weiser Rabe erkundigte sich angelegentlich nach John Rolfe und lauschte Lady Rebeccas Berichten von ihrer Reise, ihrer Wohnung und dem kleinen Thomas.

Der Indianer war plötzlich schweigsam geworden, und als die junge Frau ihn fragend ansah, entstand eine lange Pause. Der rote Mann kämpfte sichtlich mit sich, ob er sprechen sollte. Endlich kam es zögernd von seinen Lippen.

„Etwas scheinst du noch nicht zu wissen. Kapitän Smith lebt. Ich habe mit ihm in London gesprochen.“

Sternblume wurde blaß und schluckte den Schrei, den sie ausstoßen wollte, hinunter. Ihre Lippen preßten sich aufeinander, und ihre Augen verloren jeden Glanz. Halb geistesabwesend hörte sie, wie Weiser Rabe sagte: „Das brennende Pulver brachte dem Kapitän so schwere Wunden bei, daß alle glaubten, er würde sterben, aber in England wurde er wieder gesund.“

Die Häuptlingstochter kam wieder zu sich und unterbrach die Rede. „Und wo ist er jetzt?"
„Ich denke in London, jedenfalls sah ich ihn dort."
„Und weshalb hat man uns damals erzählt, der Kapitän sei tot?"
„Weshalb?" zuckte Weiser Rabe die Achseln. „Du mußt dir immer vor Augen halten, daß es viele Lügner unter den Tassautessus gibt."
Sternblume schwieg. Es schien ja wirklich so zu sein, wie Weiser Rabe sagte.
In einen Abgrund von Bestürzung aber geriet sie, als sie noch am gleichen Abend entdeckte, daß ihr Mann über Smiths Schicksal völlig im Bilde war. Rolfe dagegen begriff wieder einmal seine Frau nicht. Nie hatte sie ihn nach dem Kapitän gefragt und regte sich nun über Dinge auf, die Jahre zurücklagen. Sternblume erkannte, daß sein Erstaunen echt war und kam von dem Verdacht ab, ihr Mann habe ihr die Wahrheit absichtlich verschwiegen.
Nachts lag sie lange wach in ihrem Bett. „Er lebt, er lebt", flüsterte sie vor sich hin. Aber dann überfiel sie eine große Traurigkeit. Es war ja inzwischen alles anders geworden. Sie gehörte einem anderen Mann, und neben ihr schlummerte Thomas, ihr Söhnchen. Hatte es überhaupt einen Sinn, den Kapitän wiederzusehen?
Endlich fiel sie in das friedliche Dunkel des Schlummers. Ein Traum trug sie weit fort in die Heimat. Sie saß vor ihrem Mattenhaus, und ihr Junge spielte zu ihren Füßen. Im Hintergrund glänzte das silberne Band des Pam. Die Brise, die der Fluß herübersandte, streichelte die langen Maisgrannen, und auf dem Fußpfad zwischen den wogenden Stauden schritt Smith, der von der Jagd zurückkehrte.

Er war einer der Ihren geworden und trug den Häuptlingsring aus roten Hirschborsten. Er winkte schon von weitem und hielt den erlegten Truthahn in die Höhe, während Thomas ihm entgegensprang und jauchzend nach den bunten Flügelfedern griff. Und im Schlaf spürte sie, deutlich wie noch nie, den liebenden Blick des Mannes, als sie zusammen der Hütte zugingen.

XVIII

Die Morgendämmerung lag noch auf Plymouth, als die Familie Rolfe einen der neumodischen Kutschwagen bestieg, den der Gouverneur für die Übersiedlung nach London zur Verfügung gestellt hatte. So ging es denn im heißesten Sommer auf den sehr schlechten und holprigen Landstraßen auf die Reise.
Seit der Nachricht von Weiser Rabe hatte Sternblume ihrem Mann keine Ruhe mehr gelassen und ihn gedrängt, dem Wunsch der Virginia-Handels-Kompanie nachzukommen. Hier trafen sich ihre Absichten mit denen des Gouverneurs, der so bald wie möglich mit ihnen zusammen die Hauptstadt aufsuchen wollte.
Trotz der Frühe des Tages war Lady Rebecca so lebhaft wie seit langem nicht. Wie freute sie sich, aus dem Haus der Verwandten herauszukommen und endlich wieder Wiesen, Wald und Felder zu sehen.
Als sie an den ersten Bäumen vorbeifuhren, wäre sie am liebsten aus dem Wagen gesprungen und in den Wald hineingelaufen, aber das durfte sie ja nicht. So grüßte sie ihn nur von weitem: „Mein lieber Wald, du warst immer meine Heimat, mein Haus. Ich neige mich vor dir. Unter deinen Bäumen träumte ich, und deine Tiere waren meine Spielgefährten. Aber nach zwei Wintern werde ich wieder bei dir sein."
Rolfe sah seine Frau an. Wie andächtig sie hinausblickte. Sie betet wohl ihr Morgengebet, dachte er bei sich. „Siehst du die roten Walderdbeeren und dort das Eichhörnchen?" redete er sie an.
„Ja, bei uns reifen die Erdbeeren schon früher und die Eichhörnchen sind nicht nur rotbraun sondern auch grau und

schwarzweiß und viel, viel größer als hier." So war es auch, alles war ähnlich der Heimat und doch so ganz anders.
„Wie dünn und niedrig sind doch die Bäume hier. Bei uns könnte der ganze Kutschwagen durch einen hohlen Baum fahren, und hier fände man kaum Platz, darin zu übernachten."
Rolfe stimmte seiner Frau zu. „Jetzt kannst du auch verstehen, daß ich deine Heimat mit seinen Urwaldriesen liebe: die unendlichen Wälder, die unübersehbaren Grasdickichte, die kaum von Menschen betreten und die Flüsse, die kaum befahren wurden. Virginien ist herrlich!" Er drückte seine Frau an sich. „Bald werden wir wieder dort sein, und unser Sohn soll immer dort leben."
„Ja, auch ich freue mich auf die Heimat, aber zunächst bin ich neugierig auf London, auf den König James, auf die Königin Anna und auf ..." Sternblume stockte. Den Namen Smith mochte sie nicht vor ihrem Mann aussprechen, wenn er auch von ihrer ersten, großen Liebe wußte. Solange sie den Kapitän im Land der Toten glaubte, war es anders, aber jetzt, da er lebte und sie ihn wiedersehen würde ...
„Und worauf freust du dich noch?" wollte Rolfe wissen.
Die junge Frau errötete vor Verlegenheit, doch dann faßte sie sich. „Nun, auf alles, was es da zu sehen gibt. Sagtest du nicht selbst, es sei schöner als Plymouth?"
Rolfe nickte. „Ich werde dir alles zeigen."
Die Straße kam jetzt nah an das Meer heran. Rolfe half seiner Frau aus dem Wagen, und beide genossen den wunderbaren Ausblick. In einem Gasthaus an der Exe, einem kleinen Flüßchen, das hier der See zufloß, wurde ausgespannt.
Am anderen Morgen ging es landeinwärts über Hügel und durch Täler mit saftigen Wiesen, auf denen Kühe und Schafe weideten. An besonders schönen Plätzen rastete man, und Lady

Rebecca stieg dann auf einen Hügel, um die kleinen Dörfer und die Windmühlen zwischen den gelben Kornfeldern und den grünen Weiden, mit den buntgescheckten Kühen darauf, zu betrachten.
So reiste die Familie quer durch Südengland und übernachtete in den Gasthöfen der kleinen Städte. Der kleine Thomas war immer guter Dinge; ihn freute das schaukelnde Fahren in der Kutsche am meisten.
Die Hochebene von Salisbury lag hinter den Reisenden, und es ging immer weiter auf staubigen Landstraßen und schattigen Waldwegen der Hauptstadt des Landes zu.
Sternblume konnte sich an den vielen Schafherden gar nicht sattsehen, und Rolfe erzählte ihr, daß auch vornehme Damen zu ihrem Vergnügen Schafe weideten. Das sei die große Mode der englischen Gesellschaft, und viele Dichter besängen das ländliche Leben der schönen Schäferin und ihres Schäfers. Rolfe trällerte ein Schäferlied vor sich hin und übersetzte das kleine Liebesgedicht Marlowes seiner Frau.
Sternblume lächelte. Aber ihr Mann ahnte nicht, daß ihre Gedanken weit forteilten zu ihrer ersten Begegnung mit Smith in Mahunt. Sie sah den Kapitän vor sich, wie er ihr die blaue Perle schenkte und wie seine Augen in der gleichen Farbe strahlten.
Rolfe bemerkte das verträumte Gesicht seiner Frau und meinte: „Vielleicht können wir noch einen Teil des Sommers in einem kleinen Haus draußen im Grünen in der Nähe von London verbringen."
Als die Kutsche aus einem Wäldchen herausbog, lag plötzlich die Themsetiefebene vor ihnen. „Dort hinten liegt schon die Residenz", machte Rolfe seine Frau aufmerksam.
Lady Rebecca kniff die Augen zusammen. Das erste, was sie von dem ersehnten Ziel zu Gesicht bekam, war eine dunkle,

ungefüge Masse, die wie der Panzer einer Riesenschildkröte aus dem Horizont herauswuchs, immer größer wurde und langsam näherrückte. „Was sind denn das für ungeheure Dächer?"
Rolfe überlegte und suchte nach etwas Ähnlichem in Virginien, um seiner Frau die Bedeutung klarzumachen. Dann fiel ihm ein guter Gedanke ein.
„Das größte Dach dort", und damit deutete er auf die Westminster-Abtei, die wie ein Schiff auf dem Meer der kleinen Häuser ringsum schwamm, „ist die Begräbnisstätte der Häuptlinge, also unserer Könige. Und das lange Haus schräg daneben diente ihnen früher als Wohnung, während in dem schmalen, hohen sich die Räte versammeln."
„Das ist ja fast wie in Moco, nur viel großartiger und aus Stein", meinte Sternblume und hörte eifrig zu, was ihr Mann weiter über das jetzige Wohnhaus des Königs erzählte, den Whitehallpalast, der nicht weit von den großen Dächern entfernt am Wasser lag.
Das Westminsterviertel blieb zurück und der Wagen rollte weiter auf die eigentliche Stadt zu. Der stumpfe Turm von St. Pauls, der hoch über dem Langschiff der Kathedrale thronte, regte die Häuptlingstochter zu neuen Fragen an, bis sie jenseits des Stadtgrabens in das Gewirr der Häuser einbogen, das jeden Ausblick versperrte.
Da schwieg Sternblume. Die engen, lichtlosen Straßen hatten sie schon in Plymouth bedrückt. Rechts und links reihten sich die Holzhäuser aneinander, die drei Stockwerke hoch emporstrebten und mit ihren vorgebauten Erkern die Gassen oben noch schmaler machten, als sie ohnehin schon waren.
Vorsichtig suchte der Wagen seinen Weg. Einmal hielten sie lange. Aus einer Dachluke ließ man Säcke auf einen Karren herab, der die Gasse sperrte.

Zuletzt ging es zur Themse. „Sieh da“, rief die junge Frau aufgeregt, „da steht ja eine ganze Reihe Häuser im Wasser!“ Sie deutete auf die große Brücke, die mit vielen Bogen den Fluß überspannte, und die fast ganz mit Häusern besetzt war.
Rolfe versuchte ihr zu erklären, daß ein Weg wie ein langer Torbogen unter den Erkern der Häuser hinführe und daß man so von einem Ufer zum anderen gehen könne. Aber das begriff Sternblume erst, als sie später selbst die Brücke betrat und von hier aus das Getriebe des Hafens betrachtete. So etwas gab es in Plymouth nicht.
An der Themse zeigte Rolfe noch auf das Südufer mit dem neuen Globustheater und dem Bärengarten. „Dahin werde ich dich führen, wenn du erst besser unsere Sprache verstehst.“
Der Wagen hielt vor einem großen Haus, in dem man einige Zimmer bestellt hatte. Ohne daß Lady Rebecca davon ahnte, verbreitete sich die Nachricht von ihrer Ankunft wie ein Lauffeuer durch ganz London. Die neue Kolonie Virginien jenseits des Ozeans fand das größte Interesse, und Sternblume war ja die Tochter des dortigen Herrschers. Dazu taten die Berichte des Gouverneurs am Hofe und in der Gesellschaft das ihre, um die Indianerprinzessin in den Mittelpunkt der allgemeinen Aufmerksamkeit zu rücken.
Mit jedem Tag mehrte sich der Strom der Besucher. Die Zimmer richtete man moderner her, und fast in jeder freien Minute mußte die Lady ihre neuen Kleider anprobieren. Es machte ihr Spaß, vor dem Spiegel zu stehen und sich in den kostbaren, glänzenden Seidenroben zu betrachten. Immer wieder betastete sie die weichen, wunderbaren Stoffe. Jetzt für den Sommer wählte sie helle Farben; weiß und blau, gelb und rosa standen ihr am besten. „Was wird Smith sagen, wenn er mich als Engländerin wiedersieht?“ fragte sie sich vor dem Spiegel.

Die Kaufherrn der Virginia-Kompanie, Prediger und Lehrer, Kapitäne und Pflanzer drängten sich in ihren Empfangszimmern. Nur der eine, den die Häuptlingstochter zu sehen wünschte, kam nicht. Ein Tag nach dem anderen verging, nie war Smith unter den Besuchern. Wie hatte ihr Herz geklopft, als sich die ersten Kapitäne anmeldeten, aber stets wurde es eine Enttäuschung.

Anfangs freute sich Sternblume, bewundert und bestaunt zu werden. Allmählich jedoch wurde es ihr über. Vom Morgen bis zum Abend wurde ihre Wohnung von einer neugierigen Menge belagert, die ihr bei Einbruch der Nacht fast bis ins Schlafzimmer folgte.

Eine wahre Virginienbegeisterung tobte in den Gassen. Geschäftstüchtige Wirte hingen ein neues Schild über ihre Tür mit der Inschrift: ‚Die schöne Wilde'. Schuster und Schneider, die für sie arbeiteten, warben mit dieser Auszeichnung neue Kunden, und in den Stuben der Barbiere gab es nur noch ein einziges Gesprächsthema: die Indianerprinzessin!

Lady Rebecca und Rolfe gerieten in Verzweiflung. So konnte es nicht weitergehen. Der kleine Thomas schrie und kränkelte, und die geplagte Mutter fand kaum Zeit für ihr Kind. Die Familie beschloß deshalb, noch in diesem Sommer auf das Land zu flüchten. Man wählte Brentford, zwei Stunden von London entfernt, als Aufenthalt.

Doch bevor sie London verließen, gab es noch Besprechungen mit der Virginia-Kompanie und dem Gouverneur, denn gleich nach der Rückkehr der königlichen Familie aus den Sommerferien sollte Lady Rebecca bei Hofe vorgestellt werden.

Der Hofschneider erschien, um das Audienzkleid zu entwerfen. Rolfe schwindelte es ob der vielen Ausgaben, die ihm die Handelsgesellschaft vorstreckte. Einmal würde er sie einlösen müssen. Und wie würde seine Tabakpflanzung in Virginien aussehen, wenn er nach so langer Abwesenheit dahin zurückkehrte?

Sternblume verstand zwar seine Sorgen nicht ganz, aber sie begriff doch, daß die vielen Ausgaben ihren Mann bedrückten. Wenn sie hier nur einen Freund gehabt hätte, um ihn zu fragen und um Rat zu bitten. Warum kam Smith nicht? Wollte er sie nicht wiedersehen?

Die Häuptlingstochter wies diesen Gedanken von sich. Sie waren doch als Freunde auseinandergegangen. Oder gab es etwas, das zwischen ihnen stand? Ihre Heirat mit Rolfe?

XIX

Lady Rebecca stand am Fenster und schaute in den Garten. Die Sonne schien auf die Blumen, und die Goldammern durchsuchten die Gemüsebeete.

Die Luft hier in Brentford war frisch und würzig, aber heute wurde es schwül und drückend. Auf einmal erhob sich Staub und tanzte mit Blättern und Gräsern in dichten Wirbeln. Der Wind fegte in den offenen Stall und hob die Spreu in die Luft.

„Lady Rebecca! Soll ich den kleinen Thomas heraufholen? Es gibt ein Gewitter."

Sternblume schreckte aus ihren Gedanken auf und lief die Treppe hinunter. Wie konnte sie ihren Sohn nur vergessen! Eilig brachte man das Kind in Sicherheit.

Doch so schlimm wie es zuerst schien, wurde das Gewitter nicht. Die Wolken zogen sich zusammen. Wetter leuchteten am Himmel, aber es fielen keine großen Tropfen. Die Wolken, die wie schwere Säcke herunterhingen, stäubten nur einen feinen, durchdringenden Sprühregen auf die durstende Erde hernieder.

Dann schien wieder die Sonne, und unter einem bunten Regenbogen rollten schnell einige hoch mit Heu beladene Wagen in das Hoftor. Lady Rebecca öffnete das Fenster wieder. Da drang Hufschlag an ihr Ohr. Wer mochte jetzt wohl vom Gewitter überrascht sein? Der Reiter trabte ja gerade in ihren Torweg herein.

Die junge Frau zog sich in ihr Schlafzimmer zurück, ordnete ihr Haar und zupfte ihren Spitzenkragen zurecht. Vom Treppenhaus drangen Stimmen zu ihr. Sie lief in den Empfangsraum. Da ging schon die Tür auf, und neben ihrem Mann erschien

Kapitän Smith auf der Schwelle. Er war kostbar gekleidet, ganz anders als in Virginien. Seine blaue Jacke mit silbernen Knöpfen schloß ein hochstehender, weißer Kragen ab, die Ärmelstulpen waren mit Silberborten besetzt, die grauen Hosen reichten bis zu den Knien und die Beine steckten in hellen Strümpfen. Seine Reitstiefel mußte er unten bei der Kleiderablage mit leichten Schuhen vertauscht haben. Sein blonder Bart war sorgfältig gestutzt, und aus dem kaum veränderten Gesicht strahlten die blauen Augen.

Sternblume hörte wie ihr Herz schlug, und fühlte wie die Röte ihr ins Gesicht stieg. Sie wäre am liebsten dem Freund um den Hals gefallen und begriff zuerst gar nicht, warum der Kapitän nicht auf sie zukam.

Smith begrüßte sie mit höflichen Worten und einer tiefen Verbeugung. Der Häuptlingstochter fiel es ein, daß sie ja in England war und nicht in Virginien. Sie faßte sich und sagte einen Willkommensgruß.

Auch Smith ging es ähnlich. In seiner Erinnerung lebte das Indianermädchen mit dem Fellschurz, und vor ihm stand eine englische Lady, die Frau eines Edelmannes.

Lady Rebecca reichte dem Besucher die Hand, sprach leise einige Worte und entschuldigte sich mit Hausfrauenpflichten.

Als sie die Tür hinter sich geschlossen hatte, war es mit ihrer Fassung vorbei. Die Tränen liefen ihr über die Wangen. In ihrem Schlafzimmer warf sie sich aufs Ruhebett. Sie mußte allein sein. Seit ihrem Gespräch mit Weiser Rabe beschäftigte sie sich ständig mit Smith. Die gemeinsamen Erlebnisse standen ihr so deutlich vor Augen, als wären sie gestern geschehen. Wie ganz anders hatte sie sich das Wiedersehen ausgemalt!

„Lady Rebecca redete er mich an, wie ein Fremder – wie ein Fremder“, schluchzte sie vor sich hin.

Als sie ruhiger geworden war, gab sie Anweisungen für die Bewirtung ihres Gastes und ging zu den Männern zurück. Nach dem Essen setzte sie sich zu Smith und begann ein Gespräch.
Der Kapitän freute sich über ihre englischen Sprachkenntnisse und zeigte ihr eine kleine Narbe an der Hand, die der explodierende Pulverbeutel damals verursacht hatte. Sternblume erfuhr erst jetzt den genauen Hergang des Unglücks.
„Ich kam damals", berichtete Smith, „vom Oberlauf des Südflusses und streckte mich auf dem Boden meines Bootes aus, um zu ruhen. Da schlug ein Matrose Feuer für seine Pfeife und ließ einen Funken in meine Pulvertasche fallen.
Meine Kleider standen sofort in Flammen, und die Matrosen mußten mich schnell ins Wasser tauchen, um den Brand zu ersticken. Trotzdem bedeckten mich von oben bis unten schwere Brandwunden. Meine Leute zerrissen ihre Hemden und verbanden mich notdürftig. Dann ruderten sie Tag und Nacht, um so schnell als möglich nach Jamestown zu kommen."
„Aber weshalb erzählten sie denn nachher von deinem Tode?" wollte Sternblume wissen.
„Ja, das begreife ich auch nicht", warf Rolfe ein.
„Es wird wohl damit zusammenhängen", erklärte Smith, „daß der Arzt in Jamestown mich bewußtlosen Mann verlorengab und sogleich auf das Schiff tragen ließ, das gerade nach England unter Segel ging. Jedenfalls bin ich hier wieder ganz gesund geworden."
Sternblume nickte versonnen.
Der Kapitän erinnerte die Stillgewordene an ihre gemeinsame Zeit in Virginien. Sie sprachen von ihrem ersten Zusammentreffen, von Moco und von Großer Adler, ihrem Vater.
Das Land der Jugend stieg vor der Häuptlingstochter auf, der Wald, in dem sie mit ihren Freundinnen tanzte, ihr Besuch in

Jamestown und die nächtliche Warnung vor der Hütte am Pam. Es war ihr, als ob die Wände des Zimmers sich öffneten: Der Wald rauschte, die Magnolienblüten glänzten, und vom Himmel klang der Ruf der Kraniche über dem weiten Land...

Als der Gast sich zu später Stunde verabschiedete, versprach er, bald wiederzukommen.

Sternblume konnte in dieser Nacht nur wenig schlafen. Sie stand auf und öffnete das Fenster. Der Mond leuchtete am Himmel, und sie schaute zur Themse hin, über das Hoftor hinweg, durch das der Kapitän hinausgeritten war.

Auch Rolfe reiste in den nächsten Tagen zur Hauptstadt und brachte keine guten Nachrichten nach Hause. „Das Kleid für deinen Empfang bei Hofe müssen wir abbestellen", wandte er sich an seine Frau. „Das letzte Schiff aus Jamestown brachte keine lohnende Fracht. In der Handelskompanie ist das Geld knapp."

Lady Rebecca nahm diese Nachricht ziemlich gleichgültig auf. „Dann brauche ich vielleicht gar nicht vor der Königin erscheinen, oder ich ziehe ein Kleid vom letzten Winter an."

Als die gelbgrünen Blüten der Linden ihren Duft verströmten, erschien Smith mit einigen Freunden in Brentford. „Ich habe doch mein Versprechen gehalten", führte er sich lächelnd bei der Lady ein. „Und diese zwei Kapitäne", er stellte seine jungen Freunde vor, „werden mich auf meiner Neu-Englandfahrt, zu der ich rüste, begleiten."

Die jungen Kapitäne bewunderten die Indianerprinzessin, doch Sternblume hatte nur Augen für Smith, der sie ja nun bald schon wieder verlassen würde. Sie erzählte dem Freund auch von Rolfes Sorgen und ihren Kleidernöten für die Audienz bei der Königin.

Smith versprach seine Hilfe, als er sich nach einem festlichen

Abend verabschiedete. Der Kapitän merkte, wie unglücklich Sternblume über seine bevorstehende Abreise war. Er sah, wie ihre Augen feucht wurden. „Für mich ist das gesellschaftliche Leben in London nichts", erklärte er. „Ich muß wieder hinaus auf das weite Meer und in fremde Länder." Er ließ reichliche Geschenke zurück, denn ihn als wohlhabenden Junggesellen traf die Geldknappheit der Handelskompanie nicht.

Als er in London ankam, setzte er sich gleich an seinen Schreibtisch und entwarf ein langes Schreiben an Königin Anna. Er pries darin die großen Verdienste seiner indianischen Lebensretterin um die Erhaltung der englischen Kolonie. Sein Bittbrief schloß:

„Ich habe niemals eine Gunst erbeten, weder vom Staat noch von einer Person. Aber mein Unvermögen, dieser Prinzessin helfen zu können, ihr außerordentliches Verdienst, ihre fürstliche Geburt und ihre Tugend verpflichten mich zu bitten, dieser berühmten Indianerin einige Aufmerksamkeit zu schenken. Haben Sie Mitleid mit ihrem Gatten, der nicht über die Mittel verfügt, sie in die schicklichen Gewänder zu kleiden, in denen sie sich Eurer königlichen Person vorstellen könnte.

Dies ist alles, was ich tun kann, was ich wenigstens dieser Prinzessin schulde, deren Seele ebenso groß ist, wie ihr Körper zart und klein. Wenn sie nicht gut empfangen wird in diesem Königreich, das durch ihre Vermittlung noch ein zweites Königreich erwerben kann, so steht zu befürchten, daß ihre Freundschaft für uns sich in Zorn wandelt, daß das Christentum bei den Indianern in Verachtung gerät und daß alles Gute, was wir uns davon erhoffen, sich in das ärgste Gegenteil verkehrt.

Wenn sie andrerseits findet, daß Eure Majestät ihr für ihr liebevolles Wohlwollen gegen Eure Untertanen mehr Ehre erweist als sie erwartet, so wird sie davon so angetan sein, daß sie mit allen Kräften darauf hinarbeiten wird, was sich Eure guten Untertanen und diejenigen des Königs, ihres Vaters, leidenschaftlich wünschen.

London 1616. John Smith."

Der Kapitän beschloß, das Gesuch der Königin persönlich zu überreichen.

In Brentford überlegte sich Lady Rebecca inzwischen, wie sie die Ausgaben für den Haushalt einschränken könnte. Sie nahm sich eine Näherin ins Haus und verfertigte mit ihr zusammen die tägliche Kleidung für die Familie. Ihre beiden besten Kleider, die nach der spanischen Mode aus kostbaren Stoffen mit weitem Unter- und Oberkleid, enganliegendem Leibchen und steifem Spitzenkragen gearbeitet waren, hing sie fort für besondere Gelegenheiten. Sie legte auch ihre weiße, steife Halskrause fort, denn dieses Mühlrad trug sie ungern; man konnte den Hals darin ja gar nicht bewegen.

Sie war glücklich, als die Schneiderin aus zwei alten Kleidern die guten Stücke herausschnitt, um daraus ein neues zu nähen. Stolz zeigte sich Sternblume ihrem Mann in dem ausgeschnittenen Sommerkleid. Es war im Stil der ländlichen Mode gearbeitet. Das ausgeschnittene, weißseidene Leibchen mit hellblauen Bordüren und Puffärmeln fiel mit einem Schoß über den hellblauen, weiten Rock.

„Wie eine kleine Schäferin siehst du aus! So gefällst du mir viel besser als in den hoch geschlossenen Kleidern", lobte Rolfe seine Frau.

Auch hier auf dem Lande wurde der Unterricht fortgesetzt. Daran sparte man nicht, zumal Rolfes Verwandte für gute Lehrer sorgten. Besondere Freude machten der jungen Lady die Musik- und Tanzstunden. Im Wohnzimmer stand ein

Virginal. Diese italienischen Spinette bürgerten sich damals in England ein. Und Sternblume beglückte es stets von neuem, wenn sie den Tasten des kleinen Klaviers eine Melodie entlockte.

An einem schönen Spätsommertag saß Lady Rebecca wieder vor ihrem Virginal und spielte Marlowes bekanntes Schäferlied. Ihr Gesang war mehr ein Flüstern, denn es sollte niemand im Haus hören, und der kleine Thomas schlief seinen Nachmittagsschlaf.
Trotzdem vernahm sie weder die Schritte auf der Treppe noch das Anklopfen.
Der Besucher öffnete die Tür und trat leise näher.
Sternblume begann gerade wieder: „Come live with me and be my love", als eine Stimme hinter ihr im Text fortfuhr. Das war doch nicht ihr Mann! Sie drehte sich um und sah Smith.
Er entschuldigte sich wegen des unangemeldeten Besuches und machte der unvermuteten Schäferin, die sich erhob und nun in ihrem blauweißen Kleid vor ihm stand, viele Komplimente. Der Kapitän beteuerte, nichts sehnlicher zu wünschen, als ihr Schäfer zu sein.
Sternblume, anfänglich über den plötzlichen Besuch mehr erschrocken als erfreut, überwand ihre Verlegenheit und gab mit schelmischem Lächeln und den letzten Zeilen des Liedes eine liebenswürdige Absage.
Smith staunte über die gesellschaftliche Gewandtheit und sagte: „Lady Rebecca, Sie bleiben für mich die Unvergleichliche Virginiens." Und dann verloren sich beide in Erinnerungen.
„Die Leute von Jamestown erzählten damals", Smith räusperte sich behaglich, „daß ich Sie heiraten wollte, um so König von Virginien zu werden!" Er lachte. „Die Dummköpfe wußten

natürlich nicht, daß Ihr Onkel Elchbruder längst zum Nachfolger von Großer Adler bestimmt war.“
Sternblumes Augen wurden fast schwarz. „Natürlich, natürlich“, murmelte sie. „Oh, diese Dummköpfe.“
Kapitän Smith aber wunderte sich, daß seine Freundin danach kaum noch ein Wort sprach, obwohl es sein letzter Besuch in Brentford war.
„Selbst wenn wir uns in London noch einmal sehen, bevor ich abreise, so werden wir nie allein sein“, versuchte Smith die Unterhaltung fortzusetzen.
Doch Sternblume schwieg, denn sie glaubte, Smith hätte sie damals nicht geheiratet, weil seine ehrgeizigen Pläne, König von Virginien zu werden, fehlschlugen.
Bald darauf erschien Rolfe, und der Kapitän übergab ihm ein Schreiben mit dem kurzen Inhalt seiner Bittschrift, die er bereits der Königin überreicht hatte. Dann verabschiedete sich Smith.
Während Rolfe den Besucher hinausgeleitete, buchstabierte Lady Rebecca: „An die erhabene und tugendhafte Prinzessin Anna, Königin von Großbritannien.“
Sternblume bereute jetzt ihre Zurückhaltung. Tat der Kapitän nicht alles, um die Entfremdung zwischen ihnen auszulöschen? Sorgte er nicht wie ein Vater für sie? Und war sie selbst völlig frei von Ehrgeiz? Am liebsten wäre sie jetzt dem Freund nachgeeilt – bis nach London, wenn es sein mußte.
Als Rolfe wieder in das Zimmer trat und den Brief las, meinte er: „Smith ist ein treuer und zuverlässiger Freund. Vielleicht sehen wir ihn doch noch einmal vor seiner Abreise, damit wir ihm danken können.“
Das letzte Wiedersehen mit dem Kapitän, das so fröhlich begonnen und so plötzlich geendet hatte, hinterließ bei der jungen

Frau tiefe Spuren. Sie schien verändert; man vermißte ihre gewohnte Heiterkeit. Selbst die Haustiere, die ihr sonst immer Lachen und Scherzworte entlockten, machten ihr keine Freude mehr.

Meist saß sie nachdenklich oder verträumt an ihrem Schreibtisch und übte nach den Anweisungen ihres Lehrers die vorgeschriebenen Schriftzeichen. Das Lesen machte ihr zwar noch Mühe, aber jetzt war es ihr eine willkommene Übung, um ihre traurigen Gedanken zu verdrängen. Sie machte sehr schnelle Fortschritte.

Doch Rolfe entging die Traurigkeit seiner Frau nicht. „Die Herbstnebel kommen, da ist es hier auf dem Land ungemütlich. Wir ziehen besser nach London, da hast du Abwechslung."

Das Laub fiel von den Bäumen, und die braunen und vergilbten Blätter bedeckten die Landstraßen, als das Gefährt sich London näherte.

Vor dem Seitenflügel eines gewaltigen Steinhauses hielt der Wagen. „Hier sollst du wohnen", sagte Rolfe zu seiner Frau, die an seiner Seite in eine große Halle eintrat. Doch die hohen, dunklen Räume machten sie ganz beklommen. Solche prunkvollen Zimmer sah sie zum ersten Mal. Dagegen war die erste Unterkunft in London, die damals schon ihr Staunen und ihre Bewunderung erregt hatte, ja einfach gewesen.

Die Frau des Gouverneurs hieß sie willkommen und zeigte ihr alle Räume. Sie wünschte der Indianerprinzessin einen angenehmen Aufenthalt und versprach, sie in einigen Tagen für den Empfang bei Hofe abzuholen.

Sternblume atmete erleichtert auf, als sie mit Rolfe allein in ihrem Zimmer war. Die vielen Ölgemälde, die vielen Spiegel und Plüschvorhänge in den vorderen Räumen bedrückten sie. Hier in der kleinen Kammer neben dem Schlafzimmer war es

am hellsten. Sie nahm ihren kleinen Sohn auf den Schoß und freute sich darüber, wie gut er sich den Sommer über in Brentfort erholt hatte. „Es wird ihm schwerfallen, den Winter über eingesperrt zu sein“, wandte sie sich an ihren Mann.
Doch der tröstete sie: „Bald sind die Nebel vorüber und dann ist das Wetter hier in London auch gut.“
Das Schreiben des Kapitäns verfehlte am Hof seine Wirkung nicht. Nach einigen Tagen erschien eine Kammerfrau der Königin und brachte die herrlichsten Kleider aus Samt, Brokat, Tuch und Seide. Dazu Schuhe aus feinem, farbigem Leder, Handschuhe mit langen Stulpen, bestickt oder mit Spitzen besetzt. Unterkleid, Oberkleid und ärmelloser Mantel waren in den Farben aufeinander abgestimmt. Ja, sogar Hüte mußte Sternblume aufprobieren.
Die Häuptlingstochter kam aus dem Staunen nicht heraus, aber ihre Mienen blieben unbeweglich. Und dabei hätte sie am liebsten wie ein Kind vor Vergnügen in die Hände geklatscht. Doch von klein auf hatte sie es gelernt, sich zu beherrschen, und so fiel es ihr nicht schwer, alle Anweisungen ihres Erziehers zu befolgen.
Die Kammerfrau bewunderte die natürliche Hoheit und Würde, die diese junge Indianerin ausstrahlte. Seit ihrer Gefangennahme – damals am Pata – traten diese Eigenschaften besonders hervor – ein Erbteil ihres Vaters.
Erst als Sternblume allein war, befriedigte sie ihre Neugier und zog ein Kleid nach dem anderen an. Es flimmerte ihr vor den Augen, und sie vergaß über solcher Pracht sogar ihren Kummer. Wie schade, daß Kürbisblüte und Schneeflocke, Klingende Rassel und Kleine Möwe sie nicht sehen konnten. Ob ich wohl auch Smith darin gefallen würde?
Es dauerte nicht lange, da stellten sich auch schon die ersten

Besucher ein. Eines Tages erschien ein Maler, um ein Ölbild der Indianerprinzessin anzufertigen. Er hatte den Auftrag dazu vom Gouverneur erhalten und seine Malutensilien gleich mitgebracht. Doch das Zimmermädchen gab Bescheid: „Lady Rebecca ist für Sie nicht zu sprechen." So mußte er unverrichteter Dinge fortgehen.

Als Rolfe davon erfuhr, machte er seiner Frau Vorwürfe. Doch Sternblume antwortete mit tränenerstickter Stimme: „Ich wünsche kein Bild von mir, denn dann kann jeder mich töten, der es will."

So aufgeregt hatte Rolfe seine Frau nur selten gesehen. Sie glaubte, das Bild nehme ihr die Hälfte ihres Lebens fort.

Es vergingen mehrere Tage, bis Rolfe seine Frau beruhigen konnte. Er führte sie in den Zimmern herum, wo überall Ölbilder hingen und sehr oft Menschen darauf gemalt waren. Endlich fand er noch ein Kinderbild von sich selbst und das Bild seiner Mutter, die erst in älteren Jahren gestorben war. Schließlich wies er noch darauf hin, daß es eine Unhöflichkeit gegen den Gouverneur sei, dem sie doch so viel verdankten.

Auf vieles Zureden hin zog Lady Rebecca dann eines Tages ihr Brokatkleid mit dem Spitzenkragen und den Stulpen an, und der Maler konnte seine Arbeit beginnen. Doch zu einem Lächeln war sie nicht zu bewegen, und bei der letzten Sitzung ließ der Künstler sie noch einen hohen Hut aufsetzen, damit sie nicht gar so bekümmert dreinschaue.

Erst, als sie sich viel später einmal im ausgeschnittenen Hauskleid malen ließ, versuchte sie zu lächeln, aber es wurde nur ein trauriges Lächeln.

Die Unterrichtsstunden gingen auch in London weiter, und die Frau des Gouverneurs führte die junge Lady in das Hofzeremoniell ein.

Eines Tages hielt die königliche Kutsche vor der Tür. In ihren Festkleidern bestiegen Lady Rebecca und die Frau des Gouverneurs das Gefährt. Nach kurzer Fahrt hielt man vor dem Whitehall-Palast, der sich bis zum Themseufer ausdehnte.
Kammerdiener halfen den beiden Damen beim Aussteigen, und der Zeremonienmeister führte sie die Treppe hinauf. Dort ging es durch eine lange, schmale Bildergalerie. Sternblume verhielt den Schritt. Die vielen Menschen in den Bilderrahmen, das war ja schrecklich! Sie fühlte alle Augen auf sich gerichtet und wurde ängstlich.
„Leben die noch alle?" fragte sie leise ihre Begleiterin.
„Es sind frühere Könige mit ihren Frauen, die schon lange tot sind."
„Wahrscheinlich mußten sie sterben, nachdem man sie gemalt hatte", meinte die Häuptlingstochter.
Ihre Begleiterin zögerte mit der Antwort, weil sie das Gesagte nicht recht begriff.
Da öffnete der Zeremonienmeister auch schon die Tür zum Empfangszimmer, wo viele Audienzsuchende warteten. Lady Rebecca fühlte, wie alle Blicke sich auf sie richteten und hörte, wie die Hofdamen tuschelten; einige kicherten sogar über ihre braunrote Gesichtsfarbe. Doch als die Häuptlingstochter sie von oben bis unten ansah, wurden sie verlegen und machten einen Hofknicks, denn die Königin hatte befohlen, die Indianerprinzessin mit allen ihr zustehenden Ehren zu empfangen.
Zwei Diener öffneten die Türen zum Thronsaal.
Die Königin, in einem Brokatkleid mit blauem Samtüberhang, einer steifen Halskrause und einem blitzenden Diadem auf dem Haupt, begrüßte im Gedenken an die Empfehlung des Kapitäns die rote Lady sehr freundschaftlich. Dann erkundigte sie sich nach ihrem Vater und ihrer virginischen Heimat.

Man sah der Königin an, daß ihr die Antworten der jungen Indianerin in fehlerfreiem Englisch gefielen; gleich nach der Verabschiedung gab sie ihrer Hofdame einige Anweisungen. Der fremde, weitgereiste Gast sollte eine Einladung erhalten.
Jeder Eingeweihte bei Hofe wußte, was diese Einladung zu den offiziellen Hoffesten bedeutete. Manche Hofdame, die über den Empfang der ‚Wilden' erst ihre Witze gerissen hatte, verstummte, als sie sah, wie bescheiden und hoheitsvoll zugleich die rote Lady auftrat und sprach.
Auch die Frau des Gouverneurs war mit ihrem Schützling zufrieden und verstand jetzt, warum Smith die Häuptlingstochter so oft die ‚Unvergleichliche Virginiens' nannte.
Auf jedem Ball war die Indianerprinzessin von Tänzern umlagert, denn Musik und Tanzen lagen ihr im Blut. Aber sie hielt nur nach einem einzigen Ausschau. Und der kam nicht.
Von den Theaterstücken, die sie sah, gefiel ihr am besten „Ende gut, alles gut", die Geschichte der klugen Arzttochter, die den König heilt und sich dafür ihren Liebsten selbst wählen darf. Daran änderten auch Rolfes belehrende Worte nichts, der die anderen Shakespeare-Komödien viel besser fand, die im Todesjahr des Dichters fast in jedem Theater über die Bühne gingen.
Bankette und Empfänge wechselten in bunter Reihenfolge, und den ganzen Winter hindurch fanden die beiden Gatten wenig Zeit für einander. Rolfe bemerkte, daß seine Frau schlecht aussah, und er bat sie oft, doch eine Einladung abzusagen. Aber ihr Wunsch, den Kapitän doch noch einmal zu sehen, ließ sie alle Anstrengungen ertragen.
Und dann geschah es auch. Bei einem Festessen in Whitehall sah sie am Ende der königlichen Tafel auch Smith sitzen. Beim Tanzen konnten sie sich sogar einige Worte zuflüstern.

„Kommen Sie von Neu-England auch nach Jamestown?“ wollte Sternblume wissen.
„Das ist möglich. Wenn der Kapitän meines Schiffes in Neu-England nicht genug Rückfracht hat, läuft er auch Jamestown an.“ Die Augen der jungen Frau leuchteten. Es gab doch ein wenig Hoffnung auf ein baldiges Wiedersehen.
An diesem Abend schlief Lady Rebecca mit einem Lächeln ein. Sie hatte dem Freund nun doch zum Abschied noch einige gute Wünsche mit auf die Reise gegeben.
Am anderen Morgen packte sie ihre hochgeschlossenen, kostbaren Kleider fort. „Euch ziehe ich diesen Winter nicht mehr an.“ Und nach einer Weile fuhr sie in ihrem Selbstgespräch fort. „Was sagte Smith noch, als ich ihn fragte, wie ich ihm in der Hoftracht gefiele. – Ach ja, ganz nett – sehr nett, aber am liebsten sah ich dich in deinem Lendenschurz aus weißem Hirschleder.“
Sternblume ließ die Arme sinken und schien plötzlich die schönen Sachen nicht mehr zu sehen. Mechanisch verrichtete sie ihre Arbeiten und brachte nach dem Essen Klein-Thomas zu Bett. Der Junge freute sich, daß seine Mutter mehr Zeit als sonst für ihn hatte.
Dann streckte sie sich selbst auf dem Ruhebett aus und träumte. Träumte von Moco und ihrem Spaziergang mit Smith zum Pam hinunter. Sie sah Schneller Stör hinter der Strauchwand mit gespanntem Bogen, den Pfeil auf den Kapitän gerichtet. Das Herz der Häuptlingstochter klopfte. Dieses Geheimnis würde sie stets bewahren. Sie würde sich schämen, es Smith zu erzählen. Sie fühlte, wie bei dieser Erinnerung ihr jetzt noch das Blut in den Kopf stieg. Sie stand auf. Gedankenversunken trat sie zum Fenster und schaute hinaus. Als jemand die Tür öffnete, schrak sie zusammen.

Ihr Mann schaute herein.
„Hast du denn ganz vergessen, daß wir heute eingeladen sind?“ fragte er sie lächelnd.
Das gesellschaftliche Leben wurde Sternblume allmählich lästig. Sie fühlte sich müde und elend. An die frische Luft kam sie hier in London gar nicht. Blieb ihr ein wenig freie Zeit zum Spazierengehen, dann hüllte die Stadt dichter Nebel ein.
Auch in ihrer Heimat war das Wetter diesig, die Luft feucht und schwer, aber es gab doch mehr Frosttage als hier. Vor allem jedoch hatte der ständige Aufenthalt in den steinernen Häusern sie empfindlich gemacht. Sie begann zu kränkeln, und in mancher Nacht weinte sie vor Sehnsucht nach der Heimat.
Der schmelzende Schnee tropfte schon von den Dächern, als im Hafenviertel die Pocken ausbrachen. Viele Londoner versuchten, auf das Land zu flüchten, aber die grundlosen Wege zwangen die meisten zum Bleiben. Die Besuche untereinander hörten gänzlich auf. Niemand wagte sich mehr auf die Straße. Nur die allernotwendigsten Gänge wurden erledigt.
Sternblume fühlte sich in den Steinmauern immer mehr wie eine Gefangene. Eines Nachmittags hörte Rolfe aus ihrem Zimmer einen leisen, summenden Gesang. Er erkannte die Stimme seiner Frau, trat an die Tür, die eine Handbreit offenstand, und spähte hinein.
Die junge Mutter saß am Fenster und streichelte den kleinen Thomas auf ihrem Schoß. Der Lauscher erinnerte sich sofort der Melodie, denn Sternblume hatte sie früher oft vor sich hingeträllert. Doch jetzt sang sie das Lied ohne Worte mit geschlossenem Mund; es klang wie ein Seufzen, wie ein unterdrücktes Schluchzen. Und aus den dunklen Augen seiner Frau blickte die Traurigkeit.

„Wir müssen zurück in ihre Heimat", murmelte der heimliche Zuschauer und trat leise von der Tür fort.

Als die Blütensträuße der Kirschen vor ihren Fenstern nickten, packte Sternblume das Heimweh mit unwiderstehlicher Kraft.

Obwohl noch kein Ende der Pockenepidemie abzusehen war, bestellte Rolfe Plätze auf dem nächsten Virginiensegler und begab sich mit seiner Familie nach Gravesend, wo das Schiff zur Ausfahrt bereitlag. Aber die Abfahrt des ‚George' zögerte sich hin, und die Häuptlingstochter wurde von Tag zu Tag ungeduldiger.

Immer wieder packte sie die Geschenke aus; die Jacken, Hosen und Mäntel für den Bruder, die bunten Stoffe und Kleider für die Freundinnen. Ob sich Kürbisblüte und Schneeflocke wohl freuen würden? Sogar Puppen für die Kinder ihrer Nichten hatte sie eingekauft. Und auch die Wünsche Anna Burras konnte sie erfüllen. Wie freute sie sich auf das Wiedersehen! Wie viele Abende würde sie erzählen müssen. Das würde ein Staunen und Fragen geben!

Es freute Rolfe, daß die Wangen seiner Frau sich von der frischen Luft und von der freudigen Erwartung röteten und alle Traurigkeit von ihr wich. Bald würde sie wieder so fröhlich und zufrieden sein wie früher.

Eines Nachmittags ging die Wartende an die Themse hinunter. Ihre Gedanken eilten wie immer in der letzten Zeit nach drüben über den Ozean.

Und wo mochte Smith jetzt weilen? Ob er gut in Neu-England angekommen war? Ob sie sich in Jamestown wiedersehen würden?

Am Abend legte sich die junge Frau mit einem abscheulichen Schwindelgefühl nieder. Der Spaziergang war ihr nicht bekommen. Sie spürte eine große Mattigkeit in allen Gliedern, klagte über Schmerzen im Rücken und erbrach jeden Bissen. Die roten Flecken, die sich am dritten Tag auf der Haut zeigten, machten allem Zweifel, aber auch aller Hoffnung ein Ende: Die Pocken, denen man entgehen wollte, hatten sie ereilt.

Von London hasteten die Verwandten und Freunde herbei, um den kleinen Thomas zu holen. Zu helfen vermochten sie ebensowenig wie Rolfe.

In ihren Fieberanfällen verlangte Sternblume nach dem Kapitän. Dann flüsterten ihre heißen Lippen: „Smith kommt, er reitet durchs Hoftor. Laßt ihn herein!"

Auf das Geheiß der Ärzte zog man die Bettvorhänge zu; die Augen der Kranken sollten geschont werden. Aber die Patientin wälzte sich unruhig zwischen den Kissen und verlangte nach Licht. „Ich finde sie sonst nicht, ich finde sie sonst nicht", murmelte sie.

Ihr Mann zerbrach sich vergebens den Kopf, was die Fiebernde wohl meinte.

„Sie phantasiert", erklärte die Wärterin.

Niemand ahnte, daß die Sterbende wieder auf den Pfaden ihrer Heimat wanderte und mit Kürbisblüte nach der blauen Perle suchte.

Ein neuer Fieberanfall wogte über die Kranke hin.

Rolfe griff nach ihrer Hand, die glühendheiß und trocken war. Er wußte, daß es rasch zu Ende ging.

„Da ist sie ja, die blaue Perle – und da ist auch die Tanne", hörte er sie flüstern. Und dann sah er, wie ein glückliches Lächeln ihr Gesicht verklärte.

Der Traum ihrer Jugend stieg noch einmal vor Sternblume auf. Sie schritt wieder auf dem Pfad zwischen den blühenden Magnolienbäumen dahin. Der Bach war zum Strom geworden, und an seinen Ufern lag das Schiff der Fremden, das sie in sausender Eile davontrug, nach Sonnenuntergang. Fern im Westen leuchtete die Himmelsöffnung, der Freund stand darin und winkte ihr.

Und dieses Mal hielt keine Stimme sie zurück.